왕복서간

왕복서간 블랙&화이트 041

1판 1쇄 발행 2012년 5월 18일 **1판 5쇄 발행** 2019년 10월 10일
지은이 미나토 가나에 **옮긴이** 김선영
펴낸이 고세규
편집 장선정

발행처 김영사
주소 경기도 파주시 문발로 197(문발동) 우편번호10881
등록 1979년 5월 17일(제406-2003-036호)
주문 및 문의 전화 031)955-3200 **팩스** 031)955-3111
편집부 전화 02)3668-3295 **팩스** 02)745-4827 **전자우편** literature@gimmyoung.com
비채 카페 cafe.naver.com/vichebooks **인스타그램** @drviche **카카오톡** @비채책
트위터 @vichebook **페이스북** www.facebook.com/vichebook
ISBN 978-89-94343-62-4 03830 책값은 뒤표지에 있습니다.

비채는 김영사의 문학 브랜드입니다.

이 도서의 국립중앙도서관 출판시도서목록(CIP)은 서지정보유통지원시스템 홈페이지(http://seoji.
nl.go.kr)와 국가자료공동목록시스템(http://www.nl.go.kr/kolisnet)에서 이용하실 수 있습니다.
(CIP제어번호: CIP2014030519)

왕복서간

미나토 가나에

김선영 옮김

차
례
/

往復書簡

십 년 뒤의
졸업문집

그칠 줄 모르는 비로 우중충한 날씨에 어떻게 지내니?

지난주 결혼식은 정말 멋졌어. 기모노 입은 시즈카, 꼭 공주님 같이 정말 예쁘더라. 월희月姬라고 하는 게 나을까? 방송부 친구들도 다시 만날 수 있어서 정말 반가웠어.

결혼식 때 찍은 사진이 나와서 함께 보낼게. 참 많지? 인화한 사진을 열심히 분류하다보니 메일주소를 받아서 파일로 보내면 편하겠더라. 하지만 아나운서였던 나는 여전히 기계는 영 꽝이야.

컴퓨터도 없어.

각본 담당 아즈에게 편지를 쓰려니 조금 긴장되지만, 어색한 표현이 있더라도 경사를 치른 여운이라 생각하고 너그럽게 봐주길 바라.

그나저나 방송부 친구들이 한자리에 모인 게 몇 년 만이지? 나는 고등학교 졸업식 이후로 처음이었으니 십 년 만이네. 이렇게 다시 만날 수 있었던 것도 동아리 친구끼리 결혼한 덕택이지. 그것도 부장인 고이치하고 차장인 시즈카의 결혼이라 다들 그 시골까지 간 거 아니겠어? 6월 첫째 주 토요일인데도 거의 모두 모였으니 역시 두 사람의 인덕은 대단해.

그랬던 만큼 한 사람, 지아키를 못 봐서 참 아쉬워.

솔직히, 처음에 청첩장을 받고 많이 놀랐어. 고이치랑 시즈카가? 하고 말이지.

기억하니? 1학년 때 갔던 여름합숙. 가모지마 섬 여름축제를 취재하러 가서 민박에 묵었던 그날 밤 같이야. 아즈 너하고 시즈카, 지아키, 나, 이렇게 넷이서 서로 좋아하는 사람을 털어놓았잖아. 모두 다 고이치라고 대답하는 바람에 분위기가 진짜 어색했지. 하지만 지아키가 "그럼 넷이서 정정당당히 겨루자. 모두 차이면 위로 파티를 열고, 누구든 잘되면 나머지 세 사람은 진심으로 축복해주는 거야, 어때?"라는 말을 꺼냈고, 우리는 그 제안을 받아들였어.

그리고 결국 고이치의 마음을 사로잡은 건 제일 먼저 고백한 지아키였지.

멀뚱히 손 놓고 있다가 실연한 건 분했지만, 처음부터 그런 예감이 들기는 했어. 그렇잖아, 지아키가 우리 넷 중에 제일 예뻤으니까. 아이돌처럼 잘생기고 훤칠한 고이치하고 나란히 서면 정말 잘 어울리는 한 쌍이었지. 실연한 우리는 약속대로 두 사람을 따뜻하게 축복해줬어. 사소한 일로 다툰 두 사람 사이를 풀어준 적도 여러 번 있었지.

아즈 너는 2학년 가을에 그 둘을 위해 라디오드라마까지 썼잖아. '너를 진심으로 사랑해. 영원히 내 곁에 있어줘'라는 대사도 넣었지?

후미야가 연출과 음향효과, 료타가 녹음과 편집, 시즈카가 제작 보조를 맡았고 고이치하고 지아키 그리고 내가 출연을 맡았지. 일을 하나씩 분담해서 예술제 때 발표하자고 다 함께 밤까지 새우면서 만들었잖아. 그런데 예술제 당일에 고이치가 역시 부끄러워서 안 되겠다며 억지를 부리는 바람에 전교생 앞에서 발표하는 건 취소했지. 하지만 즐거웠어. 나, 마지막 내레이션을 지금도 기억해.

"두 사람의 사랑은 영원하리라."

그런데 언제 끝나버린 걸까? 지아키하고 고이치, 졸업 때까지는 사귀고 있었지? 고등학교 때 사귄 상대하고 결혼에 골인하는 경우는 드물고, 남의 연애사를 들추는 게 좋지 않다는 건 알아. 결혼식 때 지아키가 왔더라면 이런 생각은 들지 않았을 거야. 하다 못해 못 온 이유라도 알면…….

그랬는데 지아키가 행방불명이라니 믿을 수 없어.

난 육 년 전에 결혼하고 바로 남편의 해외 부임지, 그것도 정말 벽지로 따라나섰기 때문에 아무것도 몰랐어. 지아키에 대해 뭔가 알고 있다면 가르쳐주겠니?

그럼, 답장 기다릴게.

다카쿠라 에쓰코

에쓰코에게

잘 지냈지? 편지하고 사진 고마워. 편지를 받아보는 게 몇 년 만인지 몰라.

에쓰코 너하고는 십 년 만이었지만 옛날 이야기로 열 올리다보니 세월을 못 느끼겠더라. 정말 즐거웠어. 띠동갑만큼 나이 차가 있는 회사 중역하고 결혼했다는 이야기를 들었던 터라 새침한 부잣집 사모님이 됐을까 싶었는데 옛날 그대로라 여전히 편했어.

너 참 예뻐졌더라. 더벅머리에 동그란 검은 테 안경을 썼던 게 거짓말 같아. 예식장 로비에 들어섰을 때 잠시 누군지 몰라봤을 정도야. 역시 '사모님'은 다르더라. 원피스도 페라가모였지? 그땐 못 알아봤지만 네가 보내준 사진을 보는데 왠지 눈에 익어서 지난달 잡지를 펼쳐봤더니 똑같은 옷이 실려 있더라고. 굉장해.

자, 지금부터가 핵심이야.

고등학교 졸업 후 도쿄로 간 너한테는 지아키가 아닌 시즈카가 고이치의 연인이라는 게 뜻밖일지 모르지만, 이 동네에서 계속 산 나한테는 별로 놀라운 일이 아니야. 예쓰코 네 마음속에서는 분명 고이치하고 지아키가 한창 행복했던 순간에 시간이 멈춰버린 거야. 그래서 더 걱정했겠지.

고이치도 지아키도 시즈카도, 졸업하고 다들 간사이로 갔잖아? 그리 멀지 않은 곳이라 세 사람 다 오봉*이나 새해에는 고향으로 돌아왔어. 그때마다 꼬박꼬박 만났던 건 아니지만 조금씩 변해가는 분위기는 어렴풋이 느낄 수 있었어.

하지만 내가 아는 것도 네가 알고 있는 사실이랑 큰 차이는 없을 거야.

---

* 음력 7월 15일을 중심으로 선조의 넋을 달래는 일본의 명절.

오 년 전 여름, 고등학교 졸업 후 처음으로 지아키하고 느긋하게 이야기할 기회가 있었어. 고향에 돌아온 시즈카하고 지아키랑 셋이서 동창회라도 하듯 서로 어떻게 지내는지 수다를 떨었어. 왜일까, 1학년 때 갔던 여름합숙이 생각나더라.

"나는 전문대를 졸업하고 우체국 창구에서 일하다보니 가끔 너희 어머니들을 만나기도 해." "남자친구는 있었는데 얼마 전에 헤어졌어." 뭐 이런 식으로 말이야. 시즈카는 대학을 졸업하고 오사카에 있는 식품회사에 취직해 이제 이 년 차라고 했는데, 유통기한 허위 표기 문제 건으로 정신없이 바빠서 남자친구는 생각할 여유도 없다고 투덜거리더라. 직업 전문학교를 졸업한 뒤에 고베에 있는 모델 에이전시에 들어가 의류 카탈로그 모델을 한다는 지아키가 제일 즐거워 보였어.

지아키가 그 무렵에는 고이치하고 아직 사귀고 있었던 것 같아. 고이치는 대학을 졸업하고 오사카에 있는 제약회사에 취직했으니까 그 둘, 거리상으로는 문제가 없었을 거야. 다만 내가 지아키한테 "그냥 같이 살지그래"라고 했더니 "그럼 못 놀잖아", 이런 소리를 하더라. 혹시 고이치 말고도 상대가 있는 게 아닐까 하는 생각이 들었어. 지아키는 고등학교 때도 한눈을 좀 팔았으니까.

그랬으니 지난 오 년 사이에 깨져도 이상할 건 없지 않을까?

너나 나도 고등학교 때는 다른 애랑 사귀었잖아. 에쓰코 너도 같은 동아리에서 사귀었으니까 그 상대랑 결혼 안 했다고 해서 그리 걱정할 필요 없다는 건 잘 알 텐데? 결혼식 날, 누가 영상 담당 아니랄까봐(옛날 이야기지만) 료타는 비디오랑 카메라를 들이대느라 거의 테이블에 앉지도 못 했지. 그래도 너랑 제일 친해보이던걸?

나는 오히려 네가 료타랑 헤어진 이유가 더 궁금해. 역시 거리 때문이야?

애초에 그 여름합숙 때, 넷이서 좋아하는 사람 이름을 털어놓기는 했지만 정직하게 대답한 건 지아키하고 시즈카 둘뿐이지 않았을까? 우리 그때 가위바위보로 차례를 정해 나, 시즈카, 지아키, 에쓰코 순서로 말했지?

나는 솔직히 그때 특별히 좋아하는 사람은 없었어. 모두 아이돌처럼 바라보는 고이치를 대면 무난하겠다 싶어서 그렇게 말했던 거야. 그랬더니 시즈카가 "아즈도?" 하고 되물었고 지아키가 "잠깐, 라이벌이 너무 많아!"라니까 에쓰코 네가 "그럼 나도 고이치", 이런 식이었잖아. "그럼"이라고 덧붙이다니 다 함께 와자지껄 노는 걸 좋아하는 에쓰코다운 대답이라고 생각했지만, 내가 꼴찌였어도 그랬을 거야.

네가 료타하고 사귀기 시작한 건 라디오드라마를 만들 때였지? 둘이서 늦게까지 편집 작업을 했잖아. 이제 와서 묻기도 뭐하지만, 기껏 찍은 취재 테이프를 지워버린 적이 있을 정도로 기계치인 네가 뭘 도왔던 거야? 각본을 쓴 나로서는 작품을 공개할 기회가 없었던 게 정말 아쉬워. 만약에 고이치랑 지아키가 결혼했다면 두 사람이 반대하더라도 피로연 때 확 틀어버려서 흥을 돋우었을지도 몰라.

뭐, 그 대신이라면 뭐하지만 3학년 여름, 지역 공모전 때 다큐멘터리 영상 부문에서 3등으로 입상한 〈송월산, 월희 전설〉을 상영했으니(외전은 틀지 못했지만) 만족해야지. 그건 특히 차장이던 시즈카가 공들여 만든 작품이니까.

시즈카가 고이치하고 사귀게 된 건 그 효험 덕분인지도 몰라. 왜 있잖아, 다큐멘터리를 찍으러 간 송월산 꼭대기에 있던 사당.

변변찮은 시골동네에 하나뿐인 아름다운 전설, 전국시대*의 '월희 전설'.

어두운 밤, 송월산 꼭대기에 있는 사당에서 소원을 빌고 외그루 소나무가 있는 산기슭까지 한 마디도 하지 않고 내려오면 짝사랑이 이루어진다는 전설을 시험해보러 갔잖아. 여자 넷이서 한 사람씩 차례대로 소원을 빌고 입 꾹 다물고 내려오는데, 에쓰코 네가 도중에 "별이 참 예뻐"라고 하는 바람에 나도 얼떨결에 "정말!"이라고 맞장구쳤잖아. 지아키는 키득키득 웃느라 바빴고. 결국 끝까지 말없이 내려온 건 시즈카뿐이었지? 분명 고이치를 생각하면서 소원을 빌었을 거야. 그게 이루어졌다고 생각하면 안 될까?

게다가 고이치한테는 지아키처럼 화려한 애보다 성실한 시즈카가 더 잘 어울려. 시즈카는 절대 한눈팔지 않을 타입이잖아. 그거면 됐지.

지아키가 행방불명이라니, 후미야한테 들었어? 걔는 사건, 사고가 좋아서 방송부에 들어온 애잖아. 진상 규명이니 완벽 추적이니 이상한 소리만 해댔지. 후미야가 엉뚱한 소리를 하는 바람에 네가 괜히 걱정했구나.

지아키한테 연락이 안 되는 건 지아키가 어떻게 돼서가 아니라 걔네 부모님께서 일 관계로 이 동네를 떠났기 때문일 거야. 내가 다른 애들 근황을 알 수 있는 건 부모님들이 이 동네에 계시기 때 문이거든.

너도 마찬가지야. 지금까지 메일주소나 휴대전화 번호도 몰랐 고, 집주소도 시즈카 결혼식에서 받기 전까지는 몰랐는걸. 그 집도 귀국했을 때 잠깐 사는 곳이라면서? 해외에서 지낼 때는 우편물을 모아서 한꺼번에 보내주는 사람이 있다고 들었어. 시즈카도 너희 어머니한테 물어서 그쪽으로 청첩장을 보냈다고 했어. 어머니만 아니었으면 에쓰코 너도 지난 십 년, 행방불명이나 마찬가지야.

그러니까 지아키를 걱정할 필요는 없어.

이렇게 길게 손으로 편지를 쓰는 건 오랜만이야. 각본을 쓰던 옛날 생각도 나고 즐겁네. 그러고 보니 이 편지지 세트 기억해? 네가 내 생일 때 준 거야. 짜증스러운 일도 많지만 고향 집에서 살 면 추억이 담긴 물건을 잃어버리지 않는다는 장점이 있는 것 같 아. 방송부 활동일지도 빠짐없이 가지고 있으니 오랜만에 들춰봐 야겠어.

---

* 1467년 오닌의 난부터 1573년 오다 노부나가가 무로마치 막부를 완전히 멸망시킨 때까지의 시대.

그럼, 건강하렴!

아즈미

전략 다니구치 아즈미에게

이제 겨우 장마도 개었네. 어떻게 지냈어?

일전에 편지 고마웠어. 고등학교 시절, 특히 방송부 때 일이 정말 그립더라. 송월산에 갔을 때의 일은 지금 생각해도 너무 웃겨. 안 그래? 아즈 너는 별이 가득한 밤하늘을 올려다보며 입을 쩍 벌리고 있었지? 네 입속으로 풍뎅이 한 마리가 날아들었잖아. 무슨 개그 콩트 같아서, 소원을 이루려면 말하면 안 되는 줄 알면서도 그만 웃고 말았지. 추억을 함께 나눌 수 있는 친구가 있다는 건 참 멋진 일이야.

네가 료타 이야기를 꺼내서 깜짝 놀랐어. 고이치하고 지아키 그늘에 숨어 몰래 사귀었으니 다들 잊어버렸을 줄 알았는데.

료타하고는 자연히 멀어졌어. 역시 거리 때문이었을까? 누가 딱히 변심해서 그랬던 게 아니라서 십 년 만에 다시 만나서도 아무렇지 않게 이야기를 나눌 수 있었어. 나도 결혼해서 그런대로 행복한 나날을 보내고 있고, 료타도 옛날부터 꿈에 그리던 방송 프로덕션에 들어가 열심히 일하고 있으니 서로 주저 없이 근황도

16

털어놓고 축하할 수 있었어.

아즈 너하고 이런 식으로 편지를 주고받을 수 있는 것도 네가 행복해 보이기 때문 아닐까? 이제 곧 결혼하지? 어머, 내 입으로 물어버렸네. 사실은 네가 먼저 말해주길 기다렸는데. 시즈카 결혼식 때도, 저번에 보낸 편지에서도 통 알려주질 않으니 내가 안달이 나서 먼저 말해버렸어.

예식 전에 후미야한테 들었어. 벌써 예물 교환도 끝냈다면서? 상대는 세 살 연상이고 후미야하고 같은 시청에 다닌다면서? 정말 축하해.

그나저나 딱 하루 고향에 간 건데 이렇게 정보가 잔뜩 들어오다니, 시골은 어떤 의미로 참 대단해.

그러니 아즈 너는 분명 알고 있을 거야. 알면서 나한테 숨기는 거지? 그렇게 믿고 쓸게. 만약 정말 모른다면 그냥 소문이겠거니 하고 흘려들어줘.

오 년 전 여름, 지아키가 고향 집에 돌아갔을 때 사고를 당해 얼굴을 다쳤다고 들었어. 그 일 때문에 정신적으로 불안정해져서 훌쩍 종적을 감췄다는 이야기도.

고향에 갔을 때 그랬다는 게 왠지 마음에 걸려.

잠깐이지만 모처럼 귀국한 데다 남편도 오랜만이니 느긋하게 있으라고 해서, 지아키가 어디 있는지 찾아서 위로 좀 해주고 싶어. 만약 뭐든 알고 있다면 가르쳐줘.

내가 선물한 편지지 세트, 소중하게 간직해줬구나. 정말 기뻐.

그럼 답장 기다릴게.

다카쿠라 에쓰코

❀

에쓰코에게

편지 읽었어. 사진은 핑계고, 사실은 지아키 일을 묻고 싶었던 거구나. 지아키 사고 이야기는 후미야한테 들었겠지만 나도 알고는 있었어. 다시 머나먼 외국으로 돌아가야 하는 네게 걱정거리를 안겨주고 싶지 않아서 입을 다물고 있었어. 하지만 네가 원한다면 털어놔도 되겠지. 그전에 하나만.

이 편지를 보낸 너는 정말 에쓰코가 맞니? 사실은 첫번째 편지부터 위화감이 들었어.

이를 테면 말씨가 에쓰코답지 않아. 하지만 도쿄에서 좋은 대학을 나오고 사회적 지위가 높은 사람과 결혼해 편지 쓰는 법 같은 것도 공부해서 그런가보다 하고 넘어갈 수도 있어.

송월산 이야기도 그래. 에쓰코는 내 입에 풍뎅이가 들어온 걸 알 리가 없어. 그때 산을 내려온 순서는 맨 앞이 연출 후미야, 그다음이 촬영 담당 료타였어. 료타는 휴대용 비디오카메라를 들고 우리를 찍는답시고 뒷걸음질로 걸었지. 그다음이 시즈카, 앞만 보고 묵묵히 걸었어. 그리고 에쓰코, 나, 지아키, 고이치 순이었어.

에쓰코 네가 갑자기 걸음을 멈추고 뒤로 돌아 하늘을 보는 바람에 나도 덩달아 고개를 돌려 하늘을 올려다봤고, 그때 하필 입안에 풍뎅이가 날아들어서 그걸 본 지아키하고 고이치가 숨넘어가게 웃었어. 하지만 풍뎅이는 금방 날아갔고, 나는 뭐가 들어왔던 건지 그때는 잘 몰랐어. 지아키하고 고이치는 그저 웃기만 했으니 산을 내려올 때 아무도 '풍뎅이'라는 말을 꺼낸 적이 없어.

그러니까 내 등만 봤을 너는 그걸 알 리가 없단 말이지.

그리고 결정적인 건 내 결혼 이야기야. 난 피로연 때 식사하면서 사람들 앞에서 이제 곧 결혼한다고 말했어.

그러니까 너는 에쓰코가 아니라 그 테이블에 없던 사람이 아닐까? 고이치 아니면 시즈카겠지. 그리고 풍뎅이 사건을 안다는 점을 더해볼 때 고이치가 아닐까? 곱상한 말씨도 남자가 여자 흉내를 내서 썼다고 생각하면 이해가 가그.

그래도 지아키에게 무슨 일이 있었는지 알고 싶다는 마음은 진심이겠지?

네가 대체 누구인지 솔직하게 알려준다면 네가 누구든 지아키가 당한 사고에 대해 숨김없이 말할게. 넌 대체 누구니?

그저 사고에 대해 알고 싶어 남의 이름을 댄 거라면, 후보에서 확실히 뺄 수 있는 사람이 한 명 있어. 시즈카는 그 사고에 대해 잘 알고 있거든.

아즈미

❉

아즈미에게

　‘전략’이라는 말은 이제 그만 쓸게. 역시 이상했니? 외국에서 오래 살다보니 편지 쓸 기회가 많지만, 어떨 때는 일본어, 어떨 때는 영어, 또 어떨 때는 영어로 번역하는 걸 염두에 둔 일본어를 쓰다보니 문투가 이상해져서 오해를 샀나봐. 미안해. 다정한 척하려고 그나마 ‘삼가’ 말고 ‘전략’을 쓴 건데. 고등학생 때는 편지 첫머리에 이런 걸 붙이는 줄도 몰랐지.

　나는 에쓰코가 맞아. 안 믿을 것 같으니 하나씩 설명할게.

　아즈 너보다 앞에 있던 사람은 풍뎅이 사건을 모를 거라고 생각하나본데, 나는 풍뎅이가 날아드는 걸 봤어.

　내가 그만 말을 해버리는 바람에 너까지 덩달아 입을 열었잖아. 그래서 네 등을 쿡쿡 찔러서 미안하다고 사과하려는 찰나에 시커먼 덩어리가 네 얼굴에 붕 하고 쏜살같이 내려오는 게 어찌나 웃겼는지 몰라. 더 높고 요란한 지아키 웃음소리가 귀에 남았는지 모르지만 나도 뒤에서 웃고 있었어.

　만약 의심스러우면 그때 찍은 비디오를 한번 봐. 〈송월산, 월희 전설〉 제작 당시의 비하인드스토리를 부록으로 수록했잖아. 거기에 웃고 있는 내 모습이 똑똑히 찍혀 있을 거야. 나는 지금 테이프가 없어서 확인할 길이 없지만.

다음으로 결혼 이야기. 이건 정말 내가 깜빡 착각한 거야. 아즈한테 의심을 사도 별수 없겠어.

웨딩케이크 조각이 테이블에 나왔을 때 말했지? 네가 "케이크도 좋지만 크로캉부슈도 좋지 않니?"라고 하니까 후미야가 "그럼 아즈밍은 그렇게 하지그래"라고 대꾸했잖아. 사람들이 좀더 자세히 물어보려고 들썩이는데 고이치의 직장 상사라는 사람이 술잔을 돌리러 왔고, 몇 마디 주고받는 사이에 신랑신부가 부모님께 꽃다발을 증정하는 하이라이트가 연출되는 바람에 어영부영 넘어갔지.

후미야한테 처음 들었을 때의 인상이 너무 강렬해서 언제 무슨 일이 있었는지 뒤죽박죽 섞여버렸어. 사실 후미야가 말이 좀 많니? 친구 대표 인사는 봐줄 만했지만.

아즈 너는 지아키가 당한 사고를 떠올리기 싫을 텐데, 네 생각은 못 해줄 망정 이런 편지로 의심이나 하게 만들고 정말 미안해. 이걸로 의심은 풀렸니?

그래도 여전히 내가 정말 에쓰코인지 의심스럽다면 뭐든 좋으니 우리 둘밖에 모르는 비밀을 물어봐. 그러니까, 예를 들면…….

내가 너한테 보낸 이 편지지 세트. 이건 네가 2학년 여름방학에 홋카이도로 가족여행 갔을 때 선물로 사다준 거랑 똑같은 거야. 알고 있었니?

누가 각본 담당 아니랄까봐 선물도 편지지 세트라고 감탄했기 때문에 지금도 그때 일을 똑똑히 기억해. 편지를 쓰려고 마음먹었을 때, "이 편지지는 후라노*의 유명한 공방에서 천연 라벤더를 이용한 독자적인 공법으로 물들인 거야"라던 네 말이 떠올랐고 그리운 마음에 인터넷으로 주문했어. 그런데 너는 왜 나한테 편지지 세트를 줬니? 지아키한테는 손수건, 시즈카한테는 손거울이었잖아.

이런 식으로 이 편지를 쓴 사람이 '에쓰코'라고 믿을 수 있을 때까지 물어도 좋아. 지아키 이야기는 그다음에 해도 돼. 상대를 믿을 수 있어야 할 수 있는 이야기니까.

그럼 답장 기다릴게.

에쓰코

에쓰코에게

저번에는 이상한 편지를 써서 미안해. 동네 사람들이 그저 재미로 지아키 사고에 대해 하도 입방아를 찧어대서, 지금도 그런 이야기가 나오면 의심부터 품게 되는 것 같아. 미안해.

이제 한 90퍼센트는 에쓰코라고 생각하지만 나머지 10퍼센트를 위해 하나만 더 물어볼게.

하지만 에쓰코하고 나만 아는 비밀이 뭘까? 우리 사이를 새삼 되짚어보게 돼.

가령 시즈카하고 료타는 초등학교 때부터 같이 지냈으니 그 시절

이야기를 물어보면 되고, 취직 때문에 고향으로 돌아온 후미야한테는 최근에 있었던 동네 소식이나 내가 사귀는 사람(약혼자란 말은 쑥스러워)에 대해 물어보면 되지만 고등학교에서 만난 에쓰코 너한테는 뭘 물어야 할까? 고이치하고 지아키도 마찬가지긴 하지만.

에쓰코하고 단둘이서 했던 라디오드라마 〈21세기 월희 전설〉에 대해 물어볼까? 원래 그 라디오드라마는 시시한 일로 싸운 지아키와 고이치를 화해시키려고 에쓰코 네가 두 사람 없을 때 우리 동기들한테 "둘이 죽고 못 사는 이야기를 섞어가면서 사랑을 다짐하는 대사를 읊게 만드는 거야!"라고 해서 너랑 나랑 각본을 짠 거잖아.

평소에는 혼자 묵묵히 각본을 쓰는 편이어서 지루한 작업인 줄 알았는데, 네가 진지한 얼굴로 괴상한 대사를 들이대는 바람에 각본을 쓰는 내내 얼마나 즐거웠는지 몰라. 여기서 질문!

그 라디오드라마의 마지막 대사. 최종 원고에는 '두 사람의 사랑은 영원하리라'라고 적었지만, 초고는 달랐어. 그게 뭔지 알겠니? 이건 CD에도 대본에도 안 나와.

네가 진짜 에쓰코라도 어쩌면 벌써 잊어버렸을지 모르지만, 답장 기대할게.

그럼 또.

아즈미

---

* 라벤더 꽃밭이 유명한 홋카이도의 관광지.

아즈에게

믿어줘서 고마워. 그 문제의 답은 간단해.

'두 사람이 걸어갈 사랑의 길은 험난하지만 응원하고 있당께!'

내 아이디어였는데 네가 왜 마지막만 사투리냐고, 코미디 프로그램을 너무 많이 봤다며 퇴짜를 놨지. 그렇다. 네 편지를 읽다보니 새삼 너랑 단둘이서 한 일이 별로 없었다는 걸 깨달았어.

하지만 그런 것도 잊어버릴 정도로 우린 죽이 참 잘 맞았지. 난 같은 중학교를 나온 지아키를 따라 방송부에 들어갔지만, 헤아려보면 지아키보다 너하고 지낸 시간이 더 길었던 것 같아. 뭐, 고이치가 지아키한테 찰싹 달라붙어 있었던 탓도 있지만.

그래도 지아키가 불러주지 않았다면 내 고등학교 생활은 굉장히 시시했을 거야. 하지만 역시 누가 최고니 뭐니 따질 게 아니라 지아키랑 우리 동기 일곱 명이 모두 만날 수 있는 날이 오면 좋겠어.

믿을 사람은 아즈 너밖에 없어. 부탁해.

지아키한테 무슨 일이 있었는지 가르쳐줘.

에쓰코

지아키 사고에 대해 적어볼게. 조금 길어질 거야. 다소 딱딱한 이야기가 되겠지만 끝까지 읽어줘.

전에도 말했듯이 오 년 전 여름, 고등학교를 졸업하고 지아키를 처음으로 다시 만났어.

같은 해 정초에 시즈카를 우연히 만나 서로 연락처를 주고받았고, 몇 번 전화랑 문자메시지를 주고받았어. 그 무렵 고민거리도 좀 있었거든(남자친구하고 자주 다퉜어).

시즈카가 방송부끼리 동창회를 하고 싶다고 하기에 지아키하고 고이치도 간사이에 있으니 미니 동창회 정도는 할 수 있지 않느냐고 했더니 그 둘 사이에 혼자 껴서 뭐가 즐겁겠냐고 하더라. 하긴 그렇겠지. 그렇다보니 시즈카도 지아키하고 전화나 문자메시지만 주고받았지, 제대로 얼굴을 본 건 나처럼 오 년 만이었던가봐.

하지만 고이치하고는 회사가 가까워서 가끔 점심때 단골식당에서 우연히 마주치기도 했대. 제약회사에서 일한다더라, 영업직이라 접대가 힘들다더라, 술은 못 마신다더라, 이렇게 고이치가 화제가 되는 일이 점점 많아지더라고. 지아키가 바람을 피운다며 진심으로 화내기도 했어. 그래서 시즈카가 여전히 고이치를 좋아한다는 걸 알았지.

오사카에 있는 대학에 간 것도 고이치를 따라간 게 아닐까? 고이치가 그랬잖아, 2학년 때 형이 오사카 쪽 대학에 가니까 부모님이 같은 대학에 가서 형제끼리 같이 살라고 하셨다고. 시즈카는 부모님이 간사이 밖으로는 보내주지 않으니까 오사카 쪽 대학에 원서를 넣었다고 했지만, 실은 고이치한테 맞춰서 그랬던 것 같아.

그렇잖아, 시즈카 남동생은 도쿄에 있는 대학에 갔는걸(아주머니께서 총리대신하고 같은 학교라고 우체국 창구에서 늘 자랑하셨어).

하지만 난 시즈카가 오사카에 간 게 썩 잘한 일 같지는 않아. 에쓰코 너도 알 거야. 고등학교 때는 이 사람 아니면 못 산다 싶어도, 환경이 바뀌면 새로운 사람들을 만나고 더 좋은 사람도 찾게 되잖아.

고이치는 분명 멋지지만 어차피 시골 공립학교에서 그렇다는 얘기지, 걔보다 멋진 사람이 얼마나 많니? 게다가 고등학교 때까지는 기본적으로 동급생이 연애 대상이지만 점점 연상도 멋지다, 연하도 귀여워서 좋네, 그런 식으로 선택지가 많아지잖아.

지방 소도시의 전문대에 간 나도 그런 생각을 하며 나름대로 사람을 많이 만나봤는데, 외지에 나가면 정말 새로운 인생이 펼쳐지는 느낌 아니니? 하지만 거기에 옛날부터 동경하던 사람이 있으면 외지에 나가도 그 사람을 만났던 때에서 시간이 그대로 멈춰버리는 게 아닐까?

시즈카는 정말 그랬어.

라디오드라마 〈21세기 월희 전설〉을 두고 날 탓할 때 실감했지.

그걸 만들 때, 시즈카는 고이치하고 지아키가 헤어지길 기다렸던 모양이야. 때마침 여름방학 전에 둘이 크게 싸웠잖아.

시합 때 응원 와달라는 같은 반 축구부 남학생 말에 지아키가 정말 샌드위치를 들고 갔고, 고이치는 그 일로 화를 냈어. 지아키도 대가 세서 "겨우 응원 가지고 무슨 잔소리가 그렇게 많아? 인문계 동아리 남자는 쫀쫀해서 밥맛이야"라고 받아치는 바람에 고이치는 더욱더 열을 받았고, 그러든 말든 지아키는 완전히 본체만체했지.

그래서 에쓰코 네가 우리한테 라디오드라마를 만들자고 했잖아. 다들 찬성했지. 아무도 반대하지 않았어. 시즈카도. 그런데 시즈카가 전화로 "어째서 도와준 거야. 아즈는 내 편인 줄 알았는데!" 하고 나를 탓하더라.

그때 내가 도와준 건 죄책감 때문이었어. 나도 지아키하고 함께 축구 시합을 보러 갔거든. 애초에 같이 샌드위치를 만들자고 꾄 것도 나였어. 그 무렵 사귀던 남자친구한테 점수 좀 따고 싶었는데, 샌드위치는 만드는 데 손이 많이 가잖아. 그래서…….

아무리 그래도 그렇지, 몇 년이나 지난 일을 가지고 그렇게 화내다니 유난스럽지? 시즈카한테도 말했어. 이제 와서 그런 말을 하면 나더러 어쩌라는 거냐고. 시즈카도 그 이상 다른 말은 하지 않았어. 나는 라디오드라마를 만들면서 우리의 우정이 더 단단해졌다고 생각했는데, 시즈카는 아니었나봐.

그래서 동창회 하자는 이야기는 나왔지만 만나지 않는 게 좋을 것 같아서 내가 먼저 말을 꺼내지는 않았어. 그랬더니 여름에 시즈카가 전화로 오봉 휴가라 어제부터 고향에 와 있으니 만나자는 거야.

이튿날 밤, 약속 장소에 갔어. '리졸레타'라고, 분위기 있는 이탈리안 레스토랑이었어. 그랬더니 시즈카 옆에 지아키까지 있지 않겠어? 지아키도 이삼 일 전에 고향에 돌아왔는데 시즈카 전화를 받고 나온 거래. 어째서 라이벌인 지아키를 불렀을까? 놀랐어.

셋이서 와인을 병으로 시켜놓고 네 결혼 소식이랑 근황 이야기를 주고받으며 건배하는 사이에 방송부 시절 이야기가 나왔어. 하지만 라디오드라마는 위험하잖아. 그래서 다큐멘터리 이야기만 잔뜩 했어.

그거 정말 열심히 만들었잖아. 다 함께 분담해서 동네 문화보존회 회원들을 찾아가 월희 전설을 조사했지. 여든도 넘은 할머니께서 할아버지 이야기를 하시면서 자기를 공주님에 빗대어 말씀하셔서 "그건 좀 이미지가……" 하고 거북해했잖아. 알고 보니 전쟁 중에 있었던 일이었지. 할아버지가 전쟁에 나간 사이 매일 기도하러 갔다는 말을 듣고 나도 너도 펑펑 울었어.

그러다가 이럴 게 아니라 지금 한번 가보자는 이야기가 나왔어. "여러 사람들을 취재했지만 한 번만 가야 한다는 이야기는 없었지?" 하고 말이야. 제일 먼저 가자고 했던 게 누구였더라. 시즈카였나?

셋이서 와인을 두 병이나 비워서 그런지 묘하게 들떠 있었고, 게다가 나는 실연한 지 얼마 안 된 탓에 이번에야말로 제대로 소원을 빌어야겠다고 마음먹었어. 지아키도 재미있을 것 같다고 호들갑을 떨어 바로 행동으로 옮기기로 결정했어.

가게에서 나와 그대로 송월산 기슭에 있는 외그루 소나무까지 산길을 걸어오르기 시작했어. 뭐가 즐거웠는지 모르지만 마냥 기분이 좋아서 셋 다 꽤나 들떠 있었어. 노래도 부르고 비슷하지도 않은 성대모사를 하며 떠들썩하게 산을 오르는 사이에 지아키가 라디오드라마 대사를 읊기 시작했어. 나도 덩달아 고이치 대사로 맞장구를 쳤지.

"당신 아닌 다른 이는 생각조차 할 수 없어요."

"그런 말을 할 수 있는 것도 내가 지금 그대 눈앞에 있기 때문이오. 모습이 사라지면 마음도 사라지리니."

이런 대사를 꽤 오래 주고받았어. 정신을 차리고 보니 시즈카가 입을 꾹 다물고 있더라. 아차 싶었는데 마침 산 정상에 도착해서, "그럼 시즈카부터 먼저 해" 하고 서둘러 사당 앞에 앉혔어. 그러면 말을 안 해도 자연스럽잖아. 그다음으로 나도 두 손을 모으고 기도했어. 마지막이 지아키였는데, 글쎄 그게 엉망이었어.

잠자코 앉으면 되는데 취기가 가시지 않았는지 나를 밀쳐내질 않나, "소원을 빌 땐 소리내서 말해도 되지?" 하더니 시즈카를 쳐다보면서 이렇게 말하는 거야. "고이치의 신부가 되게 해주세요" 라고 고래고래. 난감하기 짝이 없더라. 에쓰코 네가 곁에 있었으면 좋았을걸. 난 대번에 술이 깨서 시즈카를 쳐다봤는데 어두워서 표정은 안 보였어.

그리고 산을 내려오는데 나, 지아키, 시즈카 순으로 걸었어. 무서웠지. 갈 때는 흥에 겨워 법석을 떠느라 미처 몰랐는데, 돌아올 땐 입을 열면 안 되잖아. 깜깜하기까지 하니, 어떻게 올라갔는지 모를 정도였어. 다큐멘터리 찍을 땐 남자애들이 헤드라이트를 달고 갔던가?

어쨌든 산에서 빨리 내려가고 싶어 미치는 줄 알았어. 그런데 이게 또 제대로 걷지를 못하겠는 거야. 옛날에는 긴 바지에 운동화를 신었잖아. 하지만 이번에는 여자들끼리였지만 나름 저녁 약속이었던 터라 셋 다 짧은 치마에 굽 높은 샌들, 거기다 방충제도 준비하지 않았으니 모기한테는 또 얼마나 물렸는지. 뭐, 그렇다보니 조금 걸음을 서둘렀어. 그랬는데 별안간 비명이 들렸어.

뒤를 돌아보니 지아키가 엎어져 있었어. 산길 옆으로 얼굴부터 슬라이딩이라도 한 듯한 자세였지. "괜찮아?" 하고 팔을 끌어 일으키려는데 아프다면서 두 손으로 얼굴을 감싸고 일어나질 못하는 거야. 어쩌면 좋을지 몰라 휴대전화로 후미야한테 전화를 걸어 데리러 와달라고 했어.

그때 고이치는 일이 바빠 고향에 오지 못했거든. 이럴 땐 역시 동네 친구가 최고라니까. 후미야가 지아키를 업고 외그루 소나무까지 내려왔는데, 거기서 그만 비명을 지를 뻔했어. 거기 가로등 있는 거 알지? 지아키 얼굴이랑 옷이 피투성이였던 거야.

그대로 후미야 차에 태워 현립 병원 응급실로 갔어. 후미야랑 나랑 시즈카 셋이 로비에서 기다렸는데, 지아키는 상처가 심해 입원하게 됐어. 시간도 늦었고 지아키네 어머니가 오셔서 우리는 각자 집으로 돌아왔어.

그뒤로 지아키를 만나지 못했어. 지아키가 아무도 만나고 싶지 않다고 거부한 모양이야.

오른쪽 뺨을 스무 바늘이나 꿰맸나봐.

부상이 커서 그런지 이튿날 경찰이 찾아왔어. 시즈카하고 나를 대동하고는 현장에도 갔어. 경찰도 동네 사람이니 월희 전설은 알고 있었지만 나이 꽉 찬 아가씨들이 숯김에 그것도 한밤중에 산에 갔냐며 제정신이냐고 혼쭐났어. 그러고 보니 다큐멘터리를 찍은 뒤에도 그랬지. 담당교사였던 오바 선생님이 사고라도 나면 어쩔 뻔했냐고 혼내셨잖아.

지아키가 넘어진 데는 산길에서도 특히 비탈이 급하고 돌이 튀어나온 곳이었어. 뾰족한 돌 끝에 피가 묻은 걸 보고 거기에 베였다는 걸 알았지.

이게 그 사건의 전부야.

너 정말 에쓰코 맞지? 고이치 아니지?

실은 아직도 의심 가는 점이 있어.

너, 옛날엔 나를 '아즈밍'이라고 불렀잖아. 언니가 날 '아즈'라고 불러서 소꿉친구들은 다들 그렇게 불렀지만, 고등학교 때 만난 친구들은 그 무렵에 뜬 탤런트 야마오카 아즈미의 별명이 '아즈밍'이다보니 나까지 '아즈밍'이라고 불렀어. 얼굴은 하나도 안 닮았는데. 에쓰코는 항상 '엣짱'이었지?

하지만 지난번 편지에서 너는 에쓰코밖에 모르는 질문에도 정확히 대답했어. 머리가 복잡해. 네가 에쓰코이길 바라. 에쓰코여서 사고에 대해 털어놓을 수 있었거든.

같이 있었으면서 지아키에게 도움이 되지 못했다는 죄책감이 있지만 그때 그 이상 뭘 어떻게 해야 했는지 모르겠어. 그러니 만약 이 편지를 읽고 네가 지아키에게 뭔가 해줄 수 있다면 나도 널 돕고 싶어.

라디오드라마 〈21세기 월희 전설〉 때처럼.

아즈미

아즈에게

사고에 대해 말해줘서 고마워.

지아키 사고에 네가 그런 식으로 얽혀 있는 줄도 모르고 생각 없이 물어서 미안해. 네가 큰맘 먹고 가르쳐줬는데 나도 어쩌면 좋을지 모르겠어. 그것도 미안해.

지아키의 소재는 그런 쪽 전문업체에 부탁하면 금방 파악할 수 있을 거야. 하지만 난 분명 지아키를 만나도 뭘 해주면 좋을지 모를 것 같아. 모델 일을 하다가 얼굴을 스무 바늘이나 꿰맸다면 지아키는 굉장한 충격을 받았겠지. 하지만 지아키가 그렇게 유약한 친구였던가? 만약 소문처럼 정신적으로 약해져서 행방불명된 거라면 상처 때문만은 아닐 것 같아.

그리고 아즈는 아직 날 의심하는 모양이구나.

확실히 나는 처음에 널 '아즈밍'이라고 불렀어. 료타하고 사귈 때 걔가 널 '아즈'라고 부르는 걸 듣고 그쪽이 더 멋지고 친해 보여서 부러운 마음에 점차 '아즈'로 바꿔갔지. 하지만 그때그때 기분에 따라 바꿔부른 바람에 오해를 샀나봐. 미안해.

하지만 료타하고 헤어졌다고 '아즈'라고 부르던 것까지 바꿀 필요는 없잖아.

그보다 내가 에쓰코가 아니라 쳐. 그렇다고 고이치가 아닐까 의심한 건 정말 이상해.

고이치는 사고 당일에 없었다지만 지아키하고 사귀는 사이였잖아? 지아키의 소원이 '고이치의 신부가 되게 해주세요'였을 정도니 지아키가 바람기는 있었지만 그래도 완전히 사이가 틀어졌던 것도 아닌 모양인데. 그러면 고이치는 지아키가 다친 걸 알고 있을 테고, 모르면 후미야한테 물어봤을 수도 있잖아.

그런데 어째서 고이치가 내 흉내까지 내면서 너한테 그 일을 물으려 한다고 생각해? 고이치라면 내 흉내를 내지 않고 그냥 물어도 되잖아. 고이치랑 지아키가 헤어질 때 무슨 문제라도 있었어?

부담스러운 질문일지 모르겠지만 지아키뿐만 아니라 사고 직후 다른 친구들은 어땠는지 알려줄래?

에쓰코

❀

자꾸 의심해서 미안해.

그래, 고이치나 다른 친구들이었다면 오 년 전 사고를 이제 와서 물을 리 없겠지. 너만 아무것도 모르니 신경쓰이는 거겠지.

그건 호기심 때문이니? 아니면 소꿉친구인 지아키를 진심으로 걱정하는 거야?

이런 식으로 물으면 너는 당연히 지아키를 위해서라고 말하겠지만, 내 눈에는 너희가 그 정도로 친해 보이지는 않았어.

너는 지아키를 따라 방송부에 들어왔다고 했지만, 너의 약간 낮은 목소리는 정말 감미롭고 멋졌어. 발음도 좋고 낭독도 잘해서 다른 사람을 따라 들어온 것 같지 않았어.

지아키는 배우가 꿈이었으니 사실은 독립영화제작부 같은 게 있었으면 하는 눈치였지만, 시골 고등학교에는 평범한 동아리밖에 없으니 일단 제일 비슷한 방송부에 들어온 거야. 지아키는 바빠지면 "에쓰코는 내 언니잖아" 하고 너한테 기댔고, 늘 밝고 활달한 너는 "나한테 맡겨!" 하고 웃었지만 문득문득 한숨을 내쉬었지.

라디오드라마를 만든 것도 지아키가 "에쓰코, 고이치하고 싸웠어. 부탁인데, 어떻게 좀 해줘" 하고 조른 거지?

그리고 지금도 지아키 일에 필사적으로 나서고 있어. 절대 빈정 거리는 게 아니라, 매번 이만큼이나 되는 내용을 손으로 직접 쓰면 힘들지 않아? 사실 나는 이번부터 컴퓨터로 쓸까 했는데, 상대가 에쓰코가 맞는지 의심하는 주제어 컴퓨터로 쓰면 이번에는 에쓰코 네가 날 의심하겠지? 필적을 숨기려는 건가 하고 말이야.

하지만 난 네 글씨가 기억이 안 나. 동아리 친구들 중에 또렷하게 기억나는 건 후미야 글씨뿐이야. 공부를 잘하니까 다들 후미야 숙제를 베꼈잖아. 하지만 "이거 뭐라고 쓴 거야?" 하고 물을 정도로 지렁이가 기어가는 악필이었지.

옛 친구를 위해 이렇게까지 할 수 있을까? 시즈카를 위해 내가 그렇게 할 자신이 없으니 에쓰코를 의심하는 건지도 몰라.

나하고 시즈카 사이는 어땠을까? 동네에 아이들이 얼마 없다 보니 료타도 그렇고 시즈카도 그렇크 반 애들 모두 친하게 지냈어. 만약 에쓰코 너희 동네처럼 한 학년에 네 반이나 있었다면 과연 친해졌을지는 의문이야. 뭐, 료타는 남자라 별 차이 없겠지만 시즈카하고는 따로 놀지 않았을까?

내가 방송부에 들어간 이유를 굳이 따지자면 지아키하고 비슷한 동기야. 문예부가 있었다면 그쪽에 갔겠지.

시즈카는 왜 방송부에 들어왔을까? 입학 후 동아리 소개가 끝난 뒤에 시즈카가 "아즈는 동아리 정했어?" 하고 묻기에 "방송부에 들어갈까?"라고 했더니 "아, 똑같네!"라고 하더라고. 성실하고 얌전한 시즈카에게는 방송부가 어울린다 싶어 혼자 멋대로 그런가보다 하고 넘어갔지만, 지금 생각해보면 시즈카는 뭘 하고 싶었던 걸까?

시즈카는 머리도 좋고 재주가 많아 뭘 시켜도 척척 해냈지만 굳이 말하자면 보조 역할이었지, 걔가 아니면 안 되는 그런 일은 특별히 없었던 것 같아. 그렇다고 주변 분위기를 띄워주는 타입도 아니었고.

그건 고이치 역할이었지. 우리가 지치면 재미있는 이야기로 웃게 해줬잖아. 나는 집중해서 원고를 쓰면 눈 밑에 다크서클이 생기는 체질이라 그걸로 종종 놀림을 받았어. 에쓰코 너의 파티용품 같은 동그란 검은 테 안경과 더벅머리도 '산 할매 전설' 어쩌고 하면서 많이들 놀렸지. 지금 생각하면 엄청 실례되는 소리 아니니?

하지만 학생회에 제출할 서류나 취재요청서 같은 문서작업을 시즈카가 거의 다 처리해준 덕에 다들 하고 싶은 일을 마음껏 할 수 있었는지도 몰라.

아무도 모르는 곳에서 담담히 친구들을 도와주는 사람. 시즈카는 그런 느낌이었지.

내가 무슨 말을 하고 있담. 사고 뒤에 다들 어땠는지 물었지?

나는 역시 사고에 책임을 느끼고 몇 번이나 병원에 갔고, 지아키네 집에도 찾아갔어. 하지만 지아키는 만나주지 않았어. 그래서 꽃도 보내고 편지도 썼어. 기운내라는 말밖에 못 했지만.

시즈카도 한두 번은 병원으로 함께 문병을 갔지만 일 때문에 오사카로 돌아가야 했어. 하지만 그쪽에서 꽃이나 선물은 계속 보냈던 것 같아.

후미야는 그뒤 특별히 한 건 없었어. 업무 중에 창구에서 마주치면 "지아키는 좀 어때?" 하고 묻는 정도. 뭐, 후미야는 죄책감을 느낄 이유가 없으니까.

료타는 여름에는 고향에 오지 않고 해가 바뀌고야 왔는데 그때 후미야에게 사고 소식을 들었던 모양이야. 그때 이미 지아키네 가족은 이사를 갔으니(그해 가을쯤이었던 것 같아) 료타는 에쓰코하고 비슷한 입장일 거야.

고이치는 사고 이 주 뒤에 이쪽에 왔는데, 지아키는 만나지 않았던 것 같아. 후미야에게 들은 이야기인데, 지아키가 고이치네 집 자동응답기에 헤어지자는 메시지를 남겼대. 자세한 내용은 모르지만 상당히 진지하게 고민하는 목소리였대. 그리고 "약속을 어기면 죽을 거야"라는 말도 했다지.

결국 고이치는 지아키를 만나지 않고 조용히 물러났어. 후미야는 헤어지자는 전화가 뭔가 의심스러운 눈치였지만 결단을 내리는 건 고이치니까.

두 사람은 그렇게 헤어졌어.

다들 할 수 있는 일은 했어. 그러니까 에쓰코 너도 누가 어떻게 도와줄 수 있지 않았을까, 내가 있었다면 어떻게 해줄 수 있지 않았을까 하는 생각은 거둬줘.

그건 슬픈 사고였어. 내가 지금 지아키 소식을 알고 싶은 건 사실 뭔가 해주고 싶어서가 아니라 회복해서 행복하게 사는 지아키를 보고 안심하고 싶어서인지도 몰라.

때때로 이런 상상도 해.

얼굴에 흉터가 남았어도 지아키는 예쁠 거야. 텔레비전을 보면 미용성형도 많이 발달했잖아. 이제 지아키는 흉터도 다 지우고, 고이치보다 더 멋진 남자하고 행복하게 살고 있지 않을까? 길에서 우연히 만나 "지아키, 걱정했잖아!"라고 말하면 깔깔 웃으면서 "왜?"라고 되묻지 않을까?

네가 지아키 일을 알아볼 거면, 지아키가 행복한 경우에만 나한테 연락해줘.

이런 건 너무 치사한가?

아즈

힘든 일을 떠올리게 해서 미안해.

분명 나는 오 년 전에 일본에 있었어도 지아키를 도울 수 없었을 거야. 고이치에게 헤어지자고 한 지아키의 마음은 알 것 같아. 입장을 바꿔 생각해봤어. 료타가 아니라 남편을 상대로 말이야.

내 경우, 남편은 내 외모에 끌린 게 아닌 것 같지만 그래도 회사 파티 같은 데는 부부 동반으로 참석해야 하잖아. 그런 자리에 얼

굴에 큰 흉터가 있는 파트너를 데려가면 이러쿵저러쿵 수군거릴
테지. 그러면 남편의 평판에 흠이 갈지도 모르니까 알아서 헤어지
자고 할 수도 있을 것 같아.

전화기에 메시지를 남기는 것도 용기가 필요했을 거야.

그런데 후미야는 뭘 의심했던 걸까?

궁금하네.

에쓰코

에쓰코에게

괜히 궁금하게 만들어서 미안해. 에쓰코가 걱정할 만한 소리는
쓰지 말 걸 그랬네. 반성하고 있어.

사고 때 도와준 보답으로 한잔 사려고 후미야를 불러낸 적이 있
는데, 그때 이런 말을 하더라고.

"그렇게 오래 사귀었는데 헤어지자는 말을 겨우 자동응답기에
녹음하고 끝?

직접 만나거나 전화로 말하는 건 용기가 필요하니 피할지도 모
르지만 그것 말고도 편지나 메일처럼 자기 마음을 정확히 전할 수
단이 있는데 어째서 지아키는 자동응답기 쪽을 골랐을까? 그냥

용건만 간단히 남길 때도 도중에 삐 소리가 나면 당황하게 되는데 말이야. 그게 마음에 걸려 이것저것 생각해봤더니 고이치가 한 말 중에 신경쓰이는 게 하나 있었어.

'약속을 어기면 죽을 거야'라는 부분이 있었잖아. 라디오드라마 〈21세기 월희 전설〉 속에도 그것과 똑같은 대사가 있었어."

월희 전설, 지금도 기억해?

전쟁에 나간 남편을 걱정한 월희가 송월산 정상에 있는 사당에서 소원을 빌었더니 달의 요정이 나타나 '그대 남편은 위험에 처했다. 오늘 밤부터 열흘 동안 이곳에 기도하러 오면 남편을 무사히 그대 품에 돌려보내주마. 단 소원을 빈 뒤에는 산기슭에 있는 외그루 소나무에 도착할 때까지 절대 입을 열어서는 안 된다'라는 말을 하고 사라졌어. 이튿날부터 월희는 매일 밤 송월산에 가서 치성을 드리지. 한편 마을에도 전쟁의 불씨가 서서히 다가오고 있었어. 어머니가 외출을 말렸지만 월희는 남편을 위해 치성을 드렸고 마지막 밤, 산에서 내려오는 길에 탈주한 적군의 무사와 마주쳐 그만 살해당하고 말아. 하지만 월희는 마지막 순간까지 한 마디도 하지 않았대. 남편은 이튿날 무사히 돌아왔고.

다 함께 후미야에게 몇 번이나 들었던 이야기야. 나는 그걸 현대판으로 각색했지. 남편이 아니라 남자친구로, 전쟁 대신 전국 웅변대회에 가는 길에 사고를 당하는 걸로. 마지막으로 월희 역할의 쓰키코는 죽는 대신 크게 다친다는 설정이었지. 그게 현실이 되고 만 거야. 참, 후미야 이야기를 하고 있었지?

"어머니가 외출을 막는 장면에서 '약속을 어기면 죽을 거야'라는 대사가 나오잖아. 우리 드라마에서는 약속을 어기면 남자친구가 죽을 거라는 뜻이었지만 이걸 그대로 자동응답기에 녹음하면 약속을 어기면 지아키가 죽을 거라는 뜻으로 바뀌지 않을까?

다툰 두 사람을 화해시켜야 한다며 드라마를 남자친구가 웅변대회에 가기 전날 크게 다치는 대목에서 시작했잖아. 꼴도 보기 싫어! 만나기 싫어! 문자도 전화도 하지 않을 테니 너도 나한테 절대 연락하지 마! 이런 대사가 계속 이어지고 이튿날 사고 뉴스가 나오지.

지아키가 고이치의 자동응답기에 녹음한 메시지, 라디오드라마에서 따서 편집한 게 아닐까? 서스펜스 드라마를 너무 많이 봤다거나 추리소설을 너무 많이 읽었다고 생각할지 모르지만, 아즈밍은 아무 의심도 안 들어?

아아, 내 생각이 지나친 걸까? 라디오드라마 CD를 갖고 있는 건 방송부 동기 일곱 명뿐이니까. 그렇다면……."

이런 식이었어.

옛날부터 후미야는 한번 마음에 걸리는 일이 있으면 끝까지 파고들어야 직성이 풀리는 타입이었지. 겨우 오 분짜리 점심시간 뉴스 코너를 더 구체적으로 조사해야 한다고 고집부리는 바람에 다들 밤늦게까지 학교에 남기도 했잖아.

그 버릇이 남아서 그런지, 후미야 이야기는 그럴 듯했어. 난 당장 〈21세기 월희 전설〉을 다시 들어봤어. 그랬더니 정말 "약속을 어기면 죽을 거야"라는 대사가 나오는 거야. 초반에 싸우는 부분도 그래. 고도의 편집기술이 아니더라도 조금만 이어붙이고 잘라내면 금방 헤어지자는 이야기가 될 것 같더라. 지아키 연기도 어찌나 박진감 넘치던지, 사고 내용을 아는 데다 이런 게 자동응답기에 녹음돼 있다면 아무 의심 없이 믿어버릴 것 같았어.

후미야가 그런 말을 하기 전까지 대본을 쓴 나도 몰랐다니 참. 하지만 알았더라도 아무것도 못 했을 거야. 분명 후미야도 나랑 같은 생각을 했던 게 아닐까? 그리고 지금 이 편지를 읽는 에쓰코 너도 마찬가지일 거야.

자동응답기에 메시지를 남긴 건 시즈카 아니었을까?

사고가 일어난 다음, 고이치가 지아키를 만나러 오기 전에 CD를 편집해서 자동응답기에 메시지를 녹음해둔 거야. 어쩌면 오사카로 돌아간 뒤에 고이치를 직접 만나 사고 소식을 전했을지도 모르지. 우리도 만나주지 않는다거나 자기가 지아키였어도 흉측한 얼굴을 보이면 자살을 생각할지도 모른다는 말로 고이치를 지아키에게서 떼어놓으려 유도했을지도 몰라.

어째서 이렇게 아무렇지도 않게 친구를 의심할 수 있는 걸까?

사실 자동응답기 가설 다음에 후미야가 한 가지 더 말해준 게 있거든. 사고 뒤에 아무도 지아키를 만나지 못했는데 후미야한테는 딱 한 번, 아주머니께서 전화하신 적이 있대. "혹시 우리 지아키가 자동차 안에 휴대전화를 떨어뜨리지 않았니?" 하고 말이야.

아무래도 지아키는 그날 밤에 휴대전화를 잃어버린 모양이야. 아주머니 말씀으로는 사고 현장에 없었냐고 경찰에 물어봤다는데 없었다나봐. 어쩌면 시즈카가 가지고 돌아갔던 게 아닐까? 지아키가 고이치하고 연락하지 못하도록 말이야.

그렇다면 언제 휴대전화를 주워 그런 시나리오를 짰을까? 지아키가 넘어졌을 때? 후미야가 모는 차 안에서? 이튿날 사고 현장? 나중에 가져다주려 했지만 이거 써먹을 수 있겠다 싶어 돌려주지 않은 걸까? 애초에 지아키가 휴대전화를 떨어뜨렸다는 게 정말일까?

후미야가 지아키를 등에 업고 산에서 내려올 때 나는 얼굴의 상처를 감싸느라 자세가 불안한 지아키 등을 잡아주면서 뒤를 따라갔고, 시즈카가 내 뒤에서 지아키의 가방을 들고 따라오고 있었어. 그때 빼냈던 게 아닐까?

리졸레타에서 다시 만났을 때 우리는 바로 연락처를 주고받았어. 나는 주소록을 겸한 다이어리를 꺼냈지만 지아키는 휴대전화를 꺼내면서 그게 더 편리하다고 했어. 그러니 아마 휴대전화가 없으면 전화나 메일도 못 보내고, 고이치의 집주소나 전화번호도 알 길이 없는 게 아닐까? 그렇게 되면 고이치하고 연락도 못 하는 거지.

여기까지 왔으니 진짜 최악의 시나리오를 써도 될까?

그건 정말 사고였을까?

그래, 산에서 내려올 때 있었던 일을 짚어가다가 한 가지 더 깨달은 게 있어.

시즈카는 그 사고가 있던 밤에도 산을 내려가는 내내, 외그루 소나무에 도착할 때까지 한 마디도 하지 않았어. 지아키가 넘어졌을 때도, 내가 전화를 걸 때도, 후미야가 와줬을 때도, 한 번도 입을 열지 않았어.

그런 의심이 들었지만 나는 오 년 만에 싹 잊어버리고 고이치 옆에 앉아 있는 시즈카에게 진심으로 박수를 보냈어.

지아키는 그런 나를 결코 용서하지 않을 테지.

이제 숨기는 건 하나도 없어. 진상은 네게 전부 털어놨어.

에쓰코, 난 행복해질 수 있을까?

아즈

아즈에게

솔직하게 말해줘서 고마워. 괴로운 기억을 들추어내서 미안해. 하지만 그보다 아즈에게 하고 싶은 말이 있어. 다친 지아키를 도와줘서 고마워.

지아키도 분명 고마워할 거야.

그리고 늦었지만 결혼 축하해. 이런 편지를 쓰는 나도 결혼식에 초대해주겠니? 나는 남편이 재혼이라 부임지 교회에서 단둘이 식을 올렸어.

지아키가 어디 사는지 알게 되면 연락할게. 괜찮다면 지아키에게도 청첩장을 보내줘. 지아키도 기뻐하지 않을까?

그럼 행복하길 바라.

에쓰코

시즈카에게

일전에는 결혼식에 초대해줘서 고마웠어. 정말 멋진 결혼식이었어! 신혼여행은 호주로 갔다며? 어땠어? 에어스록, 오페라하우스, 코알라, 캥거루, 떠올릴 수 있는 게 초등학생 수준이지만 분명 고이치와 함께라면 뭘 봐도 아름답고 즐거웠겠지?

조금뿐이긴 하지만 결혼식 때 찍은 사진을 보낼게. 프로 사진가가 많이 찍었겠지만 이건 하객 측에서 바라본 각도니 즐겁게 봐줬으면 해.

피로연도 정말 즐거웠어. 역시 같은 동아리 동기끼리 하는 결혼이라 좋더라. 신랑신부 덕분에 하객석에서 오랜만에 이야기꽃을 피우며 친구들 근황도 들을 수 있었어. 내 욕심이지만 다 모였으면 더 좋았을 텐데 말이야.

지아키 사고 소식은 아즈에게 들었어. 아즈는 사고 현장에 있었던 탓에 오 년이나 지난 지금도 죄책감을 가지고 있는 것 같아. 아즈는 사실 거의 잊고 지내다가 회상하는 사이 죄책감이 울컥 치밀어오른 거라 그리 걱정이 안 되는데, 시즈카 너는 워낙 진중하니까 사고 이후 줄곧 심한 죄책감을 안고 있지 않았을까 걱정스러워.

어쨌든 너희 둘 정말 잘 어울리더라.

언뜻 보면 고이치가 신혼생활의 주도권을 쥘 것 같지만, 알고 보면 네가 꽉 잡고 있겠지? 결혼해도 일은 계속하는 거지? 피로연 때 회사 사람들이 주임이라고 부르던데, 결혼과 동시에 일을 그만둔 나는 열정적으로 사는 네가 부러워. 매일 집에 있다보면 생활에 활력도 없고 머리도 멍해지거든.

휴일에 고이치하고 함께 방송부에서 만든 작품을 보거나 듣는 일은 없니? 나는 피로연에서 튼 다큐멘터리가 왠지 굉장히 그리워져서 고향집 벽장에 넣어둔 상자를 우편으로 받아 정신없이 봤어.

특히 라디오드라마 〈21세기 월희 전설〉은 지금 들어도 기막힐 정도로 웃기더라. "사랑해" "꼴도 보기 싫어", 아무리 연기라지만 십대였으니 그만큼 진지할 수 있었겠지. 지아키가 주연이라 너한테는 별 재미 없는 작품이었을지도 모르지만.

아니, 분명 그런 건 문제가 아닐 거야. 시즈카 너하고 고이치는 서로를 보듬으며 좀더 큰 벽을 넘어왔을 테니까.

사실 이 라디오드라마에서 한 가지 마음에 걸리는 게 있어. 이 작품을 녹음할 때 모두 모였던 건 아니잖니? 출연자는 고이치하고 지아키, 나, 셋이었지만 고이치하고 지아키가 나오는 장면을 녹음할 때는 나도 효과음을 준비했고, 손이 빈 사람은 뭐든 해야 했어. 물론 출연자뿐만 아니라 모두 바빴지.

장면별로 나눠서 녹음한 자료를 료타와 후미야가 편집해서 라디오드라마로 완성했는데, 고이치는 이렇게 부끄러운 걸 어떻게 듣느냐며 시연 때 오지 않았지. CD도 줬겠다, 들어봤냐고 몇 번이나 물었지만 졸업식 날까지 그런 걸 어떻게 듣느냐는 말만 했던 게 기억나.

내 입장에서는 각본, 출연, 편집, 전반에 걸쳐 추억이 많이 깃든 작품이어서 말은 그렇게 해도 고이치가 꼭 한 번 들어줬으면 했어. 아내의 특권으로 고이치에게 넌지시 물어봐주면 안 될까? 물론 네가 싫다면 안 물어봐도 돼.

시시한 소리만 잔뜩 늘어놓아서 미안해.

그럼 두 사람 영원히 행복하기를.

에쓰코

전략 다카쿠라 에쓰코에게

결혼식에 와줘서 고마웠어. 먼 길 오느라 고생했지? 정말 고마워. 일본에는 언제까지 있어? 몇 년 만의 귀국이니 후회 없이 보내길 바라.

뭔가 지아키 소식을 듣고 네 나름대로 진상을 파악하려는 것 아니니?

에쓰코 너는 옛날부터 마음이 넓고 친구들을 이끄는 존재였잖아. 늘 남의 눈을 의식했던 나는 겉과 속이 한결같은 네가 편했어. 좋은 건 좋다, 아닌 건 아니다, 위험한 건 위험하다, 좋아하는 건 좋아한다, 뭐든 직설적으로 표현하던 네가 묘하게 둘러말하는 걸 보고 날 의심한다는 사실을 눈치챘어.

너답지 않아 실망했지. 내가 아는 에쓰코라면 툭 터놓고 지아키 사고에서 미심쩍은 부분이 있으니 진실을 말해달라고 할 것 같았거든.

고등학교를 졸업한 지 십 년, 나도 그렇고 모두 옛날 그대로일 수는 없겠지. 나는 그때보다 내 의견을 더 확실히 말할 수 있게 됐어.

고등학교 때 너는 지아키 못지않게 예뻤는데도 꾸밀 생각을 하지 않았지. 도수 높은 검은 테 안경에 덥수룩한 긴 머리, 화장은커녕 립크림을 바르는 모습도 본 적이 없었어. 그런데 결혼식 때는 우아한 원피스에 머리도 예쁘게 손질했더라. 여자 하객 중에서 최고로 아름다웠어.

친척에 직장상사에, 하객이 너무 많아 에쓰코 너에게 그 말을 직접 못 한 게 여태 아쉬웠을 정도야.

고이치가 〈21세기 월희 전설〉을 들어봤냐고 물었지? 네가 왜 궁금해하는지 짐작은 가. 하지만 그 대답을 여기에 쓰진 않을 거야.

에쓰코라면 에쓰코답게 당당하게 물어야지.

그리고 내 앞으로 온 우편물을 고이치가 뜯어볼 일은 없겠지만 보내는 사람이 에쓰코라면 혹시 우리 두 사람 앞으로 온 물건인 줄 착각하고 뜯을지도 몰라. 어제는 우연히 내가 일찍 돌아왔지만 (이 편지는 회사에서 쓰는 거야) 보통 고이치가 더 일찍 돌아오니까 고이치가 뜯어볼 가능성이 전혀 없는 건 아니야.

메일이나 휴대전화, 다른 통신수단으로 연락할 수는 없을까? 혹시 모르니 내 메일주소(고이치하고는 컴퓨터도 메일도 따로 써)와 휴대전화 번호를 적은 쪽지를 동봉할게. 혹시 그게 어렵다면 다른 방법을 찾아볼게.

앞으로 편지를 보낼 생각이 없다면 됐고. 하지만 다음에도 보낼 거라면 고이치가 읽어도 되거나 아예 고이치가 읽는다는 전제를 염두에 뒀으면 좋겠어. 물론 네가 생각하는 상식의 범위 내에서.

혹시 이번 편지도 고이치가 읽는다는 걸 전제로 쓴 거였니?

손으로 쓴 편지를 받았는데 답장은 컴퓨터로 쳐서 미안. 일이 바빠 여유가 별로 없어서 조금이라도 시간을 줄일 수 있는 방법을 골랐어.

그럼 또.

야마자키 시즈카

바쁠 텐데 편지 고마워. 결혼한 사람들끼리 나눌 수 있는 이야기란 뭘까? 그런 생각을 하며 이 편지를 써.

마음이 넓고, 직설적으로 말하는 게 진짜 에쓰코라. 네가 생각하는 그런 모습이 정말 나일까?

아즈도 지아키도 종종 그렇게 말했지. 고등학교 때 나는 아무 의심 없이 그런 내 모습을 받아들였고, 또 그래야 한다고 생각했어. 하지만 나 역시 사소한 일로 풀이 죽기도 하고, 친구들이 나를 어떻게 생각하는지 고민도 하고, 이런 말을 하면 상대가 어떻게 생각할까 밤새 끙끙댄 적도 있어. 직설적으로 들리는 표현 중 몇 가지는 긴 고민 끝에 나온 결과였을 거야.

고등학교 때, 그런 나를 알아준 사람은 료타였어. 그래봤자 이해의 정도는 50퍼센트밖에 안 될지도 몰라. 아는 거랑 이해하는 건 다른 문제니까. 료타가 혼자 편집하는 걸 도왔는데 그때 눈치챘나봐. 대화는 얼마 없었지만 음악 듣고 영화 보는 취미가 비슷해 같이 있으면 즐거웠어.

그런데 왜 헤어졌냐고? 마음이 넓고 표현이 직설적인 내 모습도 완전한 거짓은 아니었기 때문이야. 온화한 기쁨도 좋지만, 다 함께 시끌벅적 떠드는 것 역시 좋았거든.

나는 도쿄로, 료타는 나고야로 진학했으니 멀어서 헤어진 것처럼 보이지만, 그게 아니라 너희가 아는 내 모습을 료타가 썩 좋아하지 않아서였어. 이제 와서 하는 말이지만 내가 먼저 다가서지 않았더라면 료타는 시즈카 너를 좋아하지 않았을까? 어릴 땐 우물 안 세상이 전부인 줄 안다니까.

대학생이 되니 나를 70퍼센트쯤 이하 해주는 사람을 만났고, 사회인이 되니 90퍼센트쯤 이해해주는 사람을 만날 수 있었어. 그게 지금 남편이야. 하지만 나 혼자만 그런 식으로 해석하는 건지도 모르지. 나는 남편을 썩 잘 이해하지 못하는 것 같거든.

너하고 고이치는 서로를 얼마나 잘 알고 있니?

에쓰코가 그렇게 묻더라고 고이치에게 전해줘.

그리고 연락 방법 말인데, 지금 이 집은 귀국할 때 일시적으로 묵는 곳이라 컴퓨터가 없어. 휴대전화도 없고. 가능하면 편지로 연락하고 싶은데, 다른 사람 이름으르(당연히 여자 이름으로) 보내면 될까?

바쁠 텐데 미안해. 잘 부탁할게.

에쓰코

편지 고마워. 다른 이름으로 보내겠다는 거지? 알았어, 앞으로도 편지로 연락하자.

저번 편지에서는 네 마음도 헤아리지 못하고 에쓰코답지 않다느니 하는 소리를 해서 미안해. 삼 년 동안 거의 매일을 붙어다니면서도 너의 또 다른 면을 알아보지 못해 미안해. 내 경우 친구들이 바라보는 내 이미지와 스스로 생각하는 내 이미지가 같았기 때문에 그렇지 않은 사람도 있다는 걸 배려하지 못했어.

에쓰코 너는 료타가 너의 또 다른 모습을 깨닫게 해줬지만 나는 그런 사람이 없었어. 그런데 그보다 더 잘 이해해주는 사람이 나타난 거구나. 그렇게 좋은 사람을 만나 다행이야.

편지를 읽으면서 오랜만에 고등학교 때 사진을 봤어. 지역대회 시상식이 끝나고 여학생들끼리 찍은 사진이었는데, 나만 시무룩한 표정이더라. 지아키는 역시 모델처럼 웃고 있고, 에쓰코 너하고 아즈는 수상을 진심으로 기뻐하는데 말이야. 그때만 그런 게 아니라 늘 그랬어.

어째서 같은 자리에서 같은 행동을 하면서, 다들 웃는데 나는 웃지 못하는 걸까? 뭐가 재미있다고 다들 웃는 걸까? 혹시 나를 비웃는 게 아닐까? 머리가 뻗쳤을지도 몰라, 잇새에 뭐가 꼈을지도 몰라, 누가 등에 낙서를 붙였나…….

갖은 상상을 하면서 혼자 그 자리를 피해 화장실로 달려가 거울을 보고 확인을 해. 하지만 특별히 이상한 데는 없어. 머리카락은 에쓰코가 훨씬 덥수룩하고, 아즈는 입을 쩍 벌리고 멍하니 있을 때도 많고, 지아키는 과자를 질질 흘리면서 먹는걸. 내가 제일 단정해. 어쩌면 너무 단정해서 비웃는 건지도.

굉장하지? 함께 웃지 못한다는 것 하나만으로 이렇게나 불안해하다니.

그것 말고 또 있어. 남들보다 먼저 대답하거나 남들 앞에 서는 게 불편했어. 그렇잖아. 내 다음에 대답하는 사람들 생각이 내 의견하고 완전히 다르거나, 나 혼자만 다르게 행동하면 비웃지 않을까? 그게 무서워서 몇 번째에 설까, 그것만 걱정한 적도 있었어. 순서를 정하는 가위바위보에 목숨을 걸었지.

특히 1학년 여름합숙. 밤에 넷이서 좋아하는 사람 이름을 털어놨잖아? 지아키가 꺼낸 이야기였지? 나는 정말 싫었는데, 너도 아즈도 흔쾌히 찬성했어. 역시 나는 친구들하고 생각이 다르구나 싶었어.

좋아하는 사람 이름을 털어놓는 게 뭐가 그리 재미있다는 거지? 부끄럽기만 한데. 게다가 아직 갓 입학했을 때라 남자아이들을 잘 몰랐고, 그 정도로 좋아하는 애도 없었으니 어쩌면 좋을지 몰랐어. 혼자만 좋아하는 사람이 없다고 대답하면 시시한 애로 볼 것 같았어.

그런 생각을 하고 있는데 말할 순서를 정하자며 가위바위보를 했지. 나는 주먹을 냈어. 그래, 아즈가 처음에 꼭 가위를 낸다는 걸 알고 있었거든.

우리 집 근처 신사에는 백 단이 넘는 돌계단이 있어. 초등학생 땐 거기에서 늘 가위바위보를 하며 놀았어. 가위는 다섯 단, 바위는 세 단, 보는 여섯 단. 가위로 이기면 다섯 단을 오를 수 있고, 져도 상대가 세 단밖에 못 올라가니까 아즈는 처음에 꼭 가위를 냈어. 단순하지?

에쓰코도 지아키도 바위를 내서 아즈가 가장 먼저 말하게 됐어. 나는 처음만 아니면 됐어. 일단 아즈하고 같은 사람을 대야지 싶었어. 아즈가 처음이라 다행이었어. 아즈가 아는 사람은 나도 아니까. 그래서 아즈가 불쾌해하면 "하지만 나는 그렇게까지 좋아하는 건 아니야" 하고 양보하면 그만이다 싶었거든.

아즈가 댄 이름은 고이치.

아즈는 옛날부터 아이돌을 좋아했으니 그럴 만했어. 예정대로 나도 고이치라고 했더니 지아키랑 에쓰코도 줄줄이 고이치라고 했어. 뭐야, 그냥 멋진 남자애를 고르는 거였구나. 그제야 친구들이 신나게 떠들었던 이유를 알고 마음을 놨어.

다 함께 노력하자. 안 되면 이루어진 친구를 축복해주자. 같은 사람을 좋아한다면서 전혀 무거운 분위기가 아니었어. 좋아한다는 말을 심각하게 받아들였던 내가 바보 같았지.

그러니까 앞으로도 그렇게 놀면 되는 거였어. 그러면 나도 너희 틈에 어울릴 수 있었어. 혼자 하교하는 게 싫어서 아즈하고 같은 동아리에 들어간 건데 방송부에서 너희를 만나 진심으로 다행이다 싶었어.

그때 고이치에 대한 마음은 그 정도였어. 하지만 말이란 건 참 신기해. 말에는 힘이 있다지? "내가 좋아하는 사람은 고이치"라고 말로 했더니 이튿날부터 고이치를 조금씩 의식하게 됐어. 하지만 정말 좋아한다고 생각했을 때 고이치는 이미 지아키하고 사귀는 사이였어. 내가 고이치를 좋아하게 된 건 외모나 성격 때문이 아니야.

나를 웃음 속으로 데려가줬기 때문이야. 무슨 뜻인지 알겠니?

예를 들어 다 함께 회의를 하는데, 나만 빼고 친구들이 웃기 시작해. 과묵한 료타까지 웃고 있어. 후미야는 "그만들 해" 하고 쓴웃음을 흘려. 그런데 나 혼자만 뭐가 재미있는지 전혀 모르는 거야. 그러면 나는 내 머리카락이나 옷이 걱정되기 시작해.

그럴 때 고이치가 자연스레 말해줘. "시즈카, 후미야 글씨 좀 봐. 지렁이가 기어가는 것 같지 않아? 테마라는데 라마로 보이지?" 나는 그제야 함께 웃을 수 있어. 특별히 라마가 재미있는 건 아니지만 다들 나를 보고 웃는 게 아니라는 걸 알고 그제야 안심하고 웃는 거야.

그런 일이 몇 번이나 있었어. 송월산 '할매' 전설이었다면 에쓰코가 주인공감이겠어, 아즈밍 다크서클 좀 봐, 료타는 남자가 깜찍한 열쇠고리를 갖고 다니네. 고이치가 있으면 나는 친구들하고 웃을 수 있었어. 여자친구가 아니더라도, 그걸로 충분했어.

그랬는데 고이치하고 결혼에 골인했어. 이보다 더한 행복은 없을 거야. 에쓰코 네가 말하는 측면에서는 어쩌면 함께한 시간에 비해 나는 고이치를 잘 이해하지 못하는지도 몰라. 하지만 고이치는 나를 웃게 해주는 소중한 사람이야. 그리고 고이치에게 나는, 울고 싶을 때 울게 해줄 수 있는 사람인 것 같아.

고이치가 우는 모습, 상상되니?

친구들 앞에서는 늘 웃는 얼굴로 너스레를 떨지만 사실은 무척 섬세하고 쉽게 상처받는 스타일이야. 그래, 에쓰코 너하고 같구나. 외면과 내면. 고이치와 에쓰코가 같은 타입이라니, 네 질문에 대답할게.

고이치는 〈21세기 월희 전설〉을 들었어. 고등학교 때도 들었대. 지아키하고 헤어진 뒤에는 하루 종일 방에 틀어박혀 그것만 수없이 들은 날도 있을 정도래. 만약 CD가 망가져서 다시 듣지 못한다 해도 고이치는 처음부터 끝까지 막힘없이 한 마디 한 마디, 머릿속에 되살릴 수 있을 거야.

당연히 지아키와 에쓰코가 둘이서 녹음한 그 장면의 "약속을 어기면 죽을 거야"라는 지아키의 대사도.

이제 됐니?

야마자키 시즈카

시즈카에게

편지 고마워.

눈치챈 것처럼, 나는 널 의심하고 있었어.

시즈카는 고이치를 좋아하니까. 그래서 지아키가 얼굴을 다친 걸 기회 삼아 〈21세기 월희 전설〉에서 편집한 대사를 고이치네 자동응답기에 녹음해, 두 사람이 다시는 만나지 않도록 꾸민 거라고 생각했어.

그럼 고이치의 자동응답기에 녹음된 메시지는 지아키가 직접 남긴 걸까?

모델 일을 하던 지아키가 뺨을 스무 바늘이나 꿰매는 큰 상처를 입었으니 좋아하는 사람에게는 절대 얼굴을 보이고 싶지 않을 거라는 말에 다들 넘어간 거야? 고이치도?

그렇다면 지아키는 다치지 않았더라도 고이치한테서 이미 마음이 멀어졌을 것 같아. 친구들이 나를 대벌하고 설렁설렁한 성격으로 봤다면, 지아키는 화사하고 자존심이 강한 이미지였잖아. 하지만 그것 역시 지아키의 단편적인 모습이지 전부가 아닐 거야. 지아키는 그렇게 강한 아이가 아니야.

심하게 다쳤을 때야말로 의지가 되는 사람을 찾았을 거야. 사고 직후에 휴대전화를 잃어버렸으니 "만나러 와줘, 곁에 있어줘"라고 전화는 못 했겠지만 흉터가 얼마나 남을지 알지도 못하는 시점에 굳이 먼저 내치는 메시지를 고이치에게 남기지는 않았을 것 같아.

그러니 고이치가 그 메시지를 진짜라고 믿었다 해도, 나는 자동 응답기에 녹음된 건 역시 라디오드라마를 편집한 목소리라고 생각해.

시즈카가 아니라면 누가 그런 짓을 했을까?

CD를 가지고 있는 건 방송부 동기 일곱 명뿐.

남자애들은 어떨까? 후미야, 료타. 둘 중 누군가가 지아키를 좋아해서, 일단 고이치와 떼어놓은 다음 지아키를 다독이며 접근하려던 게 아닐까?

료타라면 고이치에게 들키지 않을 뛰어난 편집기술로 음성파일을 만들 수 있겠지. 목소리 톤이나 속도를 조금씩 바꿔서 말이야. 하지만 료타는 그해 여름에 고향에 가지 않았고 새해에야 지아키의 사고 소식을 접했다고 들었어.

그럼 후미야? 후미야가 지아키를 좋아한다는 생각은 한 번도 해본 적 없지만, 정황상 그럴 수도 있겠지. 지아키를 도와주러 갔고, 어쩌면 휴대전화도 차 안에 떨어져 있었을지도 몰라. 고향에 있으니 문병도 다닐 수 있지. 하지만 아즈의 말에 따르면 후미야는 사고 뒤 한 번도 지아키하고 연락한 적이 없다나봐. 뭐, 어쩌면 아즈가 모를 뿐이고 후미야는 지아키를 만나러 갔을지도 모르지.

여자애들은 어떨까? 일단 나는 완전히 열외였으니 빼도 되겠지? 나도 그때 여름합숙에서 좋아하는 사람을 말할 때, 너하고 마찬가지로 누구든 상관없었어. 가위바위보에 져서 제일 먼저 말해야 했다면 역시 고이치 이름을 댔을지 몰라. 이렇게 말하면 뭐하지만 제일 무난하잖아.

방송부 친구를 대야 재미있을 텐데, 고이치 말고 다른 두 사람을 대면 왜냐고 묻겠지? 나는 후미야랑 료타하고는 중학교가 달랐으니 그애들 성격도 잘 몰랐고 인상만으로 적당히 둘러대면 정말 좋아하는 거냐고 의심받을 수도 있지만, 고이치라면 다들 그러겠거니 할 줄 알았어. 너처럼 말로 뱉었다고 의식하는 일도 없었고.

다만 고이치가 섬세한 사람이라는 건 알고 있었어. 섬세하다고 해야 하나, 튀고는 싶지만 책임지기는 싫어했지. 그런 일이 여러 번 있었어.

〈송월산, 월희 전설〉을 찍으러 송월산 정상에 있는 사당에 갔을 때도 그래. 부장인 고이치가 담당인 오바 선생님께 신청서를 내야 했는데 모처럼 연애를 기원하는 촬영인데 선생님께서 따라오기라도 하면 시시해진다며 일부러 제출하지 않았지.

편집 영상을 본 선생님께서 꾸짖으셨을 때, 고이치는 그런 서류 작업은 차장이 할 일이라며 시즈카 네 탓으로 돌리고 가장 먼저 내뺐잖아. 덤터기를 쓴 다음 너는 늦은 시간에 멋대로 촬영 나간 것에 대해 선생님께 바로 사과했지만 나는 좀 이해가 안 갔어.

한번 그런 일이 있으니 사소한 데에도 일일이 눈이 갔어. 나는 고이치가 안 좋게 보이기 시작했어. 게다가 지아키하고 고이치가 싸우자 화해할 계기를 마련해주자며 다 함께 라디오드라마를 만든 건 맞지만, 어찌된 일인지 다들 착각하고 있어. 어떻게 좀 해달라는 말을 꺼낸 사람은 고이치였는데 지아키가 내게 부탁한 걸로 알잖아.

나는 누구에게 부탁받았다는 말도 하지 않았고, 두 사람이 화해하도록 힘을 모으자는 걸 "이걸 계기로 라디오드라마를 한 편 만들어 올해 예술제 때 공개하자"라고 둘러서 제안했는데. 완성한 뒤에 고이치가 역시 이런 건 부끄럽다며 너무 요란을 떨어서 다들 착각한 걸까?

하지만 항상 그렇게 생각했던 건 아니야. 고이치 하면 역시 멋지고 재미있다는 인상이 앞섰거든. 지아키 사고가 신경쓰여서 옛날 비디오랑 CD를 자꾸 보고 들었더니 취재 때 있었던 소소한 일들이 떠오르는 거야.

송월산 정상에 있는 사당에서 소원을 빌고 하산하는 장면은, 지아키가 어디에서 넘어졌는지를 확인하려고 몇 번이나 되감아 화면 구석구석까지 봤어. 그랬더니 조금 마음에 걸리는 부분이 있더라. 내가 별이 예쁘다고 그만 소리내서 말하는 장면. 어째서 나는 그때 멈춰서서 하늘을 봤을까? 그때는 료타하고 사귀고 있을 무렵이니 언제까지고 예쁘게 사귀게 해주세요 하고 나름대로 소원도 빌었을 텐데.

그러다 생각나는 게 있었어. 분명 비탈이 급하고 크고 작은 돌들이 바닥에 굴러다니는 곳이었는데, 아즈가 뒤에서 돌을 걷어찼는지 아니면 내가 그냥 밟은 건지 돌이 굴러와 넘어질 뻔했거든. 좀 떨어져 걷는 게 낫겠다 싶어 길가로 피했는데 멈춰선 김에 하늘을 올려다봤지.

멈춰서기 직전의 모습이 비디오에 찍혔는데 살짝 미끄러지는 자세였으니 틀림없을 거야. 그뒤에는 아즈의 입속에 풍뎅이가 날아드는 바람에 그쪽에 온통 정신이 팔렸지만, 화면 구석에 찍힌 너를 보니 아즈가 웃음을 터뜨리기 직전에 발을 크게 헛딛는 게 보였어.

분명 그날, 시즈카 너는 귀여운 샌들을 신고 왔지? 산을 오르기에는 힘들 것 같았지만 여러 겹으로 얽힌 가느다란 은색 고무튜브에 별 모양의 작은 금색 비즈가 달린 샌들은 '월희 전설'에 안성맞춤이다 싶었어.

발끝이 짚신처럼 뚫려 있었지? 월희도 이런 신발을 신었겠구나. 옛날이니 전등도 없었을 테고, 한 손에 초롱불을 들었을까? 열흘이나 다녔다니 힘들었겠구나. 저런 신발이면 탈주한 무사가 쫓아왔어도 도망을 못 갔겠다. 무서웠겠다. 이런 생각을 하면서 산을 올랐으니 똑똑히 기억해.

뒤에서 다들 웃고 떠들고 난리였는데 너는 외그루 소나무에 도착할 때까지 한 번도 입을 열지 않았어. 원래 취재가 목적이었다는 사실을 나는 깜빡했던 거지.

취재를 의식하고 있던 료타는 그뒤로 너만 찍었어. 입을 굳게 다물고 한 걸음 한 걸음 신중하게 발을 떼는 너. 그때 나는 뒷모습밖에 못 봤지만 시즈카는 지금도 고이치를 좋아하는구나 싶었어. 외그루 소나무에 도착하자 후디야가 화를 냈어.

"너희는 취재하러 왔다는 자각이 있는 거야? 겨우 찍기는 했지만, 시즈카한테 고마워해야 돼.”

아마 이렇게 말했을 거야. 그래, 시즈카는 고이치에 대한 소원도 빌었겠지만 동아리 활동 중이라는 것도 잊지 않았구나, 역시 믿음직해. 그렇게 생각했어. 아니, 그런 줄 알았어. 지난번 편지를 읽기 전까지는.

나는 네가 친구들과 함께 웃는 걸 그렇게 힘들어하는 줄 몰랐어. 미안해. 고이치가 자연스레 거들어준 것도 몰랐어. 다 고이치의 섬세한 성격 덕인 셈인데 장점은 못 알아보고 단점만 크게 보다니 나 정말 저질이지. 네 마음을 몰랐을 뿐만 아니라 상처입힌 적도 꽤 있었을 거야.

볶음면으로 속을 채운 크로켓을 먹던 료타가 이에 파래가 껴서 웃고, 아즈의 마스카라가 눈 밑까지 번져서 웃고, 지렁이 같은 후미야 글씨를 보고는 어떻게 웃기게 읽을까 궁리하면서 웃었어. 그냥 웃었던 거야. “료타, 파래가 꼈어” 하고 말로 했다면 좋았을걸. 그러면 놀림받는 당사자뿐만 아니라 왜 웃는지 모르는 사람까지 불안할 일은 없었을 텐데.

늘 단정하고 못하는 게 없던 너를 놀림거리 삼아 웃은 적은 한 번도 없었지만 너는 상처받았구나. 정말 너 때문에 웃은 적은 한 번도 없는데.

그런데 그날 밤 산을 내려올 때 뒤에 있던 우리가 너 때문에 웃는다고 오해했던 것 아니니? 발을 헛디딘 걸 보고 웃는다고 말이야. 그래서 한 번도 뒤돌아보지 않고 말없이 내려갔던 게 아닐까?

분한 마음을 참으려 입을 꾹 다물고 있었던 것 아니니? 그렇잖아, 너는 그날 밤 외그루 소나무에 도착한 뒤에도 입을 열지 않았어.

만약 네가 발길을 멈추고 뒤를 돌아봤다면 고이치는 "아즈밍 입에 풍뎅이가 날아들었어" 하고 알려줬을지도 몰라. 시즈카 네 잘못이 아니라는 건 알아. 하지만 지금까지 우리가 그때 널 비웃었다고 생각한 거지?

그 산에서 발밑이 위험한 건 거기뿐이야.

"길을 계단처럼 잘 가꿔놨지만, 태풍이 오면 심해지는 급류에 계단이 깎여나가 돌이 잔뜩 굴러다녀. 아무리 복구해도 다음 해에 태풍이 오면 또 그 모양이라 몇 년 전부터 보수를 포기했어. 밤중에 너희끼리 돌아다니다가 누가 다치기라도 하면 어쩌려고 그랬니?"

오바 선생님께 그런 꾸지람을 들었잖아.

그러니 지아키가 넘어진 곳도 아마 그 자리였을 거야. 있잖아 시즈카, 셋이서 산길을 내려오면서 고등학교 때 일을 떠올리지 않았니? 뒤에서 고이치와 키득거리는 지아키를 떠올리지 않았니?

사고라는 걸 부정하라는 말이 아니야. 그게 정말 사고였다는 걸 믿게 해줘.

그럼 또.

에쓰코

❀

전략 다카쿠라 에쓰코에게

편지 읽었어.

그날 밤 아즈 입속에 풍뎅이가 들어가서 다들 그렇게 웃었다는 걸 이제야 알았어.

내가 뒤돌아보지 않은 게 잘못은 아니지만…… 고이치가 거들지 않아서 몰랐다면 나중에라도 직접 물어봤으면 됐을 테니까. 아즈는 자주 놀림거리가 됐지만 "응? 왜? 왜?"라면서 자기를 두고 웃는 건데도 재미있다는 듯이 함께 웃었잖아. 나도 그랬다면 좋았을걸.

네 상상대로 나는 그때, 너희가 날 비웃는 줄 알았어. 하지만 발을 헛디뎌서라고는 생각하지 않았어. 아니, 헛디딘 것까지 포함해 샌들을 비웃는 줄 알았어.

그날 밤, 나만 빼고 다들 운동화를 신었지. 옷은 긴 청바지에 긴팔 셔츠, 아니면 반팔 셔츠 위에 긴팔 파카 차림이었고. 후미야가 야간 산행이니 편한 복장으로 가자고 했잖아.

하지만 나는 반팔 원피스에 얇은 카디건을 걸쳤어. 신발은 샌들. 왜 그런 차림을 했냐고? 아즈가 귀엽게 차려입고 가자고 했으니까.

동아리방에서 회의를 마친 뒤에 일단 집에 돌아갔잖아. 나는 평소대로 아즈하고 같이 갔어. 밤 나들이에 둘 다 들떠 있었지.

"시즈카 너는 누구랑 잘되게 해달라고 빌 거야? 지금 마음에 드는 애는 없어?" 그렇게 묻는 아즈에게 나는 "다큐멘터리 영상을 찍으러 가는데 진심으로 소원을 빌 리가 없잖아" 하고 쌀쌀맞게 대답했어. 그랬더니 아즈가 "그렇지, 이번에는 우리도 화면에 나오지" 하고 촬영 걱정을 시작했어.

소품 담당인 나와 각본 담당인 아즈는 그때까지 한 번도 화면에 나간 적이 없었기 때문에 갑자기 긴장되기 시작했어.

그 기획도 처음에는 소원을 빌러 가는 지아키의 모습을 에쓰코가 전하는 형식으로 찍자고 했지만, 다큐멘터리니까 다 함께 힘을 합해 조사하는 느낌으로 가는 게 좋겠다고 판단해서 급히 여자 넷이서 소원을 빌러 가는 장면을 담게 된 거였지. 이 동네 여자라면 누구나 아는 월희 전설이라는 식으로. 나중에 에쓰코의 내레이션을 넣기로 하고 말이야.

무슨 옷을 입고 갈까? 아즈가 그렇게 물을 때까지 나는 아무 생각도 없었어.

낮이면 교복이 낫겠지만 산속에서 밤에 찍는데 교복은 이상하겠지? 체육복을 입을까? 월희 전설을 찍는데 체육복이라니 분위기가 살지 않는다고 말한 건 지아키였어. 후미야는 움직이기 편한 복장으로 가자고 했지만 지아키는 월희 전설에 어울리는 차림으로 오지 않을까? 에쓰코도 평소엔 딱히 멋을 부리지 않지만 촬영 때면 예쁘게 머리도 묶잖아. 이번에도 잘 차리고 오지 않을까?

그런데 우리만 하이킹 가는 차림이면 오히려 튈 거야. 콩쿠르에 응모했을 때 생면부지인 사람들한테 바보 취급을 받지 않을까?

고집스레 말하는 아즈를 보면서 나도 그럴 것 같다고 생각했어. 게다가 고이치도 볼 텐데 이상한 차림으로 갔다간 평소에도 그렇게 입고 다니는 줄 알 거 아냐. 산길이라고는 해도 계단식이라 들었고, 그렇다면 조금 예쁘게 입고 가도 되지 않을까?

"예쁘게 입고 가자."

아즈는 그렇게 말했어. 저녁 8시 집합이니까 7시 반에 우리 집에서 만나기로 하고 집 앞에서 헤어졌어. 나는 약속 시간까지 장롱 속 옷을 전부 꺼내서 이것도 안 돼, 저것도 안 돼 하며 끝도 없이 고민했어. 마치 첫 데이트에 나가는 심정이었지.

고이치는 어떤 옷을 좋아할까? 지아키가 보는 잡지에 실린 그런 세련된 옷을 좋아할지 몰라. 여름합숙 때 지아키가 입은 티셔츠도 귀여웠어. 하지만 고이치를 위해 멋을 부린 것처럼 보이면 곤란하니 역시 월회 전설에 어울리는 옷으로 골라야겠다.

나도 참 바보지? 얼마나 진지하게 고민했는지 몰라. 그래서 옷보다도 그걸 꼭 신어야겠다 하고 여름용 샌들을 꺼냈어. 조금 쌀쌀했지만 거기에 맞춰 반팔 원피스를 입기로 했지.

시간 약속을 밥 먹듯 어기는 아즈가 우리 집에 온 게 7시 45분. 나는 아즈를 보고 깜짝 놀랐어. 청바지에 긴팔 티셔츠. 멋은 부릴 생각은 하지도 않았더라. 하지만 아즈도 놀란 눈치였어.

"시즈카, 그런 차림으로 갈 수 있겠어?"

"네가 예쁘게 입고 가자며?"

"응. 그런데 엄마한테 말했더니 위험하니까 바지 입고 가래. 그래서 대신 이쪽에 신경 좀 썼지."

아즈는 그렇게 말하면서 머리를 가리켰어. 월희라기보다 직녀 같은 이미지로 머리카락을 귀 옆으로 동그랗게 말았더라. 딸기향 헤어젤로 단단히 고정한 머리는 확실히 신경쓴 티가 났어. 화장도 꼼꼼하게 했고. 오 분만 기다리라 하고 옷을 갈아입을까 하다가 친구들이 기다릴 것 같아 그대로 가기로 했어. 아즈는 이런 차림이지만 지아키는 분명 예쁘게 꾸미고 올 거라 생각했거든.

그래서 집합 장소인 외그루 소나무에 도착했을 때는 할 말을 잃었어. 모두 아즈 같은 차림이었고, 멋을 부린 건 나 혼자였어. 부끄러웠어.

하지만 다들 나는 안중에 없었지.

모두가 파카 안에 커플티를 입은 지아키와 고이치를 놀리느라 정신이 없었어. 월희가 질투해서 오히려 깨지는 거 아니냐며 놀려대는 후미야에게 고이치가 호를 냈지.

늦기 전에 오르자면서 돌아올 때하고 똑같은 순서로 산을 오르기 시작했어. 중간에 딱 한 번, 발 아프지 않느냐고 묻는 료타에게 괜찮다고 대답했더니 더는 묻지 않더라. 산을 오르는 내내 뒤에서 지아키하고 고이치가 즐겁게 조잘거리는 목소리가 들렸어.

"고이치, 어째서 그걸 입은 거야. 어제도 그거 입었잖아. 그래서 난 네가 오늘은 입지 않을 줄 알고 이 옷 입은 거란 말이야."

"우리 집은 빨래를 밤에 하거든. 널어놓은 걸 대충 집어 입은 것뿐이야."

그런 대화였던 것 같아. 투덜거리는 소리인데도 즐거워 보였어. 내가 한심해서 견딜 수 없었지. 이런 촬영은 얼른 끝내버리고 돌아가고 싶었어.

소원도 비는 시늉만 했어. 고이치가 나를 좋아하게 해달라고 빌 작정이었는데, 그랬다가는 패배감 때문에 온몸이 갈기갈기 찢어질 것만 같았어. 모두가 소원을 빌고 산에서 내려오면서, 겨우 돌아갈 수 있다는 생각에 마음이 놓였어. 게다가 아무 말도 하지 않고 산을 내려와야 하니 쓸데없는 대화를 할 필요도 없었고. 무사히 끝났다는 마음뿐이었어.

발치만 바라보면서 천천히 걷고 있는데 뒤에서 "별이 참 예뻐"라는 목소리가 들렸어. 에쓰코의 목소리. 샌들 장식을 말하는 건 줄 알았어. 에쓰코는 머릿속에 떠오른 생각을 그 자리에서 말하는 타입이고 주어도 없었으니 샌들을 칭찬해준 줄 알았어. 그랬더니 지아키의 깔깔대는 웃음소리가 나고 고이치도 키득거리는 거야. 나는 두 사람이 샌들을, 그리고 장소에 어울리지 않는 내 옷차림을 비웃는다고 생각했어.

키득거리는 고이치를 보면 분명 눈물이 날 것 같아서 무슨 일이 있어도 뒤돌아보지 않으려 했어. 그냥 산을 내려가고 싶다, 집에 가고 싶다, 지아키랑 고이치한테서 멀어지고 싶다, 그런 마음뿐이었어.

그런데 알고 보니 풍뎅이! 머리에서 달콤한 향기를 풀풀 풍기는 걸로도 모자라 립스틱까지 처덕처덕 바른 아즈 입속으로 풍뎅이가 들어갔으면 그야 웃기기도 하겠지. 나라도 분명 웃었을 거야. 생각만 해도 웃긴걸.

앞으로 오 년이 지나 또 생각하도 당연히 웃음이 나올 거야.

지아키 일은 사고가 아니야. 하지만 모든 걸 안 다음, 에쓰코 너는 어쩔 작정이지? 그저 재미로 궁금해하는 거라면 그다음은 알려주지 않을 거야. 에쓰코는 고등학교 때부터 늘 혼자만 안전한 곳에 앉아 우리를 구경했잖아?

너의 자기만족을 위해서라면 알려줄 수 없어.

야마자키 시즈카

시즈카에게

편지 고마워.

너하고 아즈 사이에 그런 일이 있었을 줄은 몰랐어. 하지만 결국 철저히 네 중심으로 편집했잖아. 원피스도 그 내용에 정말 잘 어울렸고, 영상도 굉장히 뛰어났어. 그렇게 월희 전설에 송월 신사의 역사와 축제를 탐사한 영상을 모아 만든 다큐멘터리로 콩쿠르에서 처음으로 입상까지 했으니 결과가 좋으면 과정도 좋은 거라고 봐줄 수는 없겠니?

이렇게 편지로 주고받으니 점점 분위기가 무거워지고 심각한 표현도 늘어나고 있지만, 피로연에서 그 다큐멘터리를 틀었을 정도니 너도 그리 심각하게 받아들였던 건 아니었지?

지아키 일이 사고가 아니라고 했지? 그렇다면 너나 아즈 둘 중 한 사람이 지아키에게 상처를 입혔다는 뜻인데 내 자기만족 때문이라면 알려줄 수 없다니, 너의 태도를 어떻게 이해해야 하니? 만약 이게 재미 삼아 그럴 것 같지 않은 사람이 보내는 편지였다면? 가령 지아키 부모님이 보내는 편지였어도 넌 그렇게 썼을까?

시즈카 넌 단순히 자기 자신에 취해 있을 뿐이야. 단지 내가 모르는 사실을 네가 알고 있다는 것만으로 잘난 척 뻐기는 거잖아. 정말 가르쳐줄 생각이 없다면 끝까지 사고라고 우기면 될 텐데 괜히 아는 척하기는. 친구들이 웃는 이유를 몰랐던 네가 이번에는 입장이 바뀌어 나는 알지만 너는 모르지 하고 우월감에 젖어 있는 것뿐이잖아.

너는 바보 취급받는 게 싫었던 게 아니라(그것도 네 착각이었지만) 바보 취급하는 쪽에 서고 싶었던 거 아니니?

네가 사고가 아니라고 했으니, 말해주지 않겠다면 다른 방법으로 진상을 밝혀내겠어. 아즈에게 물어도 되고 고이치에게 의논하는 방법도 있어. 그보다 경찰에 가서 물어보는 게 더 낫겠다. 하지만 만약 우리 가운데 지아키를 상처입힌 사람이 있다 해도 경찰에 신고하고 싶지는 않아.

내가 어떻게 할지 궁금해? 사고가 아니라면 지아키가 어디 있는지 찾을 거야. 그리고 위해를 가한 사람에게 그 주소를 알려줄 거야. 그 사람이 지아키에게 진실을 고하고 사죄하길 바라. 그뿐이야.

만일 나 혼자만 모를 뿐, 지아키는 진실을 알고 있고 위해를 가한 사람이 이미 사죄를 마치고 지아키에게 용서받았다면 이제 와서 내게 진실을 알려줄 필요는 없어. 자기만족을 위한 게 아니니까. 행방불명된 친구를 걱정하는 걸 자기만족이라고 치부해버릴 정도로 우리 사이가 얄팍했니?

너는 내가 지아키와 소꿉친구라 특별히 친했으니 이렇게 여러 통의 편지까지 써가며 진실을 알아내려 애쓴다고 생각할지도 몰라. 하지만 나는 만일 행방불명된 게 너였다 해도 똑같이 행동했을 거야. 아즈였어도, 료타였어도, 후미야였어도, 고이치였어도 마찬가지야.

시즈카, 고이치하고 결혼해서 행복하니? 아무 죄책감도 없어? 고이치가 널 사랑한다고 자신 있게 말할 수 있어? 고등학교 때 동아리 친구는 졸업하면 끝일지도 모르지. 하지만 그런 말로 끝내버리는 게 아까울 정도로 우리는 소중한 시간을 함께했다고 믿어.

몇 년 뒤에도 또 만나고 싶어. 이번에는 모두 함께. 그런 바람을 가진 건 나 혼자인 걸까?

시즈카, 대답해줘.

에쓰코

전략 다카쿠라 에쓰코에게

편지 잘 읽었어.

에쓰코 네가 지적한 대로 과거의 난 피해망상으로 똘똘 뭉쳐 있었는지 몰라. 그걸 인정할 수 있는 건 지금은 날 이해해주는 든든한 사람이 있기 때문이야. 지난번에 지아키 일이 사고가 아니라고 했더니 그럼 나 아니면 아즈가 위해를 가했을 거라고 했지? 아즈도 나왔지만 결국 나를 의심하는 거겠지. 고이치 이야기를 쓴 걸 보고 바로 알았어.

내가 지아키에게 위해를 가하고, 고이치의 자동응답기에다 편집한 이별 통보 메시지를 녹음해 두 사람을 헤어지게 만들어 고이치의 애인 자리를 차지한다. 그런 그림을 그렸겠지.

그게 사실이라면 나는 고이치와 혼인신고를 한 뒤에도 불안한 하루하루를 보냈을 거야. 사실은 아직 지아키를 못 잊은 게 아닐까? 지아키라면 어떤 드레스를 골랐을까? 아침식사는 뭘 만들어줬을까? 매일 무슨 옷을 입을까? 커튼은? 그릇은? 고이치가 회사에서 실수했을 때는 어떤 말로 위로할까? 그런 생각만 하다가 지금쯤 미쳐버렸겠지.

지아키가 지금 어디에서 뭘 하는지 궁금하기는 해도 나하고 지아키를 비교하지는 않아. 지아키 일은 고이치하고 둘이서 극복했기 때문이야. 무슨 뜻인지 알겠니? 에쓰코 네 상상이 앞은 맞고 뒤는 틀렸다는 거야.

먼저 맞는 부분부터. 오 년 전 오봉 휴가를 맞아 고향에 갔을 때, 나는 아즈하고 지아키에게 연락했어. 아즈는 지아키에게 연락했다는 내 말을 듣고 깜짝 놀라더라. 내가 고이치를 따라 오사카 쪽 대학에 진학한 줄 알았기 때문이래. 지아키도 고베 쪽 전문학교에 갔으니 우리가 간사이에서 치열한 삼각관계를 펼치고 있는 줄 알았나봐. 하지만 세상이 얼마나 넓은지 알지?

우리 고등학교에서 간사이로 나간 동창은 모두 스무 명쯤 됐을 거야. 하지만 길에서 우연히 만난 아이는 거의 없었어. 같은 학교에 간 애도 한 명 있었는데 학부가 다르다보니 학교에서도 일 년에 한두 번 만날까 말까였어.

지아키하고 휴대전화 번호는 주그받았어. 입학하고 초반에는 일주일에 한 번꼴로 소식을 주고받았지만 5월쯤 되니 각자 친구가 생겨 거의 연락이 뜸해졌어.

가끔 밤중에 전화가 와서 밤새도록 통화한 적도 있지만 그때마다 지아키는 고이치 불평만 했어. 알다시피 지아키는 예쁘니까, 미팅에 나가면 많은 사람들이 말을 걸어와 즐겁게 노는데, 고이치는 불평만 한다는 거야. 첫번째로 좋아하는 사람은(두번째가 있다는 게 지아키답다고나 할까) 고이치인데 절대 믿어주질 않는다느니 이런 이야기만 잔뜩 했어.

지아키는 결국 자기 인기를 자랑하고 싶었던 것뿐이야. 고등학교 때부터 그랬지. 묻는 사람도 없는데 ○○가 데이트 신청을 했네, 고이치가 ××하고 바람피우는 게 아니냐며 의심을 하네, 하며 열심히 일하고 있는 친구들 옆에서 혼자 놀면서 그런 소리만 해댔잖아. 정말 지긋지긋했어.

고등학교 때였다면 그럴 거면 헤어지지, 나라면 절대 고이치가 불안해하는 짓은 하지 않을 텐데 하고 지아키에게 반감을 품었을지 몰라. 하지만 고향을 떠나니 그렇게 좁은 인간관계 속에서 끙끙대며 고민하는 것도 귀찮더라.

멋진 사람, 재미있는 사람, 믿음직한 사람은 얼마든지 있어. 게다가 주위 사람들이 나를 어떻게 보는지 일일이 신경쓰기에는 사람 수가 너무 많다보니 무슨 상관인가 싶기도 하고. 그래서 오히려 모처럼 새로운 곳에 나와서까지 예전 관계를 걱정해야 하는 지아키가 안쓰러워서 약간 동정하기도 했어.

그리고 지금 생각한 건데, 시골에서는 그 누구보다 예뻤던 지아키도 도시로 나와 자신이 평범하다는 걸 깨달았겠지. 하지만 인정하고 싶지 않았을 테고. 그래서 전성기 때를 아는 옛 친구에게 필사적으로 자랑했던 게 아닐까 싶어. 그렇다면 비참한데 말이지.

지아키하고는 그런 식이었어. 오 년 전 새해에 만나고 나서 아즈가 문자로 지아키하고 고이치는 어떻게 지내는지 물었을 때 변함없이 사이좋아 보인다고 가벼운 마음으로 답장도 보냈고. 하지만 그게 실수였던 것 같아.

이건 또 나중에 쓸게. 컴퓨터로 쓰면 그만 쓸데없는 소리까지

하게 되는구나. 편지라기보다 수기나 참회 같다고 할까?

에쓰코 너는 요전에 고향에 갔을 때, 이상한 기분 못 느꼈니? 외국에서 오래 살았으니 일단 일본에 돌아왔을 때 받는 느낌도 있을 테고, 그럼 이중으로 느끼는 건가? 아니면 에쓰코는 어디에 있어도 에쓰코일까?

고향보다 훨씬 인구가 많은 도시로 나갔으니 나도 변했다고 믿었어. 주위 시선은 이제 아무렇지도 않아. 내 의견을 먼저 말하는 일에도 아무 거리낌이 없어. 덕분에 취직할 때도 불황치고는 순조롭게 큰 회사에 들어갈 수 있었고, 직장에서도 내 의견을 똑똑히 개진해 주임이라는 직함까지 따냈어.

옛날 친구를 만나도 여유로운 마음으로 대할 수 있어. 당연히 고향에서 만나도 마찬가지일 줄 알았지.

오봉 휴가 때 아즈와 약속한 나는 별 뜻 없이 지아키에게도 연락했어. 어디가 좋을지 잘 몰라 아즈에게 물었더니 최근에 생긴 세련된 이탈리안 레스토랑을 가르쳐줬어. 인터넷으로 찾아보니 이탈리아의 유명한 레스토랑에서 실력을 쌓은 요리사가 이탈리아의 한적한 시골이 생각나는 장소를 일부러 찾아서 연 가게라더라. 외관도 인테리어도 멋진 곳이었어.

그런 가게다보니 나는 으레 멋을 부리고 갔지. 다른 두 사람이 어떤 모습으로 오든지 별 상관 없다고 생각했어. 〈송월산, 월희 전설〉을 찍었던 그날 밤과는 달리 두 사람도 예쁘게 차려입고 와서 별다른 위화감을 느끼지 않았어.

요리도 와인도 맛있었어. 아즈는 회사 동료에게 실연당한 이야기를, 지아키는 고이치에 대한 불평을 털어놓았는데, 나는 회사에서 내 기획이 채택된 이야기를 하면서 꽤나 우월감에 빠져 있었어. 제법 취했던 것 같아.

지금이라면 과거도 새로운 기억으로 덧그릴 수 있으리라는 생각에 두 사람에게 송월산에 가자고 했어. 행복하게 해달라는 소원을 빌자고 말이야. 두 사람 다 얼씨구나 찬성했고 바로 결정이 났지. 송월산이 생각보다 레스토랑에서 가까웠던 것도 한몫했어.

셋이서 외그루 소나무까지 걸어가서, 거기에서 산길을 오르기 시작했어. 시시한 수다를 떨면서.

월회는 열흘 동안 다녀야 했는데 언제부터 한 번만 가면 소원이 이루어진다는 이야기로 바뀌었을까? 뭐든 단순한 게 최고라지만 이런 것까지 줄여도 되는 걸까? 사찰 순례 같은 것도 요새는 제대로 안 하잖아. 아무래도 효험이 덜할 것 같아. 그때도 끝까지 말을 안 한 사람은 시즈카였는데 제일 먼저 입을 연 에쓰코가 첫번째로 결혼했잖아.

저 마지막 말은 지아키가 한 말이야. 그 순간, 가슴이 갑갑해졌어. 몸속에서 뭔가가 조금씩 튀어나오는 것 같았어. 그렇게 튀어나온 질척한 뭔가가 몸속을 가득 채우는 것 같았어. 질척한 그것의 정체를 한마디로 표현하면 바로 '과거의 나'야.

산 정상에 도착했을 때 나는 이미 옛날의 나였어. 사당에서 두 손을 모아도 생각나는 남자도 없고, 누구에게도 사랑받지 못하는

나. 열심히 도와주는데도 사람들은 내가 그러는 걸 당연한 일로 여겨. 그래도 "행복하게 해주세요" 하고 빌기는 했어.

나 다음으로 사당 앞에 앉은 아즈는 눈을 감고 두 손을 모은 채오 분쯤 꼼짝도 안 했어. 배라도 아픈가 싶어 걱정했을 만큼. "아즈밍, 너무 오래 기도한다. 욕심내면 행복해질 수 없어" 하고 지아키가 옆에 앉아 아즈를 억지로 밀어냈는데, 그때 아즈의 표정은 정말 굉장했어. 하지만 지아키는 아랑곳 않고 소리내어 소원을 빌었어.

"고이치의 신부가 되게 해주세요."

그러더니 나를 보고 그만 내려가자면서 씩 웃는 거야. 지아키는 친구하고 다시 만난 걸 우습게 여길 뿐, 소원이야 아무래도 상관없다는 걸 알았어.

산에서 내려가는 순서는 아즈, 지아키, 나. 자연히 이렇게 됐을 뿐이지만 옛날에도 이 순서로 내려갈 걸 그랬어. 맨 뒤에 섰으면 웃음 살 일도 없었는데. 아즈는 굉장히 불쾌하다는 태도로 성큼성큼 걸어갔어. 그뒤를 쫓아가듯 굽 높은 샌들을 신은 지아키가 불편한 자세로 따랐고 나는 지아키 등을 보면서 걸었어.

입을 다물고 있으니 머릿속에 온갖 영상이 떠올랐다가 사라졌어. 고이치와 커플티를 입은 지아키. 몇 번이나 바람을 피웠는데도 고이치에게 사랑받는 지아키. 맨 뒤에서 걸었던 두 사람 눈에 내 모습은 어떻게 비쳤을까? 그런 생각을 하는 내가 비참해서, 그 시절의 내가 비참해서 눈물이 날 뻔했어.

그런데 지아키가 갑자기 뒤를 돌아보더니 씩 웃는 거야. 마침 돌이 굴러다니는 지점에 접어들었을 때였어. 아, 옛날 생각을 하고 웃는구나. 혼자만 튀는 차림으로 왔던 그 시절의 나를 떠올리고 웃는구나.

지아키는 바로 고개를 돌려 다시 걸었지만, 나는 분하고 분하고 또 분해서 발밑에 있던 큼직한 돌을 걷어찼어. 어떻게 하려던 건 아니야. 정말 분했을 뿐이야. 그런데 돌은 지아키 발에 맞았고, 균형을 잃은 지아키는 한 손으로 땅을 짚었는데 하필 거기까지 무너지는 바람에 얼굴부터 땅바닥에 처박고 말았어.

아야야야! 지아키는 소리를 질렀고 아즈가 손을 잡아줬는데도 일어나질 못했어. 나는 어쩌면 좋을지 몰랐어. 그랬더니 아즈가 후미야에게 전화했고, 후미야가 도우러 와줬어. 후미야가 지아키를 업고 아즈가 지아키 등을 붙잡았는데, 나는 뒤에서 지아키 가방을 들고 그저 따라가기만 했어.

내 탓, 내 탓이야. 무서워서 목소리도 나오지 않았어.

지아키를 병원으로 옮기고 로비에 있는데 지아키 어머님께서 달려오셨어. 아즈가 맡아뒀던 짐을 아주머니께 드리면서 송월산에서 있었던 일을 설명했어.

지아키가 넘어져서 그랬다고, 지아키가 혼자 넘어진 것처럼 말하더라. 아즈가 볼 때는 그게 사실이겠지. 송월산에 가자는 말을 꺼낸 건 나, 혼자 넘어진 건 지아키. 아즈는 후미야에게 도움을 청해 지아키를 바로 병원까지 데려갔어. 아즈가 죄책감을 느낄 이유는 하나도 없어.

그뒤에 아무 짓도 안 했더라곤.

지아키의 휴대전화가 없어진 건 알고 있니?

내가 지아키의 가방을 들고 산에서 내려올 때 안주머니에 든 휴대전화를 봤어. 회사 후배 거랑 같은 기종이던 게 기억나. 후미야 차에서는 지아키하고 아즈가 뒷좌석에 앉았고, 가방은 조수석에 앉은 내가 들었지만 병원에 도착하고 나서는 화장실 갈 때 아즈에게 맡긴 다음에 그대로 뒀어.

그러니까 지아키의 휴대전화는 아즈가 갖고 있을 거야. 아즈는 그때, 회사 동료와 헤어진 지 얼마 안 돼서 술 마실 때도 꽤나 힘들어했어. 아즈 모르게 상대가 양다리를 걸쳤던 모양인데, 그쪽에서 일방적으로 헤어지자고 했다나봐. 아즈는 그때까지도 그 사람을 좋아했던 것 같아. 그래서 송월산 사당에서 열심히 소원을 비는데 지아키가 훼방을 놓으니 화났던 게 아닐까?

지아키를 병원까지 데려갈 때는 그럴 경황이 없었겠지만, 정신을 차리고 문득 지아키 가방을 보니 휴대전화가 눈에 들어왔는지도 모르지. 로비에 앉아 산에서 있었던 일을 떠올리는 사이에 소원 빌 때 방해받은 게 생각나서 그런 장난을 쳤을지도 몰라.

나 역시 그 라디오드라마 제작에 관여했고 완성된 작품도 너희와 함께 들었지만 대사까지는 일일이 기억 못 해. 편지에서 에쓰코 네가 라디오드라마 이야기를 꺼내서 새삼 다시 들어보고, 아, 이 대사를 말하는 거구나 하고 알았을 정도야. 하지만 아즈라면

기억할 법하지. 걔가 각본을 썼으니까. 게다가 지아키한테도 그리
좋은 감정은 없었을 테고.

그렇잖아. 여름합숙에서 다 함께 좋아하는 사람을 털어놨을 때,
아즈는 누구하고 의견을 맞춘 게 아니라 가장 먼저 고이치를 좋아
한다고 말했잖아.

지아키의 사고, 아니, 사건은 그 여름합숙 날 밤부터 시작됐던
거야.

이제 됐니?

야마자키 시즈카

시즈카에게

사고에 대해 말해줘서 고마워.

아마 이게 마지막 편지가 될 거야.

너는 마지막에 지아키가 다친 일을 사건이라고 썼는데, 나는 역
시 사고였다고 생각해. 네가 돌을 차지 않았어도 지아키는 넘어졌
을지 몰라. 산길이 어두웠잖아. 앞서 가는 지아키에게 화가 난다
고 해서 그애를 넘어뜨리겠다고 발밑을 노려 돌을 걸어차기란 정
말 어려운 일이야. 하물며 네가 넘어지라고 생각했기 때문에 지아
키가 넘어졌다고 믿는 건 과한 생각이야.

사람은…… 이건 너무 거창한가? 우린 그리 만능이 아니니까.

어쩌면 지아키는 그 일을 사고라고 생각하지도 않고 어디선가 즐겁게 살고 있을지도 몰라. 그게 가장 지아키답지 않니?

마지막으로 하나만 물어도 될까?

너하고 고이치는 지금 행복해?

에쓰코

전략 다카쿠라 에쓰코에게

네가 사고라고 말해줘서 마음이 놓여.

고이치는 지아키에게 일방적으로 이별을 통보받고 정말 침울해했어. 만나주지 않더라도 병원에 한번 가보라고 말한 적도 있지만 그러면 정말 미움을 살 거라며 꼼짝도 안 하더라. 에쓰코 네 눈에는 고이치가 지아키를 위해 한 일이 결국 무엇 하나 없는 것처럼 보일지 모르지만, 고이치는 지아키를 위해 아무것도 안 하는 길을 선택한 거야.

아무것도 안 한다는 건 정말 힘든 일이야. 나는 꽃과 선물을 몇 번 보냈는데, 그건 내 마음을 달래려고 그랬던 거야. 미안한 마음, 반성. 뭔가를 선물할 때마다 지아키에게 사죄하는 셈이었어.

섬세한 고이치는 지아키하고 헤어진 충격으로 업무에 집중하지 못하고 실수를 거듭하다가 회사에서 부서이동을 통보받은 적도 있어. 고이치보다 멋진 사람은 많다고 되뇌며 그에 대한 마음을 접었지만, 고이치가 멋진 모습을 잃는 건 더 보기 힘들었어. 내가 고이치의 원래 모습을 되찾아주고 싶었어. 고이치의 눈물을 몇 번이고, 몇 번이고 보듬어줬어.

그리고 오 년. 결혼식 때 고이치, 정말 멋졌지?

마지막으로, 만약 지아키가 어디 있는지 알았을 때 내가 할 수 있는 일이 있다면 알려줘.

에쓰코 너도 부디 건강하기를.

야마자키 시즈카

에쓰코에게

오랜만이야. 잘 지냈어? 이쪽은 완전 한여름이야.

네가 사는 곳은 남반구니까 계절은 겨울인가? 아니면 아프리카는 일 년 내내 이쪽보다 더워? 네게 시즈카 결혼식에 대해 말해줘야겠다고 생각하면서도 뭐부터 써야 할지 모르겠어. 하지만 일단 결혼식 소식부터.

네 앞으로 온 청첩장을 가지고 내가 대신 참석한 시즈카와 고이치의 결혼식 말인데, 우리 예상과는 전혀 다른 결과가 나왔어.

너는 가난한 극단 단원인 내게 우편물 챙겨줄 사람이 필요하다면서 작년부터 귀국할 때마다 일시적으로 쓰는 아파트를 내줬지. 하지만 설마 거기로 그 두 사람의 청첩장이 올 줄은 생각도 못 했어. 깜짝 놀라 처음으로 국제전화를 걸었을 정도야.

너는 남편 일 때문에 돌아올 수 없다고 아쉬워했고, 나는 결혼식에 관심이 있었어. 그래서 대신 갔다와서 알려줄까 하는 말을 꺼냈지. 그런데 네가 나더러 에쓰코 너인 척 꾸며서 애들 좀 놀래주라고 제안했어.

끝까지 들키지 않는다면 내가 연기파 배우인 거라며 너는 웃었지만 나는 금방 탄로날 줄 알았어. 그런데…….

결혼식 당일, 식장인 송월 호텔에 갔더니 다들 나를 '에쓰코'라고 부르더라. 체격은 비슷하지만 얼굴도, 목소리도 다르잖아? 아무리 내가 에쓰코처럼 굴었기로서니 어쩜 다들 이렇게 기억력이 나쁠까? 혹시 몰래카메라는 아닌가 하고 의심했을 정도야.

얼굴 흉터를 지우는 김에 눈과 콧날에도 조금 손을 댔으니 옛날 얼굴하고 꽤 다를지 모르지만 네 얼굴하고는 조금 다를 텐데 말이야. 너는 큼직한 안경과 덥수룩한 머리카락이라는 인상이 강했으니 말쑥하게 완전히 변했다고 생각한 걸까?

사모님 어쩌고 했으니 역시 다들 네가 얼굴을 조금 만졌다고 생각했는지도 몰라. 그런 실례가 어디 있담. 이런 말 하는 나도 그런가? 미안.

고이치가 날 흘깃흘깃 쳐다보는 게 마음에 걸렸지만, 하객이 많아서 시즈카하고 고이치 가까이에는 갈 수 없었으니, 의심은 했어도 알아차리지는 못했나봐.

축사도 길고 이벤트도 많은(친척 아주머니의 무용 같은 거!) 피로연이다보니 다 같이 심각한 이야기를 나눌 기회도 없었고, '에쓰코'가 아니라는 말을 할 새도 없이 시간이 흘렀어.

너한테 보낼 사진을 찍다가 테이블 구석에 카메라를 놨더니 옆자리에 앉은 료타가 "에쓰코, 이제 그런 것도 다룰 줄 아네?"라더라.

모델 일 할 때 프로모션 사진은 직접 찍기도 했으니 카메라가 손에 익어 아무 생각 없이 가져갔는데, 그러고 보니 에쓰코 너는 기계치였다는 게 생각났어. 기껏 인터뷰를 녹음해왔는데 재생 버튼을 잘못 눌러 지워버린 적도 있었지?

이쯤에서 밝힐까 싶었지만 모처럼 생긴 기회라 나도 사진 속에 끼고 싶어서, 남편 걸 빌렸는데 쓰기 어렵다고 둘러대며 료타에게 카메라를 맡겼어. 그래서 동봉한 사진에는 나도 꽤 찍혔어. 우리가 마지막으로 만난 건 내가 얼굴을 다치기 전이었지. 어때? 너하고 닮았니?

결혼식 끝나갈 때쯤 필름이 다 됐는데 료타가 프런트에 맡긴 짐 속에 새 필름이 있다고 했어. 둘이서 잠깐 예식장을 빠져나가 로비에서 필름을 가는데 료타가 깜짝 놀랄 소리를 하는 거야.

"지아키 말이야, 얼굴을 다쳐서 정신적으로 충격을 받아 행방불명됐다던데 알고 있어? 너는 어려서부터 친했으니까 뭔가 알지 않을까 싶어서. 송월산에서 목을 매달아 자살했다는 소문도 있고, 마음에 걸려."

누구 이야기를 하는 거지? 황당해서 말이 안 나왔어. 료타도 후미야한테 들었다면서 자세한 내용은 모른다더라고. 하지만 료타는 사실 나보다 에쓰코 네 일이 더 궁금했을 거야. 예뻐져서 깜짝 놀랐다고 말하는 걸 봐서 단둘이 이야기할 핑계가 필요했던 게 아닐까? 료타가 식 끝나고 다른 일정이 있냐고 물었지만 내 마음은 이미 다른 데 가 있었어.

안면 부상과 부모님의 전근이 겹쳐 모델 에이전시를 그만두고 부모님을 따라 이사를 가게 됐지. 왠지 고이치에게 주소를 알리고 싶지 않아 한동안 에쓰코 말고 다른 친구들과는 연락하지 않았지만 설마 그런 소문이 나돌 줄이야!

시즈카와 고이치의 결혼 소식에는 그리 놀라지 않았지만 내가 다친 뒤 오 년 사이에 무슨 일이 있었던 걸까? 연락이 안 된다고 행방불명? 정신적으로 충격을 받았다? 자살? 그것도 송월산에서 목을 매달다니, 그날 있었던 일을 다들 어떻게 생각하고 있는 걸까? 점점 궁금해져서 예식은 거리에 들어오지도 않았어.

피로연이 끝나고 후미야가 방송부 넷이서 한잔하러 가자고 했지만 그 동네에 연고가 없는 나는 시간 여유가 없는 탓에 바로 기차를 탔어. 하지만 그 판단이 옳았던 것 같아. 아무리 그래도 2차까지 가면 정체가 탄로났을 터니까.

친구들 사이에서 내 소문이 어떻게 돌고 있는지 진상을 알아내려고 돌아오자마자 아즈밍에게 연락해보기로 했어. 아무리 그래도 신혼인 시즈카에게 묻기는 그렇잖아. 끝까지 에쓰코인 척 결혼식에 참석했는데 갑자기 내 연락을 받으면 수상하게 생각할지도 몰라. 게다가 진실을 말해주지 않을지도 모르지. 그래서 조금만 더 네 흉내를 내기로 했어.

아즈밍은 메일주소도 알려줬으니 처음에는 메일로 보낼까 했는데, 내 메일주소는 죄다 이름하고 생년월일이 들어가 있어서 못 쓰겠더라고. 그래서 편지를 쓰기로 했어.

의심할 빌미를 주지 않으려고 얼마나 애썼는지 몰라.

아즈밍이 홋카이도 여행 선물로 에쓰코에게는 유명한 공방의 라벤더 모양 편지지 세트를 선물했다는 게 기억나 인터넷 주문까지 했어. 그때 나는 손수건을 받았지. 사실 편지지 세트가 더 좋아 보여서 공방을 검색한 적이 있거든.

사모님 같은 분위기를 내보려고 책까지 사서 편지 쓰는 법을 공부해 그럴듯하게 써보기도 했지. '배계*'에는 딱딱한 인사가 붙는데 '전략'에는 그런 게 없더라. '전략'은 윗사람에게는 쓰지 않는 게 좋다고 하니 친구한테는 '전략'으로 시작하는 게 좋겠네 하고 나름대로 연구를 좀 했어. 그것 말고도 에쓰코는 아즈밍을 '아즈'라고 불렀다는 것도 잊지 않았고, 추억으로 분위기 좀 띄우려고 풍뎅이 이야기도 써봤지.

하지만 그게 실수였나봐. 에쓰코가 아닌 것 같다고 의심하더라. 손으로 쓴 편지가 스토리 구상을 좋아하는 아즈밍을 자극했는지 점점 거창한 상상을 한 모양이야.

라디오드라마 마지막 대사가 뭐냐고 묻더라니까? 내가 라디오 드라마 녹음 때 너한테 "어째서 그런 대사로 끝내는 거야?"라고 항의했더니 "초안은 말이지⋯⋯" 하고 가르쳐준 적 있지? 머리를 쥐어짜가면서 그때 나눈 이야기를 생각해냈어.

에쓰코는 어째서 아즈밍이라고 부르다가 아즈로 바꿨더라?

풍뎅이 이야기는 다들 아는 게 아니었나?

아즈밍의 결혼(신랑은 후미야네 회사 선배래!) 이야기는 다른 친구들도 다 들었던가? 내가 행방불명이라는 이야기에 정신이 팔려 있을 때?

겨우겨우 둘러대면서 편지를 주고받는데 내 얼굴 상처 그리고 그뒤의 일에 대해 예상도 못 한 이야기가 자꾸 튀어나오는 거야. 이런 짓 하지 말 걸 그랬다고 후회했지.

아즈밍이 나중에 보낸 편지에는 후미야의 가설이 나오는데, '가설'이란 참 위험한 거야. 똑똑한 사람이 혹시 이렇게 된 게 아닐까 하고 가설을 세우고, 그럴 수도 있다고 생각하면 가설은 사실이 된다는 걸 처음으로 알았어. 만약 이번에 편지를 쓴 게 정말 에쓰코 너였다면 너도 후미야의 가설을 믿었을 거야.

시즈카를 의심하는 가설이어서 나는 시즈카에게도 편지를 썼어. 고이치를 언급하게 되니 꽤 거북하긴 했지만.

---

* '전략'과 마찬가지로 편지 서두에서 인사의 생략을 밝히는 관용구.

시즈카에게 편지를 쓸 때, 나도 가설을 들어 물어봤어. 후미야의 가설이 아즈밍의 속내를 끌어낸 것처럼, 시즈카의 속내를 끌어내려면 뭔가 가설이 필요했거든. 진실을 아는 입장이라 가설을 세우기 힘들었지만 에쓰코라면 이렇게 생각하지 않을까 하고 네 시선으로 써내려갔어.

시즈카는 내가 넘어진 게 자기 때문이고, 고이치의 자동응답기에 메시지를 남긴 게 아즈밍이라고 생각하더라. 하지만 사실은 그게 아니야.

나는 굽 높은 구두를 신고 어두운 산길을 걷다가 혼자 넘어진 거고, 얼굴을 다친 건 충격이었지만 정신이 이상해질 정도는 아니었어. 비교적 냉정하게 앞날을 생각할 수 있었고, 그렇기 때문에 이 기회를 이용해야겠다 싶어 고이치의 전화기에 이별 메시지를 남긴 건데.

메시지를 녹음한 건 나야. 라디오드라마 대사는 전혀 의식하지도 않았어. 드라마 대사처럼 말했는지는 모르지만 고이치하고 헤어지고 싶어서 필사적이었지. 게다가 그 내용도 다들 고이치한테 전해들은 거잖아? 라디오드라마 대사를 한 글자도 빠짐없이 기억한다고 해서 고이치가 정말 내 메시지를 친구들에게 그대로 전했을까?

하지만 내게도 책임은 있어. 휴대전화가 없어졌다고 착각했으니까. 엄마가 가방을 바로 세워놓지 않아서 그랬던 모양인데 우리 차 안, 그것도 조수석 밑에 떨어져 있더라.

에쓰코 너한테는 계속 메일을 보냈으니 내가 다친 것도, 고이치와 헤어진 것도 다 알고 있지? 그러니 너도 아즈밍과 시즈카 편지를 읽으면 깜짝 놀랄 거야. 하지만 사실 얼굴 상처도 친구들의 오해도 그리 큰 충격은 아니었어.

나는 고등학교 때, 방송부에 들어가길 정말 잘했다고 생각해. 즐거운 일도 많았지만 평생 믿을 수 있는 친구가 생겼다는 게 가장 기뻤어. 하지만 청춘이라는 게 그리 아름답지만은 않더라. 나도 불만은 있었는걸.

이번에 주고받은 편지 말인데, 내가 쓴 것도 복사를 해놨으니 네게 전부 보내도 되지만 내가 생각하는 너의 이미지가 제법 나와 있어 이걸 읽으면 네 마음이 좀 복잡해질 것 같아 망설이는 중이야. 시즈카의 신용을 얻으려고 너하고 료타 이야기나 남편 자랑도 마음대로 썼거든.

하지만 가설 덕에 사실도 알았고, 내가 기억하는 추억이 변하기도 하더라. 아예 문집처럼 방송부 친구들한테 전부 돌릴까봐.

다들 난처해하겠지? 하지만 그때의 내 심경을 알릴 좋은 기회일지도 몰라.

나는 꽤 일찌감치 고이치하고 성격이 맞지 않는다는 걸 알았어. 헤어지자는 말도 몇 번이나 꺼냈지만, 고이치는 받아들이지 않았어. 다른 상대를 찾으면 이해해줄 것 같아 양다리를 걸쳐보기도 했지만 그것도 실패. 그러는 사이 고이치는 방송부 친구들을 자기 편으로 끌어들였어.

이상한 라디오드라마가 완성됐지.

나는 그냥 월희 전설 이야기인 줄 알았는데 군데군데 고이치와 나 사이에 실제로 있었던 에피소드가 나와서 깜짝 놀랐어. 점점 낭떠러지에 몰리는 기분이었지. 이거 정말 고등학교 때 헤어지는 건 어렵겠다 싶어 포기하는 심정으로 일부러 뻐기는 시늉도 해봤어. 정말 재수없었지?

알고 있니? 월희 전설은 소리내어 소원을 빌면 절대 이루어지지 않는대. 내가 시즈카하고 함께 취재했던 할머니가 그렇게 말씀하셨어. 기계치였던 에쓰코 네가 지워버렸지만.

이 모든 일의 시초는 그 시골 동네의 월희 전설이 아니었을까? 그래, 문집 제목은 이게 좋겠다.

'월희 전설 종장.' 청춘이라, 그때 참 즐거웠지?

지아키

이십 년
뒤의
숙제

이십 년
숙제

오바 군에게

　요전번에는 예쁜 꽃다발 잘 받았다. 삼십팔 년이라는 세월을 초등학교 교사로 지내면서 천 명이 넘는 아이들을 맡았지만, 졸업한 뒤에도 해마다 연하장을 잊지 않고 퇴직 축하선물까지 보내준 학생은 너밖에 없구나.

　내가 담임이었던 건 오바 군이 N시 T시립 초등학교 5학년 때였지? 공부도 잘하고 2학기 반장으로 뽑힐 정도로 친구들 사이에서 신뢰도 두터운, 흠 잡을 데 하나 없는 아이였지.

　팔 년 전 고등교사 임용고시에 합격했다는 연하장을 받았을 때도 오바 군이라면 분명 학생들 마음을 헤아려주는 좋은 선생님이 될 거라고 믿었어. 그뒤로 네가 보내준 소식만 봐도 순조롭게 잘 지내는 것 같아 무척 기뻤단다.

　도쿄에서 대학을 나오고서 고향으로 돌아와 교편을 잡은 것도 참 훌륭한 일이야. 오바 군을 키워준 곳에서 이번에는 오바 군이 미래가 있는 아이들을 키우는 거잖니? 나도 그런 마음으로 교사가 돼 고향에 돌아왔을 때가 엊그제 일처럼 떠오르는구나.

　하지만 올 3월에 정년퇴직을 하고 옛 제자에게 축하까지 받으니 과연 내가 교사로서 사명을 다했나 새삼 되짚어보게 됐어. 한

점 아쉬움도 없다고 말할 수 있을까?

그러고 보니 아무래도 마음에 걸리는 아이들이 여섯 명 있더구나. 그 아이들은 지금 어떤 인생을 살고 있을까? 그걸 확인하고 교사생활에 종지부를 찍어야겠다고 결심했지. 그런데 그때 마침 재직 중에 앓던 지병이 악화되고 말았지 뭐니.

장기 입원을 해야 했어. 아이가 없는 나는 간사이에 사는 조카 부부의 간병을 받으며 오사카 쪽 병원에 입원하게 됐단다.

편지 소인이 오사카인 건 그런 이유야.

여섯 아이들이 어찌 사는지 퇴원한 다음에 알아보려 했는데, 지금 당장은 언제 퇴원할 수 있을지 모르겠구나. 그래서 네게 부탁할 수 없을까 싶어 이렇게 편지를 쓴다.

오바 군, 그애들이 지금 어떻게 지내는지 만나보고 알려줄 수 없겠니?

이렇게 네게 편지를 보내는 것처럼 내가 직접 여섯 명에게 편지를 쓸 수도 있겠지만 아무래도 그러기가 두렵구나. 그애들이 모두 행복하다면 기꺼이 그러겠지만, 그러지 않을 경우를 생각하면 대체 무슨 말을 써야 할지 모르겠어서.

또 우리 세대하고 그애들 세대는 행복에 대한 기준도 서로 다를 것 같고 말이지. 그 점에서 그 여섯은 너하고 비슷한 또래이니 행복하냐고 대놓고 물어보지 말고(갑자기 그런 걸 물으면 수상하게 여길 테니) 네가 보기에 어떤지 알려줬으면 한단다.

이제 곧 여름방학이긴 하지만 교사는 평상시대로 출근해야 한다는 건 안다. 동아리 담당교사를 맡고 있으면 방학 때가 더 바쁠지도 모르겠구나. 그래서 말인데 하기 어렵거나 내키지 않으면 염려 말고 말하렴. 물론 교통비나 식대는 내가 준비하마.

조카의 집주소를 적어놓을 테니 그쪽으로 연락해주렴.

답장 기다리마.

다케자와 마치코

다케자와 마치코 선생님께

선생님, 편지 잘 읽었습니다. 병세는 좀 어떠신지요?

입원하셨다는 말씀을 듣고 많이 놀랐습니다. 교사생활로 쌓인 피로가 한꺼번에 올라온 게 아닐까요? 무리하지 마시고 편히 요양하세요.

선생님 부탁은 제가 어떻게 해보겠습니다. 교사가 된 지 아직 팔 년밖에 되지 않았지만, 앞날이 궁금한 학생들이 저도 벌써 몇 명 있습니다. 재학 중에는 별일 없었는데 졸업 후에 사고를 당하거나 회사를 그만뒀다는 소식이 들려오면 걱정스럽기도 합니다. 그래서 선생님의 걱정이 남 일 같지 않네요.

또 선생님 교편생활의 총결산을 제가 도울 수 있다면 이보다 더 영광스러운 일은 없을 겁니다. 다행히 담당 동아리는 방송부 하나

여서 운동부처럼 힘들지 않은 데다 올해는 2학년 담임이라 진로 상담에 시간을 할애할 일도 없습니다. 그러니 걱정 마시고 제게 말씀하세요.

그리고 돈은 필요 없습니다. 교사가 부업이라니 당치도 않죠!

그럼 뭘 하면 되는지 연락 기다리겠습니다.

학창 시절 친구가 오사카에 살아서 오봉 휴가 때 만나러 갈 생각입니다. 그때 선생님도 찾아뵙고 싶은데 그래도 될는지요.

오바 아쓰시 올림

오바 군에게

무모한 부탁을 흔쾌히 들어주니 참으로 고맙구나. 정말 고맙다.

여섯 명의 이름, 주소, 전화번호와 그애들에게 건넬 편지를 동봉하마. 주소와 전화번호는 이십 년 전 것이라 연락이 닿지 않는 사람도 있을 게야. 연락이 닿아도 먼 곳에 살지도 모르고. 그런 경우에는 만날 수 있는 사람만 만나봐도 되니 무리하지는 말거라.

오사카에 올 때는 꼭 들러주렴. 나는 이제 쭈그렁 할머니가 됐지만, 오바 군은 훤칠한 미남으로 자랐겠지? 기대되는구나.

그럼 잘 부탁한다.

다케자와 마치코

다케자와 마치코 선생님께

다케자와 선생님, 안녕하세요? 병세는 좀 어떠신지요?

부탁하신 건으로 당장 여름방학이 시작된 지난 주말에 가와이 마호 씨를 만나고 왔습니다. 마호 씨는 삼 년 전에 결혼해 성이 구로다로 바뀌었더군요. 바로 옆 동네 K시에 살고 있습니다.

선생님께 받은 전화번호로 연락하니 마호 씨 어머님께서 받으시더군요. 세상이 험하다보니 낯선 제 이름을 듣고 처음에는 무슨 외판원으로 착각하셨는지 의심스러운 목소리로 용건을 물으셨지만, 제가 다케자와 선생님의 제자이고 N시 공립 고등학교 교사라는 것, 선생님께서 올해 정년퇴직하셨다는 것, 지금 오사카 병원에 입원해 계시다는 것, 그리고 옛 제자인 마호 씨가 잘 지내는지 궁금해하신다고 전하니 바로 마호 씨 자택번호를 알려주셨습니다.

그쪽으로 전화를 거니 마호 씨가 받더군요. 어머님께 말씀드린 것과 똑같은 설명을 되풀이하고, 선생님께서 맡기신 물건이 있어 되도록 직접 만나고 싶다고 부탁하니 흔쾌히 바로 시간을 내주었습니다.

마호 씨 댁 근처에 있는 차분한 분위기의 카페에서 오후 1시에 만나 한 시간쯤 이야기를 나눴습니다.

그때 상황을 가급적 정확하게 써보겠습니다.

일단 먼저 서로 자기소개를 했습니다. 제가 근무하는 고등학교가 마호 씨 부군의 모교라더군요. 처음부터 무척 편하게 말이 잘 통했습니다.

"다케자와 선생님의 제자라고 하셨는데, 저랑 같은 S초등학교에 다니셨나요?"

"아니요, T초등학교입니다."

"그럼 선생님께서 S초등학교 다음으로 부임한 학교네요?"

"마호 씨가 S초등학교 4학년 때 담임이셨던 선생님이 이듬해 전근하셔서 T초등학교 5학년 3반 담임을 맡으셨습니다. 그러니 저와 마호 씨는 동갑인 셈이죠."

그렇게 말하자 마호 씨는 무척 놀라더군요. 제가 노안이라 꽤나 연상으로 봤던 모양입니다.

"그럼 오바 씨는 선생님이 그 사고를 겪으신 다음 해에 맡은 제자군요. 선생님은 어떠셨나요?"

"밝고 활기차고, 재미있지만 화를 내면 엄청 무서웠습니다. 왕따 문제도 아이들과 함께 대화로 풀어주셨고, 이상적인 선생님이셨습니다. 제가 교사가 될 결심을 한 것은 선생님처럼 되고 싶었기 때문입니다. 하지만 모든 과목을 잘할 자신은 없어 고등학교 사회를 선택했지요. ……그런데 사고라니요?"

이야기가 나왔을 때부터 궁금했습니다. 물어도 될지 조심스러

왔지만 묻지 않을 수 없더군요. '그 사고'라고 할 정도니 학교 안의 작은 사고는 아닌 것 같았습니다.

"그 문제로 오신 게 아닌가요?"

마호 씨는 아차 싶은 표정이었습니다. 제가 그 사고를 안다고 생각했던 모양입니다. 조금 망설이는 눈치였지만 "선생님도 무사히 퇴임하셨으니까"라면서 사고에 대해 이야기해주더군요. 선생님께 설명할 필요는 없겠지만 마호 씨가 잘못 기억하는 부분이 있으면 곤란하니 마호 씨의 말을 여기에 그대로 옮겨보겠습니다.

"초등학교 4학년 2학기, 10월 체육의 날이었어요.

공작 시간에 쓸 낙엽을 주우러 선생님과 함께 반 친구들 여섯 명이 아카마쓰 산에 갔어요. 남학생 셋, 여학생 셋이었죠.

갈 사람은 선생님이 쉬는 시간에 적당히 불러 정했던 것 같아요. 체육의 날이라 체육 동아리에 든 아이들은 시합 때문에 갈 수 없었고, 가족끼리 놀러 가는 아이들도 많았어요. 제가 가게 된 건 두 경우에 다 해당되지 않았고, 집이 학교와 가까웠기 때문일 거예요. 오전 10시에 학교에서 출발했거든요.

요즘 아이들은 모처럼 노는 날에 왜 선생님을 도와야 하느냐고 생각할지도 모르지만 저는 설레었어요. 아카마쓰 산은 자동차로 가면 학교에서 이십 분 만에 갈 수 있지만 그 무렵에는 휴일에 외출할 일이 없어 차를 탄다는 것만으로도 굉장히 멀리 놀러 가는 기분이었거든요.

게다가 그날은 선생님 부군께서 스형밴으로 함께 와주셔서 은 근히 소풍 가는 기분으로 아카마쓰 산으로 향했어요. 차 안에서 노래도 부르고 끝말잇기도 했죠.

아카마쓰 댐 공원 주차장에 도착하자 선생님께서 저희 여섯 명 에게 커다란 비닐봉지를 하나씩 나눠주셨어요. 아카마쓰 산 등산 길을 따라 300미터쯤 들어갔어요. 4학년 모두가 쓸 낙엽을 주워 야 한다고 해서 하루 종일 걸릴 줄 알았는데 빨간색, 노란색으로 물든 잎과 도토리를 봉투 가득 줍는 작업은 한 시간도 채 걸리지 않았어요.

등산길은 아카마쓰 산 정상까지 이어져 있었어요. 저희는 모처 럼 왔으니 산에 가고 싶다고 졸랐지만 선생님께서 학생들을 데리 고 산에 오르려면 학교에 보고를 해야 하기 때문에 오늘은 안 된 다고 하셔서 포기했어요.

그 대신 도시락을 가져왔으니 댐 공원에서 먹고 놀다가 돌아가 자고 하셔서 다들 신이 나 펄쩍펄쩍 뛰었죠. 정말 오길 잘했다 싶 었어요.

도시락은 정말 굉장했어요. 맛있다, 반찬이 많다, 귀엽다, 그런 차원을 넘어서 일단 굉장했어요. 주먹밥만 해도 여섯 종류나 됐 고, 반찬도 전부 기억도 못 할 정도로 많았어요. 선생님은 요리도 잘하시는구나 하고 감탄했는데 사실은 전부 부군께서 만든 거였 어요.

'선생님 집은 선생님이 밖에서 일하고 아저씨가 집에서 일한단

다. 매일 맛있는 밥을 먹을 수 있어서 정말 행복해.'

평소처럼 스스럼없이 그렇게 말씀하시는 선생님이 왠지 너무 멋져 보였어요. 저는 그 무렵, 학교 선생님이 꿈이었거든요. 선생님처럼 요리 잘하는 남자하고 결혼하고 싶다는 생각을 했어요. 선생님 부군은 굉장히 자상한 분이라 우리가 편히 먹을 수 있도록 종이접시에 주먹밥과 반찬을 담아주셨어요. 그것도 일일이 '어느 주먹밥이 좋니? 못 먹는 건 없고?' 하고 물어보시면서요. '제일 맛있는 거요!' 하고 말했더니 '그럼 이걸 줄까?' 하고 손수 만든, 머위 된장 소스로 간한 구운 주먹밥을 담아주셨어요.

저희는 아저씨에게 금세 마음을 열고 학교에서 있었던 일들을 이야기했죠. 선생님은 물에 빠진 사람 흉내를 잘 낸다, 선생님은 완전 피구 선수다. 선생님은 멋대로 떠들어대는 저희를 살짝 나무랐지만 아저씨는 싱글벙글 웃으며 들어주셨어요.

도시락을 다 먹고 선생님이 가져오신 배드민턴 라켓으로 놀려는 참이었어요. 하지만 라켓이 네 개뿐이라 모두 같이할 수는 없었고, 시큰둥한 아이도 있었죠.

댐 공원에서는 아카마쓰 강으로 내려갈 수도 있었는데, 남자애들이 그쪽을 산책하고 싶다고 졸랐어요. 아저씨는 생물에 박식해서 두 팀으로 나누기로 했어요. 저는 선생님하고 같이 배드민턴 하는 쪽을 골랐죠. 저희 집은 아카마쓰 강 하류 바로 옆이라 거기까지 가서 물놀이하기는 아까웠거든요. 결국 여학생들이 선생님과 함께 배드민턴을, 남학생들이 아저씨와 함께 물놀이를 하게 됐어요.

넷이서 복식을 하다보니 구경할 틈도 없이 정신없이 놀았지요.

그때 다케유키가 헐레벌떡 달려왔어요. 숨을 헐떡이면서 다급한 기색으로 고래고래 외치더군요.

'선생님, 큰일났어요! 요시타카랑 아저씨가 강에 빠졌어요!'

선생님 안색이 순식간에 변했던 거 기억나요. 저희는 라켓을 내던지고 강으로 달려가는 선생님 뒤를 따르려 했어요. 그때 선생님이 갑자기 멈춰서 뒤돌아보더니 제게 구급차를 부르라고 하셨어요. 아마 그때 있던 아이들 중에 제가 가장 미더웠기 때문일 거예요. 제가 알았다고 대답하자 선생님은 쏜살같이 강으로 달려가셨어요.

대답은 자신 있게 했지만 저는 바로 행동으로 옮길 수가 없었어요. 이십 년 전에는 아직 휴대전화도 없었고, 지갑도 수중에 없었어요. 당시 저는 공중전화에 붉은색 긴급통화 버튼이 있는 줄도 몰랐거든요.

다행히 공원에 소풍 온 가족들이 있어 가장 가까이에 있던 무리에서 아버지로 보이는 분에게 사정을 말했더니 그거 큰일이라며 공원 입구에 있는 공중전화까지 같이 가서 119에 신고해줬어요.

사실 그때는 아직 그렇게 큰일이 벌어졌다는 자각이 없었어요. 고작 강에 빠졌다고 구급차를 부르다니 요란스럽다고 생각했을 정도예요. 제가 평소 강 하류밖에 보지 못해서 그랬던 거죠. 얕고 잔잔하게 흐르는 강에 맨발로 들어가 물고기를 잡거나 자갈을 던지며 놀았는데 위험한 사고는 한 번도 없었거든요. 그런 인상이 강했던 탓이죠.

하지만 최악의 사태가 벌어지고 말았어요.

저는 구급차가 올 때까지 공중전화 앞에서 기다렸어요. 도착한 구급대원들에게 상황을 설명하고 저도 따라가려는데 위험하니 그 자리에서 기다리라고 해서 결국 사고 현장에는 가지 않았어요.

요시타카와 아저씨가 들것에 실려왔고, 선생님도 구급차를 타고 병원으로 가셨어요. 선생님은 두 사람을 구하려고 강에 들어갔는지 물에 홀딱 젖어 있었고, 다쳤는지 발에서 피도 났어요. 하지만 상처는 거들떠보지도 않고 '마사키, 여보!' 하고 아저씨 이름만 계속 불렀어요.

저를 포함한 어린애들은 사오리네 부모님께서 데리러 와주셔서 집으로 돌아갔어요.

그날 밤늦게, 요시타카는 목숨을 건졌지만 아저씨는 돌아가셨다는 걸 알았어요. 연락망으로 소식이 돈 것 같았어요. 반 전체에 연락했는지, 그날 산에 갔던 아이들 집에만 연락했는지는 모르겠지만.

'선생님께는 안된 일이지만 죽은 게 남편 쪽이라 그나마 다행일지도 모르겠네.'

어머니는 전화 상대에게 그런 말씀을 하셨어요. 저는 그게 무슨 뜻인지 잘 몰랐어요. 요시타카가 살아서 다행이라는 생각은 했지만 그 자상한 아저씨가 죽은 게 어째서 '다행'일까.

그런 큰일이 있었는데도 선생님은 일주일 만에 학교로 돌아오

셨어요. 수업도 합창 콩쿠르 연습도 전부 아무 일 없었다는 듯이
흘러갔지만 그날 이후로 선생님의 웃는 얼굴은 볼 수 없었어요.
　다케자와 선생님은 이듬해 봄에 전근 가신 뒤로 못 뵀네요."

　제자는 셀 수 없을 정도로 많을 텐데, 선생님께서 어째서 제게
이런 부탁을 하셨는지 그제야 겨우 깨달았습니다. 제가 지금 선생
님과 똑같은 길을 걷고 있기 때문이지요? 그리고 마호 씨를 포함
한 여섯 명은 사고 당일 함께 산에 갔던 아이들이고요? 여섯 아이
들이 사고로 입은 마음의 상처를, 그후의 인생에서도 씻어내지 못
하고 있지나 않을까 걱정하시는 것 아닌가요? 마호 씨는 처음부
터 제가 그걸 확인하러 온 줄 알았던 모양입니다.
　마호 씨가 선생님께 전해달라는 말이 있습니다.

"선생님께서 저희 여섯 명에게 계속 마음써주고 계셨다니 무척
기쁘지만 동시에 죄송스러운 마음도 드네요.
　저는 자라면서 차츰 그 사고를 잊었어요. 그뒤로 물놀이는 하지
않게 됐지만 딱히 물가가 무서운 건 아니에요. 선생님이 되고 싶
다는 꿈은 제 학업이 부족해 이루지 못했지만 요리 잘하는 남자하
고 결혼하겠다는 꿈은 이뤘습니다.
　전에 남편이 만든 주먹밥을 들고 둘이서 소풍을 갔는데, 그날
일이 떠올랐어요. 슬픈 기억이 아니라 선생님 부군께서 만들어주
신 굉장히 맛있었던 주먹밥을요. 머위 된장 소스로 간한 구운 주

먹밥 맛을 지금도 잊을 수 없어요. 주먹밥을 먹으면서 남편에게 그 사고 이야기를 하는데 눈물이 멈추지 않더군요.

결혼하고 나서야 비로소 그때 선생님의 마음을 이해할 수 있었어요. 남편을 잃고 얼마나 괴로웠을까. '다행'이라는 말은 결코 타인이 입에 담아서는 안 될 말이었어요. 이제 와서 어머니를 탓할 수는 없지만, 부디 용서해주세요.

선생님, 오랫동안 정말 고생 많으셨어요."

그후 마호 씨에게 선생님이 주신 봉투를 건넸습니다. 마호 씨는 그 자리에서 뜯어 제게도 보여줬습니다. "저는 다케자와 선생님 같은 선생님이 되고 싶습니다"라는 문장 아래 선생님 얼굴이 크게 그려져 있더군요. 마호 씨가 처음에 제게 선생님은 어떤 분이셨냐고 물었을 때 밝다고 대답했는데, 아무리 그림이지만 그렇게 활짝 웃는 선생님 얼굴은 처음 본 것 같습니다.

마호 씨는 선생님께 안부 전해달라는 말을 남기고 돌아갔습니다.

원래는 여기서 편지를 끝내야 할 테지만, 저는 마호 씨를 만난 뒤에 도서관에 가서 사고에 대해 조사했습니다. 말이 조사지, 당시 신문의 지역 소식란에 실린 짧은 기사를 읽은 게 전부입니다.

기사에는 강에 빠져 떠내려가는 요시타카 군을 구하려고 부군께서 강에 뛰어들었다가 함께 휩쓸렸고, 이어서 뛰어든 선생님께서 요시타카 군을 먼저 구조해 요시타카 군은 목숨을 건졌지만 부군은 돌아가셨다고 적혀 있더군요.

다케자와 선생님, 저는 마호 씨 어거님께서 말씀하신 '다행'이라는 표현이 과연 맞는지는 모르겠지만 그 심정은 이해할 수 있습니다. 두 사람 다 살았다면 가장 '다행'이었겠지만, 둘 중 한 사람밖에 살 수 없다면 교사로서 학생이 살아서 '다행'이라고 생각합니다.

만일 죽은 사람이 요시타카 군이었다면 선생님은 세간으로부터 끔찍한 비난을 받으며 교편을 떠나야 했을지 모릅니다.

하지만 '다행'은 어디까지나 교사로서 그렇다는 말입니다.

제게 연인이 있습니다. 현립 병원에서 간호사로 일하고 있는데, 고향 친구 소개로 사귀기 시작한 지 이제 겨우 반년이지만 결혼까지 생각하고 있습니다.

예를 들어볼까요? 저는 지금 방송부를 맡고 있습니다. 그 아이들과 연인을 데리고 강에 물놀이를 갔는데 학생과 연인이 동시에 물에 빠진다면, 과연 주저 않고 학생을 먼저 구할 수 있을지 고민해봅니다. 그런 상상만 해도 선생님의 결단에는 고개가 절로 숙여집니다.

나는 선생님 같은 교사가 될 수 있을까?

그 답을 찾기 위해서라도 저는 책임감을 가지고 나머지 다섯 명을 만나보려 합니다.

그럼 이만 줄이겠습니다.

오바 아쓰시 올림

오바 군에게

편지 고맙다. 마호를 만났구나.

밝고 활달하게 재잘거리던 마호의 모습이 눈에 선하네. 그 아이가 결혼해서 행복한 가정을 꾸렸다니 참으로 기쁘구나.

사고 이야기를 숨긴 건 미안하다. 먼저 말할까 싶기도 했지만 여섯 명이 그 사고를 어떻게 생각하는지가 아니라 지금 어떻게 지내는지를 알고 싶었던 거라 네가 선입견을 갖지 않도록 일부러 그랬단다.

다음에 만날 상대에게도 사고 이야기를 네가 먼저 꺼내지는 말아주겠니?

그리고 마호 어머님께서 하신 말씀을 몇 번이나 지운 흔적이 있더구나. 앞으로 만약 나에 대해 나쁘게 말하는 사람이 있더라도 신경쓰지 말고 그대로 알려주렴.

마호는 직접 사고 현장까지 가지 않아서 충격도 비교적 가벼웠으니 나를 호의적으로 봐준 거겠지.

그래도 정말 고마운 일이야.

남편이 만든 머위 된장 주먹밥의 맛을 나 말고도 기억해주는 사람이 있다는 게 무엇보다 큰 기쁨이구나.

그럼 다음도 잘 부탁하마.

부디 무리는 하지 말거라.

다케자와 마치코

다케자와 마치코 선생님께

다케자와 선생님, 건강은 좀 어떠십니까? 예년보다 오래 끌던 장마도 어제부로 끝났다는 소식과 함께 이쪽도 본격적인 여름이 시작됐습니다. 얼마 전 도쿄에서 사회과 전국 교과회의가 열렸는데 회의장인 대학교가 제 모교라 제가 학교 대표로 참가했습니다.

그때 쓰다 다케유키 씨를 만났습니다. 다케유키 씨는 N증권 도쿄 본사에서 근무하고 있습니다.

저도 도쿄에서 나름 사 년이나 살았는데, 최상층까지 올려다보면 뒤로 자빠질 만큼 높은 빌딩에 깜짝 놀랐지 뭐예요. 제 감각은 이제 완전히 시골에 맞춰진 모양입니다.

다케유키 씨 가족은 몇 해 전 시내의 다른 동네로 이사해서 선생님께 받은 주소록으로는 연락이 되지 않았지만 마호 씨가 새 연락처를 가르쳐줬습니다. 마호 씨오 다케유키 씨, 그리고 이다음에 만날 예정인 네모토 사오리 씨가 고등학교까지 같은 학교를 나왔더군요. 작년 동창회 때 새로 작성한 주소록이 있다고 했습니다.

메일주소도 실려 있어 크게 도움이 됐습니다.

처음 연락했을 때에는 오봉 때 귀성하면 보자는 대답이 돌아왔지만, 그 며칠 뒤에 제 출장이 결정돼 예정보다 빨리 만날 수 있었습니다.

왠지 일이 잘 풀리네요.

평일이라 저녁 7시에 다케유키 씨 회사 앞에서 만나 근처에 있는 술집으로 갔습니다. 이번에는 먼저 동갑이라고 털어놨어요. 처음 만나는 거였지만 공통 화제도 몇 개 있고 해서 금세 죽이 맞았습니다.

다케유키 씨는 N시에 돌아갈 때마다 동네가 근대화되는 게 섭섭하다고 하더군요. 국도 변에 생긴 쇼핑센터나 밭 한복판에 생긴 편의점이 그렇다면서. 시골에 사는 입장에서는 이제야 겨우 생겼구나 싶은데, 도시에 사는 사람에게는 소중한 시골의 향수를 무너뜨리는 요소일 뿐인가 봅니다.

도시에서 실컷 편리한 생활을 누리면서 일 년에 한두 번 돌아가는 장소는 옛날 그대로 남아 있기를 바라다니, 배부른 소리이지요. 하지만 제가 고향으로 돌아오지 않고 다른 곳에 살았다면 그곳이 시골이든 도시든 다케유키 씨와 똑같은 마음일 것 같습니다.

선생님도 지금, 그곳이 그리우신가요? 식이요법을 따로 하지 않으셔도 된다면 은어조림이나 수제 메밀국수를 보내드리려 합니다. 죄송해요. 처음부터 생각했어야 했는데.

솔직히 저는 제가 사는 동네의 명물이 뭔지 아직 잘 모릅니다. 다케유키 씨가 그리운 표정으로 말하는 걸 듣고서야 알았어요.

"은어조림이 참 맛있었지. 옛날엔 저녁 식탁에 올라오면 '또 이거야? 지겹지도 않나' 하고 투덜거렸는데 지금 생각해보면 배부른 소리였어. 그렇지?"

"그러게."

맞장구는 쳤지만 며칠 전 어머니께 똑같은 불평을 했던 터라 쓴웃음이 나왔습니다.

"강물 색도 엄청 변했어. 동네가 근대화되는 건 어쩔 수 없지만 아카마쓰 산은 그대로 남았으면 좋겠어. 다케자와 선생님 기억 속에는 어떤 장소일까?"

다케유키 씨에게는 다케자와 선생님께서 맡긴 물건이 있으니 만나고 싶다고만 하고, 선생님과 한 약속대로 사고 이야기는 한마디도 하지 않았습니다. 하지만 지금 처음 듣는 시늉을 하는 것도 어색할 것 같아 그냥저냥 흘려듣는 척 맥주를 마셨어요.

"선생님께 못 들었어?"

"아니, 선생님께서는 아무 말씀도."

"그럼 나한테 전해준다는 게 뭐야?"

아차 싶었습니다. 봉투를 건네면 용건은 끝나버리니까요. 지금 어떻게 지내는지 묻기도 전에 사고 이야기가 나와 기분이 상해 돌아가버릴 가능성이 있는데 미처 생각을 못 했습니다. 다음부터는 만나려는 이유도 다른 핑계를 대는 게 좋을 것 같습니다.

하지만 다케유키 씨는 봉투를 받고 나서도 돌아갈 기색이 없었습니다. 봉투를 열어 제게 보여줬는데, 마호 씨 때와 똑같은 물건이더군요. "파일럿이 되고 싶어요"라는 글 밑에 비행기 그림이 있었습니다.

"이때는 설마 내가 고소공포증일 줄은 꿈에도 몰랐어. 이걸 내게 준다는 건 핑계고, 선생님은 지금 그 사고를 겪은 여섯 명이 잘 지내는지 궁금하신 것 아니야?"

정곡을 찔려 깜짝 놀라는 바람에 긍정하는 꼴이 되고 말았습니다. 죄송합니다…….

"내 연락처는 마호에게 받았다고 했지? 여섯 명 중에 내가 몇 번째야?"

"두번째."

"그럼 사고 이야기는 마호한테 들은 게 다야?"

"맞아."

"선생님이 만날 순서를 정해주셨어?"

"아니. 별다른 말씀은 없었는데. 그냥 위에서 차례대로 전화를 걸어본 것뿐이야."

"그래서 두번째가 내 이름이었다?"

제가 다케유키 씨 상황을 넌지시 알아내 선생님께 보고할 생각이었는데, 완전히 다케유키 씨가 대화를 주도했습니다.

"아니, 세번째야. 하지만 마호 씨 이야기 속에 다케유키라고, 아이들 중에 가장 먼저 이름이 나와서 다음으로 만나볼까 생각은 했지."

"흠, 마호가 내 이야기를 어떻게 했는데?"

"선생님하고 댐 공원에서 배드민턴을 하는데 다케유키 군이 부르러 왔다, 그게 전부야. 게다가 다케유키 씨하고는 원래 오봉 때 만날 예정이었으니 순서에 깊은 뜻은 정말 없어."

"다음으로 만날 사람은?"

"네모토 사오리 씨. 가까운 곳에 살거든. 초등학교 때는 동네가 다르면 굉장히 먼 줄 알았는데 같은 N시더군."

"그러고 보니 그땐 선생님께서 굉장히 먼 학교로 가셔서 앞으로 평생 만나지 못할 것만 같았는데, 그냥 시내에서 다른 학교로 이동한 거였지. 하지만 나는 선생님께서 우리가 보기 싫어서 전근 가신 줄 알았어."

"어째서?"

"그야 그렇잖아. 우리를 데리고 가지만 않았어도 선생님 부군께서 돌아가실 일은 없었어. 낙엽이야 선생님 혼자 주우러 가도 되고 사람 손이 필요하면 다른 선생님을 부르면 그만이니까."

"그럼 선생님은 어째서 아이들을 불렀던 걸까?"

"소풍을 핑계로 아이들을 화해시키려던 거야."

"누구랑 누구를?"

"후지이 리에하고 후루오카 다쓰야. 그 둘은 집이 가까워서 어려서부터 서로 집안 사정을 잘 알았어. 사소하게 다투다가 집안 얘길 꺼내는 바람에 싸움이 커졌지. 둘 다 존재감이 강한 아이들이라 남학생 대 여학생이라는 구도로 반 전체가 난리였어. 그래서 선생님이 대화로 두 사람을 간신히 화해시키고, 그 연장선으로 낙엽 줍는 걸 도와달라고 했던 거지."

"그랬구나. 그럼 나머지 사람들은 어떻게 선택된 거야? 마호 씨는 그날 별다른 일이 없었고 집이 학교에서 가까워서 그랬다던데."

"그 녀석, 그런 식으로 생각했나보네. 어렸을 땐 그래도 되지만 어른이 됐으면 알아차려야지. 선생님은 가을 나들이 철에 아무 예정도 없는 사정이 어려운 아이들을 차례로 부른 거야. 산에 갈 때까지 나는 반장이라 부른 줄 알았는데, 점심 도시락을 보고 그게 아니었다는 걸 알았어."

"선생님 부군께서 만든 도시락 말이야?"

"그것도 마호한테 들었구나."

"응. 머위 된장 소스로 간한 구운 주먹밥이 맛있었다고."

"그만큼 손이 많이 가는 반찬을 먹어놓고 주먹밥이 최고라니, 먹인 보람이 없는 녀석이네. 나는 그날 새우하고 흰 살 생선을 다져넣은 계란말이를 처음 먹어봤어. 지금은 수입도 그럭저럭 되니 텔레비전에 나오는 유명한 초밥집에도 자주 가지만 그때보다 더 맛있는 계란말이는 먹어본 적이 없어."

"그거, 선생님께 말씀드리면 굉장히 기뻐하실 거야."

제가 그렇게 말하니 다케유키 씨는 선생님께 전해달라며 이런 말을 했습니다.

"선생님께서는 그날 아이들을 데려간 일을 후회하실지도 모르고, 다른 아이들도 어떻게 생각할지 모르지만 나는 고마워한다고 전해줘.

자리에 펼쳐진 도시락을 보고, 반에서 가난한 집 아이들을 모은 자리라는 걸 알았을 땐 솔직히 굉장히 충격이 컸어. 그 자리에 있다는 사실이 부끄러웠고 밥을 얻어먹는 것도 부끄러웠어. 하지만 선생님 부군께서는 모두에게 공평하게 접시에 반찬을 나눠 담아주셨지. 다들 입에 맞아야 할 텐데 하시면서 말이야.

나는 계란말이를 집어 먹었어. 호사스런 반찬이 즐비한 가운데 그게 가장 싸구려로 보였으니까. 게걸스러운 모습을 보이기 싫었던 건지도 몰라. 하지만 입안에 넣은 순간 난생처음 느껴지는 맛이 퍼져나갔어. 저도 모르게 눈물이 찔끔 났을 정도야.

우리 집은 편부모 가정이라 그런 걸로 열등감을 느끼지 않으려고 애써 허세를 부렸어. 남이 주는 물건을 받거나 도움을 받는 게 싫었거든. 하지만 고마운 마음으로 받아도 되지 않을까 하는 생각이 들었어. 언젠가 갚으면 되는 거야 하면서 말이지.

단순하지? 겨우 계란말이 하나로.

그런데 선생님 부군은 그날 돌아가시고 말았어.

눈 깜짝할 새에 터진 일이야. 아저씨하고 남학생 셋이서 강으로 내려가 물고기도 구경하고 자갈도 주우면서 노는데 다쓰야가 갑자기 맞은편으로 건너가고 싶다는 거야. 아저씨는 그때 조금 떨어진 곳에 앉아 계셨어. 다쓰야가 돌을 밟고 건너기 시작하자 요시타카도 그뒤를 쫓았어. 그러다가 요시타카가 발을 헛디뎠고 순식간에 물에 떠내려갔지.

아저씨는 바로 강에 뛰어들었어. 나는 황급히 공원으로 달려가 선생님께 그 사실을 알렸지. 선생님은 바로 강으로 달려갔는데, 그 뒷일은 나도 잘 몰라. 급하게 달리느라 돌부리에 걸려 발목을 삐는 바람에 강으로 돌아갔을 때는 이미 요시타카도 아저씨도 뭍에 올라와 있었어.

선생님은 필사적으로 아저씨에게 인공호흡을 했지만, 내 눈에는 이미 죽은 것처럼 보였어. 눈물이 어찌나 펑펑 쏟아지던지 그칠 줄을 몰랐어. 같이 지낸 시간은 반나절도 채 안 됐지만 내게는 이미 소중한 사람이었으니까.

그뒤로 나는 다른 사람의 호의는 솔직하게 감사하며 받기로 했어. 대학에도 갈 수 있었고, 내 입으로 말하는 건 뭐하지만 일류 기업에 취직도 했어. 휴일에는 자원봉사도 하고 있어. 내 어린 시절하고 비슷한 처지의 아이들을 당일치기 등산이나 소풍에 데리고 가는데, 맛있는 도시락만은 어떻게 안 되더라고.

하다못해 계란말이라도 어떻게 해보려 했지만 아저씨 발치에도 못 미쳐. 하지만 같은 자원봉사자 중에 그걸 맛있다고 해준 사람이 있어. 그 친구와 내년 봄에 결혼할 예정이야.

어때, 전부 선생님 덕분인 것 같지 않아?

그러니까 선생님께 고맙다고 전해줘."

그뒤로 저희는 가게에서 나와 꽃집에 갔습니다. 도시의 꽃집은 밤늦게까지 하더군요. 그때 다케유키 씨가 고른 꽃이 지금 선생님 병실을 장식하고 있을까요? 꽃만 도착하면 선생님께서 놀라실 것 같아 이쪽으로 돌아온 뒤에 바로 편지를 씁니다.

바빠 쓰다보니 군데군데 이상한 문장이 있을지도 모르겠습니다. 이번만 봐주세요.

저는 다케유키 씨를 만나 선생님을 더욱 존경하게 됐습니다. 저희 반에도 수업료 면제를 신청한 학생들이나 겨우 몇천 엔밖에 안 되는 실습비를 못 내는 학생들이 많습니다. 수학여행을 가지 못하는 학생들도 있고요. 어떻게 해주고 싶은 마음은 굴뚝같지만 제가 모든 학생의 비용을 부담할 수도 없는 일입니다.

제가 할 수 있는 일은 학교로 들어오는 아르바이트 자리를 사정이 어려운 아이들에게, 본인이 눈치 못 채게 슬쩍 소개해주는 정도밖에 없다고 생각했습니다. 저는 마음을 쓰는 건데 누굴 바보로 아는 거냐고 부모가 화를 내며 학교에 찾아온 적도 있습니다. 그럴 때마다 마음대로 해라 하고 내던지고도 싶었습니다.

하지만 아직 제가 할 수 있는 일이 있지 않을까요? 지금 당장 금전적으로 원조하는 길만이 도움은 아닐 겁니다. 단단하게 응어리져 있던 다케유키 씨의 마음을 부군의 계란말이가 풀어낸 것처럼, 학생들이 밝은 미래를 그릴 수 있는 길을 찾아보려 합니다.

그럼 또 연락드리겠습니다.

오바 아쓰시 올림

오바 군에게

연락 고맙구나.

꽃에 담긴 다케유키 군의 마음을 알고 나니 정말 기쁘구나. 타임머신은 없지만 만일 그날로 돌아갈 수 있다면 하고 마음속으로 몇 번이나 빌었단다. 하지만 이제는 돌아가지 못해도 좋다는 생각이 드는구나.

가난한 집은 몇십 년 전에나 있는 건 줄 알았단다. 급식비나 소풍비를 내고 싶어도 내지 못하는 가정의 아이들이 다른 아이들과 똑같이 지낼 수 있도록 하려면 어쩌면 좋을지, 진지하게 고민했던 시기가 있었지.

가정환경 때문에 인생이 결정돼서는 안 된다고 생각했거든.

하지만 무슨 영문인지 세상이 이상하게 바뀌어 돈이 있는데도 급식비를 내지 않는 집 때문에 그쪽 문제를 처리하느라 바빴고, 그뒤에는 현장을 떠나 교육위원회에서 일했던 터라 시대가 완전히 바뀐 줄만 알았어.

먼저 개별 가정을 살펴보는 일부터 시작해야겠지. 꼭 돈이 아니더라도 오바 군이 도울 길이 있을 거야. 지금 결과가 나오지 않더라도 미래에 희망을 품을 수 있는 해결책을 찾아보겠다는 말이 참 듬직하구나.

오바 군이라면 분명 할 수 있을 거야. 하지만 부디 무리는 하지 말았으면 해.

그리고 마음써줘서 고맙구나. 지금은 제한식사 중이라 어렵지만 퇴원하면 맛있는 걸 사주렴. 네 편지는 항상 내 가슴을 벅차게 하는구나.

그럼 잘 있거라.

다케자와 마치코

다케자와 마치코 선생님께

다케자와 선생님, 좀 어떠신지요?

오늘은 네모토 사오리 씨를 만나고 왔습니다. 결혼해서 지금은 미야자키로 성이 바뀌었더군요. 같은 시내에 살아서 금방 만날 수 있을 줄 알았는데 다섯 살 난 아들과 세 살 난 딸을 둔 어머니라 어찌나 바쁜지, 사오리 씨가 아이들을 유치원에 보내는 평일 오전에 제가 휴가를 내서 만났습니다. 지금 셋째를 임신하고 있다고 해서 장소는 유기농 허브티를 파는 카페로 정했습니다.

유기농 하니까 그럴 듯한 것 같지만 그냥 집 안뜰에서 딴 허브를 넣어주는 오래된 카페예요. 저는 캐머마일, 사오리 씨는 블루 멜로를 주문했습니다. 저는 사오리 씨가 주문한 차가 뭔지 몰랐는데, 테이블에 나왔을 때는 예쁜 파랑색이던 차가 레몬을 넣으니 핑크색으로 변하는 게 마치 무슨 화학실험 같아 깜짝 놀랐습니다.

차를 마시면서 어수선한 분위기가 가라앉자 선생님께 받은 편지를 사오리 씨에게 건넸습니다. 사오리 씨는 봉투를 뜯어 안을 들여다봤지만 제게 보여주지는 않더군요.

"그 사고 때문에 그러죠? 선생님은 뭐가 궁금하시대요?"

사오리 씨는 봉투를 가방에 넣고 제게 물었습니다.

"사고 이야기는 아닙니다. 선생님은 그날 함께 있었던 여섯 명이 지금 어떻게 지내는지 걱정하고 계세요."

"아하, 텔레비전에도 트라우마니 뭐니 하는 말이 자주 나오긴 하죠. 괜찮아요. 보다시피 큰 탈 없이 평범하게 살고 있어요. 결혼도 했고요. 만약에 아직 독신이었다면 선생님에 대한 불신을 지우지 못했을지 몰라요. 하지만 지금은 그때 선생님이 하신 행동을 수긍할 수 있어요."

불신. 마호 씨나 다케유키 씨 입에서는 나오지 않았던 말에 저는 귀를 의심했습니다.

그게 무슨 뜻인지 물어본들 내가 과연 그걸 선생님께 알릴 수 있을까? 너무 깊게 파고들지 말고 무난하게 아이들 이야기나 하다가 돌아갈까? 그런 경우에도 선생님과 한 약속은 지킨 셈이니까. 선생님이 알고 싶으신 건 그 사고가 아니라 지금 상황이니까.

그런 생각도 했지만 역시 묻지 않을 수 없더군요.

오지랖 넓은 저를 용서해주세요.

"불신이라니 무슨 뜻인가요? 선생님은 학생을 구하고 남편을 잃으셨는데."

"그건 결과론이에요. 제 앞에 마호랑 다케유키를 만났다고 했죠? 그 두 사람은 현장을 못 봤으니 결과만 듣고 선생님을 존경하는 거예요."

"대체 무슨 일이 있었습니까?"

"저는 선생님과 함께 배드민턴을 쳤어요. 그때 다케유키가 선생님을 부르러 왔죠. 선생님은 강으로 달려갔고, 저희도 따라갔어요. 도중에 선생님은 마호에게 구급차를 부르라고 했어요. 그런 이야기는 이미 다 들었죠?"

"예. 그리고 다케유키 씨가 발목을 삐어 강에 늦게 도착했다는 이야기도요."

"그랬군요. 달려가다가 중간에 다케유키가 안 보인다 싶긴 했는데 경황이 없어서 이유까지는 몰랐네요. 하지만 다케유키는 그러길 천만다행이었어요. 선생님은 마호한테만 그럴 게 아니라 뒤따라오는 아이들 모두에게 구급차를 부르거나 공원에서 기다리라고 하고 혼자 강으로 갔어야 해요. 그랬다면 그런 장면을 볼 일도 없었어요. 아니, 저는 보지 않을 수 있었어요."

"제가 물어도 되는 문제입니까?"

"혹시 결혼하셨나요?"

"아니요. 하지만 결혼을 생각하는 상대는 있습니다."

"선생님이라고 하셨죠?"

"고등학교입니다만."

"만약 애인하고 학생이 강에 빠졌다면 어쩌겠어요? 학생은 패닉에 휩싸여 애인 목에 팔을 휘감고 미친 듯이 날뛰고, 애인은 물을 잔뜩 먹고 괴로워하고 있다면?"

그 자리에서 바로 대답할 수가 없었습니다. 마호 씨나 다케유키 씨를 만난 뒤에도 고민했던 문제입니다. 하지만 그때는 물에 빠진 두 사람이 따로 떠내려가는 장면을 상상했어요. 솔직히 제 애인은 스쿠버다이빙 구조 자격증을 가지고 있을 정도로 수영을 잘해서 도저히 현실적으로 상상할 수가 없어 역시 학생을 먼저 구해야지 하고 생각했습니다.

하지만 사오리 씨가 말한 상황이라면? 제가 맡는 학생들 중에는 정서가 불안한 아이가 해마다 한두 명씩 있습니다. 그런 아이는 평소에는 다른 애들보다 훨씬 얌전해서 누가 말해주지 않으면 그런 줄 모르고 넘어갈 때도 있어요.

한번은 얌전하던 남학생이 수업 중에 갑자기 괴성을 지르며 날뛴 적이 있습니다. 뒷자리에 앉은 여학생 몇 명이 속닥거리는 소리가 자기 험담으로 들렸다더군요. 그런 아이가 처음은 아니었습니다. 하지만 그 아이에게 그런 증세가 있었다는 걸 같은 중학교를 나온 동창생들은 모두 알고 있었는데, 입학 때 중학교 선생님이 제게 아무 말씀도 안 해주셨다는 사실에 놀랐습니다. 나중에 확인해보니 고교 입시에 영향이 있을까봐 생활기록부에 쓰지 않았고, 고등학교에 들어가면 마음이 가라앉아 증상도 사라질지 모르는데 괜히 사람들이 색안경을 끼고 볼까 안쓰러워서 그랬다지 뭡니까. 마음은 모르는 바 아니지만 일이 터진 뒤에 그런 변명이 통할까요? 그 학생의 경우는 제 팔뚝에 생채기와 멍을 남기는 정도로 겨우 끝났지만 여선생님이나 여학생이었다면 크게 다쳤을지도 모를 일입니다.

이야기가 옆길로 샜네요. 그 학생이 물에 빠져 그때처럼 날뛰면서 제 애인에게 매달린다면…….

"교사 될 자격이 없다고 하실지 모르지만 애인을 구할 것 같습니다."

"어째서요?"

"정말 제 인간성을 의심하셔도 별수 없지만, 제게는 그 누구보다 소중한 사람이라 잃고 싶지 않거든요."

"하지만 선생님을 그만둬야 해요. 임용고시 경쟁률도 엄청나게 높잖아요? 큰 뜻을 품고 좁은 문을 뚫었는데 그걸 하루아침에 버릴 수 있어요? 게다가 요즘엔 재취업도 어려울 텐데요?"

정말 그런 선택을 종용당하는 것 같아 저도 고집스레 잘라 말했습니다.

"사랑하는 사람을 잃어가면서까지 매달리고 싶은 직업은 아닙니다. 그 사람이 산다면 그걸로 족해요."

"제가 하고 싶은 말이 그거예요."

　사오리 씨는 그렇게 말하더니 자기 찻주전자로 비어 있는 제 찻잔에 차를 따라주더군요. 사오리 씨가 처음 따랐을 때보다 짙은 갈색이었습니다.

　"강으로 달려간 선생님은 그대로 강에 풍덩 뛰어들었어요. 선생님이 강 하류에서 온 게 다행이었어요. 선생님은 바로 두 사람에게 다다라 요시타카를 부군에게서 떼어내더니 부군을 끌어안고 강가로 돌아왔어요. 그리고 필사적으로 인공호흡을 했죠."

　"요시타카 군은?"

　"뚝 떼어내 강물 속에 그대로 내버려뒀어요."

　"그럴 리가! 설마 선생님이?"

　"설마가 사람 잡는 거예요. 다행히 요시타카는 날뛰었다는 게 거짓말처럼 조용히 물 위에 떠올라 그대로 떠내려가다가 약간 하류에 있는 커다란 바위에 걸렸어요. 저를 포함해 그 자리에 있던 아이들 셋이서 요시타카를 건져냈죠. 선생님 부군 옆에 누이고 이름을 부르며 뺨을 때렸더니 끙 하고 신음을 뱉더군요. 겨우 마음을 놨어요. 그때 구급대원들이 온 거예요."

　"그리고 선생님은?"

　"부군께 찰싹 달라붙어 있었죠. 하지만 부군은 의식이 전혀 없었으니 구급대원 눈에는 당연히 선생님이 아이를 먼저 구한 것처럼 보이지 않았을까요? 이튿날 신문에도 요시타카를 먼저 구했다고 나오더군요."

　"그럼 아무한테도 진실을 밝히지 않으셨나요?"

"말 안 했어요. 아니, 요시타카가 '아저씨하고 선생님이 절 구해주셨어요'라고 했거든요. 그걸 어떻게 부정해요? 하지만 믿을 수는 없었죠.

이런 경우에는 가까운 사람이나 자기를 어떤 입장에 두는지에 따라 보는 시각이 달라지죠.

저는 강으로 달려갈 때부터 줄곧 선생님 뒷모습을 봤어요. 달리기는 자신 있는 편이어서 선생님 뒤에 찰싹 따라붙었죠. 중간에 선생님이 맨 뒤에 있는 마호에게 전화를 부탁했을 때는 제가 아니라 다행이다 싶었죠. 몹쓸 생각이지만 불안한 마음이 반, 호기심이 반, 그런 마음이었어요.

댐 공원에서 강으로 가려면 산책로를 200미터쯤 가다가 좁은 계단으로 내려가야 하는데, 계단 중간쯤까지 가니 물에 떠내려가는 두 사람의 모습이 보였어요.

선생님은 계단을 두 단씩 성큼성큼 뛰어내려가 강에 뛰어들었어요. 한 점 망설임도 없이. 멋있었죠. 물살을 거스르지 않고 두 사람이 떠내려오기를 기다려 선생님이 요시타카 등을 끌어안았을 때는 '됐다!' 하고 소리쳤을 정도예요.

그런데 선생님이 그 손을 놓은 거예요. 물에 쭉 떠내려가는 요시타카를 보며 대체 무슨 일이 벌어진 건지 이해가 안 갔어요.

버림받았어. 그런 말이 머릿속에 떠올랐어요. 요시타카는 선생님께 버림받은 거야. 선생님이 요시타카를 버렸어. 선생님은…… 제자를 버렸어.

요시타카를 구하는 리에하고 다쓰야를 멀거니 보고 있었어요. 두 사람이 바위에 걸린 요시타카를 어깨와 양다리를 들어 뭍으로 끌어내 선생님 부군 옆에 누였고, 선생님을 따라 응급처치를 했어요.

제가 나서서 진실을 말하지 않은 이유는 그때 제가 아무것도 못 했기 때문인지도 몰라요. 잘났다고 제일 먼저 따라가놓고, 막상 현장에 도착해서는 아무것도 못 했으니까. 봐요, 드라마에도 자주 나오잖아요.

아이가 강에 빠지면 강가에 있는 아이 엄마가 반미치광이처럼 아무나 좀 도와달라고 외치죠. 그때 상냥하고 용감한 청년이 뛰어들잖아요? 그걸 보면서 왜 엄마는 물에 뛰어들지 않는지 생각해본 적 없어요?"

"그렇군요. 제가 남자라서 그런지 여성이 구해내기에는 벅차다는 선입견이 있었는지 텔레비전을 보며 딱히 그런 생각을 못 했는데, 실제로는…….

부끄러운 말이지만 여자친구와 데이트할 때 그런 일에 휘말린 적이 있습니다. 그리 심각한 상황은 아니었고, 공원의 인공 연못에서 오리에게 모이를 주는데 옆에 있던 아이가 발이 미끄러져 연못에 빠진 거예요. 그 아이 어머니도 저도 순간 얼어붙어버렸는데, 정신을 차렸을 땐 이미 여자친구가 연못에 들어가 아이를 안아들고 있었죠. 제 여자친구는 '구조 훈련을 받고 있으니까'라고 겸손하게 말했지만 저는 정말 남자 체면이 말이 아니었어요. 그래서 사오리 씨 마음을 이해합니다. 아니, 똑같이 취급하면 안 되려나.”

“대부분 그럴 거예요. 그러니 다케자와 선생님은 강에 뛰어든 것만으로도 굉장한 일을 한 거예요. 제가 선생님이었다면 겁에 질린 채 강가에 서서 ‘도와주세요!’ 하고 외치다가 결국 아무도 못 구했을지 몰라요. 하지만 그런 건 어렸을 때는 알 수 없는 일이죠. 저는 아이라 무서웠던 거고, 어른은 강에 뛰어들어 사람을 구하는 게 당연하다고 생각했어요. 그래서 저는 그 사고 이래로 다케자와 선생님을 믿을 수 없었고, 교사를 불신하게 됐어요.

저희 집은 소규모로 가전 부품공장을 했는데 부모님께서 휴일 밤낮 가리지 않고 일하셨지만 제가 고등학생 때 결국 망했어요. 그래서 학교 선생님께서 수업료 면제 신청 수속이나 장학금, 아르바이트, 이것저것 가족처럼 조언해주셨죠. 하지만 저는 그걸 순수하게 받아들일 수 없었어요.

자기가 지금 별 문제없으니 가족처럼 신경써주는 거지, 이 사람도 자기 가족한테 큰일이 터지면 제자는 바로 모르는 척할 거라고 생각했죠.

참 정나미 떨어지는 애죠. 그래도 남이 도와주지 않는다는 착각 덕분에 더 많이 노력할 수 있었어요. 자격증을 따서 일해야지, 그래야 자립하지 싶어 치위생사 자격증을 땄고, 치료하러 온 남편을 병원에서 만났어요. 직장 동료나 친구들은 남편 덩치가 커서 믿음직하다며 부러워하는데, 그런 면에서는 전혀 믿지 않아요.

그래도 결혼은 했어요. 선생님께 제 근황을 알릴 때 이 점을 강

조해주면 좋겠네요. 어른을 못 믿어 결혼도 못 했다면 선생님도 절 걱정하실 테고, 오바 씨도 전하기 껄끄러울 거 아니에요?

여차할 때 믿을 수 있는지는 그때가 되어봐야 아는 거지만, 그런 일이 일어나길 기다리고 있다가는 그대로 인생이 끝나버릴지도 모르잖아요. 그보다는 함께 있어 즐거운 쪽을 택하겠어요.

구해주지 않아도 좋으니 제 앞가림을 할 줄 아는 사람이면 그걸로 족해요.

다만 우리 남편 말인데, 겉모습하고 영 딴판이라 수영을 못해요. 어른이 되면 수영할 기회가 없잖아요. 그래서 딱히 그런 이야기를 해본 적이 없어 작년에야 알았다니까요. 첫째가 유치원 친구한테 여름방학 때 할아버지 댁 근처에서 해수욕했다는 말을 듣고는 아빠한테 자기도 수영하러 가고 싶다고 조른 거예요. 그랬더니 '실은 아빠는 수영 못해'라지 뭐예요? 귀를 의심했어요.

제가 다닌 초등학교는 각 학년마다 목표 거리가 정해져 있었어요. 수영을 못하면 할 때까지 여름방학 내내 매일매일 학교에 가야 했거든요. 1학년 2학기에는 전원이 25미터를 헤엄쳤고, 졸업 때는 300미터를 단숨에 헤엄칠 수 있었어요. 오바 씨 학교는 어땠나요?"

"저희도 그랬습니다. 지역 교육위원회에서 방침을 정하던가요? 저는 일단 헤엄은 칠 수 있었지만 체력이 좋지 않아서 300미터를 쉬지 않고 갈 수 있게 될 때까지 방학 내내 다케자와 선생님께 훈련을 받았어요."

"참, 다케자와 선생님은 옛날에 수영 선수였대요. 담임은 아니었지만 여름방학 특별수업은 다케자와 선생님 담당이었으니 수영은 선생님께 배운 셈이죠. '둘에 빠져봅시다'가 구호였죠."

"아, 저희 때도 그랬어요. 저는 이상한 면에서 이론이 앞서는 아이라 왜 사람이 물에 뜰까, 아마 손발을 허우적대서 가라앉지 않는 건가보다 하고 늘 남들 두 배로 손발을 허우적거리며 헤엄쳤어요. 그래서 체력소모가 심해 끝까지 갈 수 없었죠. 결국 보충수업을 받았고요. 그때 선생님께서 '한번 물에 빠져보자꾸나'라고 하셨어요.

저는 그게 무슨 뜻인지 잘 몰랐지만 그냥 몸이고 손발이고 쭉 뻗어 물속에 첨벙 드러누워봤어요."

"그랬더니 물에 둥둥?"

"맞아요. 어라? 허우적거리지 않아도 뜨네? 그때 얼마나 감격했는지."

"저희도 1학년 때 그랬거든요. 그래서 세상에는 헤엄 못 치는 사람이 없는 줄 알았어요. 하지만 남편이 다닌 초등학교는 일단 정해진 시간대로 수업만 들으면 끝이라, 헤엄을 못 쳐도 보충수업도 없고 그렇다고 혼내는 사람도 없어서 제대로 못 배우고 졸업했대요. 운동신경은 나쁘지 않아요. 럭비 선수로 현 대회 결승까지 갔을 정도니까. 그러니 더 놀랐죠. 그때 문득 이런 생각을 했어요.

선생님 부군께서는 수영을 하셨던가?

만약 가족끼리 수영하러 갔다가 남의 집 아이와 남편이 함께 물

에 빠지면 어쩔까 생각해봤어요. 당연히 남편을 구하겠죠. 제게
소중한 사람이기도 하지만, 아이들이 아버지를 잃는 건 정말 싫으
니까요. 남들 눈에는 비겁한 어른이겠죠. 남의 집 아이보다 제 남
편을 구한다고요.

하지만 어쩔 수 없잖아요? 저희 남편은 헤엄을 못 치니까. 아
니, 헤엄칠 줄 알아도 남편을 구했을 거예요. 갑작스러운 상황에
서 ‘상대 아이는 헤엄칠 줄 알고 남편은 헤엄칠 줄 모른다’, 이런
걸 따지고 있을 자신이 없네요. 어쨌든 남편을 구할 거예요.

하지만 실제로 그런 일이 생기면 강가에서 ‘도와주세요!’ 하고
고래고래 소리나 지르겠죠.

무슨 일이 생기면 선생님과 학생을 굉장히 밀접한 관계로 다루
는데, 실제로는 일 년, 길어야 몇 년, 인생의 아주 일부분만 공유
하는 사이잖아요?

제자와 남편, 둘 중 누구를 구할 것인가? 궁극의 선택 같지만
누구든 답은 뻔해요. 그런 상황에 처하느냐 처하지 않느냐 그뿐이
죠. 처해보지 않은 사람이 머리로만 따져봤자 소용없다는 걸 이제
야 알았어요.

선생님을 못 믿었던 건 제가 어렸기 때문이에요. 만일 선생님이
그때 요시타카를 구했다면, 그때는 감동했을지 모르지만 이렇게
결혼한 뒤에 선생님은 교사로서는 훌륭하지만 아내로서, 가족으
로서는 어떨까 하고 또 다르게 불신했을지 몰라요.

누가 뭐래도 가족이 가장 소중한걸요.

남편과 아이는 수영강습을 받고 있어요. 첫째는 초등학교 입학 전인데 벌써 25미터나 가요. 굉장하죠?

하지만 우리 애한테 그때 같은 일이 생긴다면 아이 선생님은 우리 애를 구해줬으면 좋겠네요. 아이가 비록 헤엄칠 줄 안다 해도요.

다케자와 선생님께 안부 전해주세요."

사오리 씨 이야기를 듣기 전까지는 저도 선생님 부군께서 수영할 수 있는지 생각해본 적이 없습니다. 사오리 씨는 그런 문제와 상관없이 인생에서 보다 더 소중한 사람을 구할 거라고 했고 그런 말을 듣는 사오리 씨 남편이 부럽기도 했지만, 저는 선생님이 더 냉정하게 판단하시지 않았나 짐작해봅니다.

선생님 부군과 요시타카 군이 물에 빠졌습니다. 부군은 수영을 못하지만 요시타카 군은 수영을 하죠. 게다가 요시타카 군은 1학년 때부터 물살에 몸을 맡기고 물에 뜨는 게 습관처럼 몸에 배어 있어요. 요시타카 군은 일단 진정만 시키면 되는 거죠. 선생님은 우선 요시타카 군을 안아 아이가 정신이 있는지 확인한 다음에 남편을 강가로 옮겼습니다.

선생님은 분명 요시타카 군을 먼저 구했어요. 그래서 요시타카 군도 그렇게 말한 겁니다.

한순간이나마 선생님도 사람이니 남편을 먼저 찾는 건 당연지사라고, 마치 뭐라도 되는 듯 판단하려 했던 제가 정말 부끄럽습니다.

선생님과 학생이 실제로 접하는 기간은 겨우 몇 년, 그것도 하루 중 고작 몇 시간뿐일지도 모릅니다. 하지만 세상에 수영을 못 하는 사람이 있다는 사실을 상상도 못 할 정도로, 당연한 듯 지금 제 몸에 밴 기술은 옛날에 선생님께서 가르쳐주신 겁니다. 게다가 선생님은 사고 이듬해에도 '만일의 경우에 대비해'라든지, 아이를 불안하게 만드는 상투적인 표현은 일체 하지 않고 수영은 즐거운 운동이라는 걸 가르쳐주셨어요.

저도 그렇고, 보답을 바라는 교사가 많습니다. 선생님 덕분에 ×× 대학에 합격했다는 말을 들으면 동네방네 자랑하고 싶어지죠. 반대로 동아리 학생이 상을 받았을 때 마치 순전히 제 실력 덕분인 것처럼 말하면 누가 뒷바라지했는데 하고 울컥 화가 나기도 합니다.

저는 정말 속이 좁은 놈입니다.

구태여 '선생님 덕분'이라고 인사를 받을 것까지는 없겠지요. 저의 가르침이 누구에게 배웠는지도 모를 정도로 학생들 속에 스며들면 좋겠습니다.

이제 후루오카 다쓰야 씨에게 연락해볼 생각입니다. 다쓰야 씨도 전화연결이 되지 않았지만 중학교 동기 중 시청에 근무하는 친구에게 물어봤더니 다쓰야 씨하고 같은 고등학교를 나왔다더군요. 그래서 물어물어 연락처를 알아냈습니다. 저는 다른 학군에 있는 사립에 갔는데, 평범하게 공립 고등학교에 갔다면 이 여섯 명

중 누군가와 이미 만났을지도 모른다는 생각이 이제야 드는군요.

아니, 저도 그날 그 자리에 있었던 것 같은…….

이건 선생님과 부군 그리고 여섯 아이들이 겪은 사고가 제게도 어떤 의미를 갖기 시작했다는 뜻일까요? 왠지 선생님께서 제게 뭔가 중요한 가르침을 주시려고 메시지를 보내시는 것만 같네요.

그럼 또 연락드리겠습니다.

오바 아쓰시 올림

오바 군에게

편지 고맙구나. 사오리와 나눈 대화, 쓰기 힘들었지? 정말 고마워. 사오리 양뿐만 아니라 강에 뛰어든 내 모습을 본 아이들은 다들 똑같이 나를 불신할 테지.

네 말대로 남편은 수영을 못 했단다. 남편이 아이들을 데리고 바다에 가는 거였다면 만일의 경우를 고려해 반대했을 거야. 강이다 보니 내가 방심했어. 헤엄칠 만한 계절도 아니었고, 물놀이에 익숙한 아이들에게 무슨 일이 생길 줄은 꿈에도 몰랐거든. 그만큼 강은 내게 친숙한 환경이었고 아이들에게도 그런 줄로만 알았어.

하지만 요시타카 군에게는 그렇지 않았어. 그애는 4학년 봄에 타지역에서 이사를 왔단다. 수영은 할 줄 알았지만 물의 흐름에 몸을 맡긴 채 뜨는 법은 몰랐을 거야. 그래도 친구가 많고 밖에서 놀기 좋아하는 아이였다면 조금은 강에 익숙했을지도 몰라.

하지만 요시타카는 교실 구석에서 조용히 책 읽기를 좋아하는 아이였단다. 그게 나쁘다는 게 아니야. 다만 그때는 지금처럼 개인의 자유를 전면적으로 인정해주는 분위기가 아니었지. 누구든 밖에서 활기차게 어울려 노는 아이, 그런 아이로 키워야 한다. 그런 풍조가 있었어.

그래서 요시타카를 낙엽 줍는 데 데려갔던 거야. 그러면 다른 아이들보다 더 유심히 보살폈어야 했는데 아이는 강에 빠졌고, 나는 남편을 구했어.

나는 남편 손을 먼저 잡았던 거야.

요시타카는 물살에 몸을 맡기고 물에 뜰 줄 아는 아이였으니 진정시키기만 하면 됐다고 호의적으로 해석해준 오바 군을 배신하는 것 같아 사실 이런 말은 쓰기 거북하구나. 하지만 그럴 거면 처음부터 그 여섯 명을 만나달라는 부탁도 하지 말았어야겠지.

요시타카가 목숨을 건진 건 결과일 뿐이란다. 그 아이가 물살을 탄 건 남편에게서 떼어냈을 때 물을 집어삼키고 기절했기 때문일 거야. 그러니 더더욱 아이들이 그때 일을 마음에 두고 있을까 걱정이구나. 퇴임 전에 그 아이들과 제대로 이야기했다면 좋았을 걸 그랬어.

하지만 당시의 나는 그러지 못했구나. 그 아이들 입장에서는 내가 하는 짓이 뒤늦은 후회로 보일지 모르지. 그저 내 자기만족일지도. 그래도 지금까지 오바 군이 알려준 세 사람이 저마다 행복하게 사는 것 같아 기쁘단다.

그 시절 초등학생이었던 아이들도 이제 부모가 될 나이구나. 주저 없이 가족이 소중하다고 말할 수 있는 사오리가 참 믿음직하구나. 나는 요시타카보다 남편을 먼저 찾았어. 하지만 그 때문에 더 소중한 걸 잃었단다.

재빨리 강에 뛰어들어 결과적으로 요시타카를 구했으니 그게 올바른 선택이었는지도 몰라. 하지만 그렇게 믿기엔 아직 이른 것 같구나.

고생시켜서 정말 미안하다.

남은 세 사람도 잘 부탁하마.

다케자와 마치코

다케자와 마치코 선생님께

선생님, 건강은 좀 어떠신지요?

저는 연이은 무더운 날씨에 더위 먹기 일보 직전입니다. 출근은 하지만 교내에서 유일하게 에어컨이 돌아가는 교무실 밖으로는 한 걸음도 나가지 못하고 있어요. 나약한 투정으로 첫머리를 시작한 것은 며칠 전 만난 후루오카 다쓰야 씨가 햇볕이 내리쬐는 바깥에서 하루 종일 일하는 모습이 뒤늦게 존경스럽게 느껴지기 때문인지도 모릅니다.

후루오카 다쓰야 씨는 '우메다케 조합'이라는 시내의 한 토목회사에서 근무하는데, 지금은 아카마쓰 강 하류 부지 정비작업을 하고 있었습니다.

세 사람이나 만나보니 선생님 성함을 대면 그 사고 때문에 왔다는 걸 바로 알아차린다는 걸 알고 N 기타北 고등학교에서 교사로 일하는 사람인데 S 초등학교 졸업생을 인터뷰하고 싶다는 핑계를 대고 연락을 취했습니다. 그랬더니 뭣 때문에 찾느냐고 묻기에 얼결에 방송부 취재 때문이라고 대답해버렸어요. 내심 괜찮은 임기응변이었다고 생각하는 참에 고향에 남아 있는 S 초등학교 졸업생이 꽤 될 텐데 왜 꼭 자기여야 하냐고 묻더군요.

꼭 다쓰야 씨를 만나고 싶다고 했더니 그 사고가 궁금한 것 아니냐고 묻더군요. 대답을 못 하고 있으니까 자기는 그 일에 대해서는 할 말이 없다며 전화를 끊어버렸습니다.

얼마나 제 생각이 얕았는지 스스로가 다 한심했습니다. 과거 사고의 기억이 있는 사람에게 당시의 신분을 들먹이며 들이대면 경계하는 게 당연지사죠. 결국 다케자와 선생님이 맡기신 물건이 있어 직접 전하고 싶다, 처음에 거짓말한 건 사고 때문이라고 경계할까봐 그랬다는 내용의 메일을 보냈습니다.

다쓰야 씨는 그럼 처음부터 그렇게 말해야 했다면서 만나주겠
다는 답장을 해줬습니다.

저희는 마을 외곽에 있는 음식점에서 만났습니다. 제가 다쓰야
씨 회사 쪽으로 가겠다고 했지만 아는 사람을 만날 염려가 없는
곳에서 느긋하게 이야기하고 싶다며 다쓰야 씨가 그 가게로 안내
하더군요. 하지만 저는 몇 번 가본 곳이었습니다.

선생님이라면 아시겠지만, 학교 밖에서 학생이나 학부모와 마주
치는 건 그리 좋은 일이 아닙니다. 특히 데이트할 때는 신중하게
장소를 골라야 하죠. 한 번이라도 들키면 눈 깜짝할 새에 다들 알
게 되고, 결혼은 아직 멀었냐는 둥 소문만 천 리 길을 달려가니까
요. 제게 여자친구가 생긴 걸 안 오지랖 넓은 동료가 사람들이 잘
모르는 가게라며 알려준 곳이 다쓰야 씨가 안내한 가게였습니다.

오히려 다쓰야 씨는 처음 가보는 가게라고 하더군요. 친구에게
조용히 이야기할 수 있고 술맛 좋은 가게가 어디 없냐고 물었더니
그곳을 알려줬답니다. 혹시나 싶어 친구가 ×× 씨 아닌가요 하고
제 동료 이름을 대봤지만 세상이 그렇게까지 좁지는 않더군요.

카운터 여섯 자리와 테이블 두 개뿐인 좁은 가게로 들어가기가
무섭게 여주인이 "오늘은 깜찍한 애인하고 같이 안 왔네요?" 하고
놀리지 뭡니까. 안쪽 테이블에 앉자 다쓰야 씨마저 "뭐야, 선생이
애인하고 몰래 만나는 장소였어?" 하고 놀리는 거예요. 처음 가는
가게가 아니니 제가 주도권을 잡을 수 있을 줄 알았는데, 맥주로
건배할 즈음에는 완전히 다쓰야 씨 기세에 휘말려버렸습니다.

"그래서 선생, 다케자와 선생님은 그 사고 건으로 나에 대해 뭐라고 하시던가?"

뭐라도 먹으면서 일단 세상 돌아가는 이야기부터 시작할까 했는데 갑자기 선제공격이 들어오더군요.

"잠깐만요, 다쓰야 씨. 분명 저는 다케자와 선생님 부탁으로 연락했지만, 선생님이 궁금해하시는 건 사고 이야기가 아니에요. 요즘 근황만 알려준다면 사고에 대해서는 아무 말씀 안 하셔도 됩니다. 그리고 선생이라는 호칭은 그만두세요."

"왜? 당신 선생이라며?"

"직업은 교사가 맞지만 제가 다쓰야 씨에게 뭘 가르치는 건 아니니까요."

"말은 그런데 말이지 당신, 처음에 자기소개할 때 이름 앞에 직업을 딱 붙였잖아? 선생이라고 안 부르면 큰일나는 줄 알았는데?"

"보통 붙이지 않습니까?"

"내가 아는 범위에서는 의사하고 교사만 그렇더군. 애초에 오늘 나하고 이야기하는데 당신이 교사라는 게 무슨 상관이야?"

"아니요, 단지 처음 뵙는 거라 이름만 대는 것보다는 직업도 밝히는 편이 의심을 사지 않을 것 같아서요."

"바로 그거야. 당신은 세상이 신뢰하는 직업을 가지고 있다는 자신이 있는 거야."

"그게 무슨 말씀입니까. 직업에 자신이 있고 없고가 어디 있습니까?"

"그럼 당신 앞으로 갑자기 우메다케 조합의 후루오카 다쓰야라고 합니다만 하는 전화가 오던 어떨 것 같나?"

"토목회사 사람이 무슨 용건일까 싶겠죠. 제가 외지 사람이라면 꽤 수상쩍게 생각할지 모르지만 여기서야 우메다케 조합은 이름난 회사 아닙니까?"

"그런가? 거친 이미지 아닌가?"

"아니요. 그런 식으로 생각해본 적도 없고, 다른 사람이 그렇게 말하는 것도 못 들어봤습니다."

"그건 선생이 의식을 안 해서 그런 거 아닐까? 만약 당신 여동생이 우메다케 조합 녀석하고 결혼하고 싶다 그러면 어쩔 테야?"

"저는 외동이지만 그래도 반대는 안 할 겁니다."

"그래⋯⋯, 하지만 아이는? 학교 숙제 중에 부모님 직업을 주제로 글짓기하는 거 있잖아."

"저희 아버지는 우리 마을 환경을 정비하십니다, 그러겠죠. 멋지지 않습니까? 우메다케 조합은 다리를 만들고 하천부지를 정비하고, 학교 건물의 내진공사를 하고, 마을에 도움이 되는 일도 많이 하잖아요. 솔직히 성과가 형태로 남는 직업이라 부럽습니다."

"그럼 당신도 토목회사로 옮기지그래. 본인이 안정적인 직업을 가지고 있으니 여유도 있고 남 일에도 후한 거 아닌가? 교사란 인종들이 다 그래. 글짓기다 미술이다 하면서 껄끄러운 결과물이 나오면 나중에 달콤한 말로 둘러대지. 그럼 처음부터 시키질 말던가."

"그래서 요즘엔 그런 숙제 안 냅니다. 가정환경이 다양화되다보니 부모님 두 분이 다 계시거나 직업을 갖는 게 더는 당연하지 않으니까요. 어버이날에 초상화를 그려오라고 하지도 않고, 학부형 참관일도 보호자 참관일로 명칭이 바뀌었어요."

"세상 참 친절해졌네. 옛날에도 그랬으면 그런 사고는 없었을지도 모르는데."

다쓰야 씨는 그렇게 말하며 얼굴을 찌푸리더니 맥주를 단숨에 들이켰습니다. 호쾌하고 서글서글한 사람인 줄 알았는데 엉뚱한 문제로 놀리는 것 같아 다소 울컥했지만, 사실은 앞으로 할 이야기를 제가 어떤 태도로 들을지 시험한 건지도 모르겠습니다.

"어이, ……이름이 뭐라고?"

"오바 아쓰시입니다."

"편하게 불러도 돼?"

"좋을 대로."

"아쓰시, 당신 집이 편모 가정에 어머니가 러브호텔에서 일한다 쳐. 게다가 어버이날이야. '아버지 직업을 주제로 글짓기를 합시다, 쓸 수 없는 사람은 어머니나 할아버지, 할머니라도 상관없어요' 이런 숙제가 나오면 어쩔 거야? 초등학교 4학년짜리한테."

편히 부른다니 마음을 조금 열어주나보다 싶어 기뻤지만 질문에 대답은 할 수 없었습니다. 남 이야기가 아니라 다쓰야 씨 본인이야기라는 걸 알았기 때문입니다.

다쓰야 씨 맥주잔이 빈 걸 핑계 삼아 저도 삼 분의 일 정도 남은 맥주를 비우고 뭘 시킬까요, 라는 말로 얼렁뚱땅 넘기려 했습니다. 어른이란 비겁하죠, 술로 감추고. 최악의 경우에는 취한 척하며 껄끄러운 건 못 들은 척할 수 있으니까요. 하지만 아이들은 달아날 곳이 없습니다. 교사가 악의를 품고 그런 숙제를 내는 건 아니지요. 아버지가 무슨 일을 하시는지 이해하고 감사하려는 노력이 지금 이런 세상에 절실히 필요하다고 생각할 때도 있어요.

하지만 역시 제가 다쓰야 씨 입장이라면 그런 숙제는 고통스러울 테고, 그걸 하지도 않겠지요. 그렇지만 아이 입장에서 생각해봐도 다케자와 선생님이라면 글짓기 숙제를 해오지 않아도 이해해주실 것 같았습니다. 마음은 아프겠지만 선생님께 야단맞는 일은 없겠지요.

다만 어디까지나 그건 선생님과 학생, 일대일의 관계입니다. 아이는 오히려 다른 친구들 반응이 신경쓰이겠지요. 어릴 때는 그렇게 친구들 눈을 의식했으면서 어째서 어른이 되면 까맣게 잊어버리고 학생들에게 '나는 나'라고 무책임한 소리를 할 수 있는 걸까요?

그런 생각을 하면서 새로 나온 맥주를 마시는데 다쓰야 씨가 묻더군요.

"대답 못 하겠지?"

"죄송합니다."

"아니, 잘난 척 떠들어대는 것보다는 나아. 당신, 요새 유행하는 타입이네. 여자가 하는 이야기도 얌전히 맞장구치면서 전부 들어

주고, 애인하고 싸워본 적도 없지?"

다쓰야 씨 말대로 저는 여자친구와 지금까지 한 번도 싸운 적이 없습니다. 단지 서로 의견 갈라질 일이 전혀 없을 정도로 사이가 좋아서가 아니라, 서로 서먹한 면이 있어서 그런 겁니다. 특히 여자친구는 저처럼 태평한 타입이 아니라 확고한 생각을 가진 스타일인데, 그걸 속에 담아두는 편이라 제 입장에서는 싸우지 않는 게 불만스러울 정도입니다.

하지만 그건 제 마음이 좁아서 그런 거겠지요.

"나는 옛날부터 싸움대장이야. 글짓기 숙제를 받았을 때도 이웃에 사는 같은 반 여자애가 '글짓기 어떻게 할 거야?' 하고 묻는 말에 울컥 화가 났어. 네가 우리 집 비웃을 처지야? 왜, 우리 아버지는 일도 하지 않고 술만 마시고 난동을 부립니다, 이렇게 쓰려고? 그렇게 대꾸해버렸다니까. 아마 걔는 따뜻한 마음에서 친절하게 물어본 걸 텐데."

"그 아이는 뭐라고 하던가요?"

"그게 말인데, 나보다 열 배는 드센 애였어. '난 엄마 이야기 쓸 거다 뭐! 우리 엄만 훌륭한 간호사니까 몇 장이든 쓸 수 있고, 애들 앞에서 발표하는 것도 하나도 안 부끄러워!' 하는 거야. 그거, 우리 어머니 일이 애들 앞에서 발표할 만한 게 못된다는 소리나 마찬가지잖아. 뚜껑이 열려서 흠씬 패줬어."

"여자애한테 손찌검을 했다고요?"

"열 살 꼬마 때 일인데 뭐. 남자고 여자고 무슨 상관이람. 그땐

개가 키도 더 컸고 내가 때린 순간 개도 내 옆구리를 걷어찼으니 피장파장이지. 다만 둘 중 하나가 이겼어야 했어. 무승부로 끝난 데다가 교실에서 싸우는 바람에 애들까지 엉켰어. 정신을 차리고 보니 반 전체가 남학생 대 여학생으로 갈라져 치고받고 싸우고 있었지.”

“다케자와 선생님께서는?”

“그땐 안 계셨지만 바로 눈치채셨지. 수업 끝나고 둘을 불러 똑같이 꾸짖으셨어. 가정환경을 헐뜯는 건 가장 비겁한 짓이라고. 뭐, 그래서 서로 사과는 했지만 금방 손잡고 놀 수 있겠어? 그랬더니 선생님이 화해하라고 소풍에 데려간 거야.”

“낙엽을 주우려던 게 아니라?”

“그럴 리가 있나.”

“싸운 상대는 후지이 리에 씨였습니까?”

“아, 다케자와 선생님이 나만 만나라고 한 게 아니구나? 나하고 리에, 요시타카?”

“아니요, 여섯 명 전부요.’

“그거 고생이 많겠네. 리에한테는 아직 연락 안 해봤지?”

“어떻게 아십니까?”

“리에도 이 동네에 남아 있으니 가끔 연락하거든. 하지만 당신 이야기는 한 번도 못 들었는데 왜 나한테만 전화했을까 했지. 뭐, 나도 오늘 이야기는 리에한테 안 했지만. 어이, 그냥 하는 김에 리에가 어떻게 지내는지도 내가 말할까?”

　다쓰야 씨가 리에 씨 이름을 친근하게 부를 때마다 조금 짜증이 났습니다. 저는 아직도 여자친구를 서먹하게 부르는데, 그렇다고 엉뚱하게 다쓰야 씨에게 화풀이할 이유는 없었습니다. 저는 일단 리에 씨를 반드시 직접 만나야겠다 싶었습니다.

　"선생님하고 한 약속이 있으니 가급적 직접 만나고 싶은데요."

　"그래? 뭐, 나중에 다른 녀석한테 다케자와 선생님 대리인이 그때의 여섯 명을 찾아왔다는 말을 들으면 녀석, 내가 쓸데없는 짓을 했다는 걸 알고 화내겠지. 파르르 화내는 건 하나도 안 변했다니까. 그럼 만나서 세상 돌아가는 이야기나 가볍게 해. 대신 사고 이야기는 내가 그 녀석 몫까지 해줄 테니까."

　"그렇게까지 하실 필요는 없습니다. 정말 근황만 알면 되니까요. 회사 일이나 뭐 그런 거요."

　"바보야? 선생님이 그런 거나 알려고 일부러 남한테 부탁까지 했겠어? 사고 이야기는 한 마디도 하지 않고 번지르르한 이야기만 해봐. 선생님께서 내가 그때 일을 싹 잊은 줄 아실 거 아냐. 애초에 우리 잘못인데."

　"우리?"

　"나하고 리에 말이야. 우리가 쓸데없는 일로 싸우지만 않았다면 화해를 핑계로 소풍 갈 계획도 세우지 않으셨을 테니까. 굳이 아카마쓰 산까지 가지 않아도 낙엽은 학교 근처 신사에 잔뜩 있잖아. 하다못해 서로 사과한 뒤에 평소대로 농담이라도 했으면 좋았을걸."

"아이들이라고 바로 화해할 수 있다는 법은 없으니까요."

"아니야. 그런 게 아니야. 내가 리에를 피했던 건 녀석이 집에 돌아갈 때 사과를 한 번 더 했기 때문이야. 그것도 질질 짜면서 미안하다는 거야. 곰곰이 생각해보니 심한 소리는 내가 했는데 왜 이 녀석이 사과하는 걸까, 내가 한심해 보이더라고. 결국 난 도망쳤던 거야."

"그 마음 이해합니다. 상대가 멋지게 나오면 한심한 내 모습이 더 두드러져 우울해지죠. 죄송합니다, 저하고 비교해서."

"피차일반이야. 그러니 존댓말은 그만하지."

"그러네. 나이도 같고."

제가 그렇게 말했더니 다쓰야 씨는 무척 놀라더군요. 마호 씨 때와는 반대로 자기가 연상이라고 생각했나봅니다. 실수했다고 사과하는데, 굉장히 솔직한 사람이더군요.

그 사고도 굉장히 무겁게 받아들이고 있었습니다.

"나도 리에도, 선생님 부군이 돌아가신 건 우리 탓이라고 생각해. 싸우지만 않았더라면. 하지만 리에는 별 상관 없어. 그 녀석만 소풍에 따라갔으면 되는데, 내가 가지 않았다면 사고는 안 났을 거야. 맛있게 도시락을 먹고, 즐겁게 배드민턴을 치고 왔겠지."

"그건 혹시 강에서 놀고 싶다고 한 게 다쓰야, 너였기 때문에?"

"그것도 이유지. 도시락을 함께 먹는 것만으로도 불편해죽겠는데 배드민턴이라니 세상에."

"그건 우연히 네가 먼저 말을 꺼냈을 뿐이지, 다케유키 씨나 요시타카 씨가 말했을 수도 있잖아. 댐 공원에 갔다면 나도 배드민턴보다는 강에서 놀고 싶었을걸."

"하지만 놀기 싫은 애한테 강요하지는 않았을 테지. 강에서 놀다가 맞은편으로 건너가보고 싶다고 한 게 바로 나야. 다케유키는 재미있을 것 같다고 했지만 요시타카는 싫다고 했어. 그때 내가 혀를 찼어. 시시한 녀석이라고. 그랬더니 요시타카가 그럼 자기도 가겠다며 내 뒤를 따라오다 그만 발을 헛디뎌 미끄러진 거야.

지금 생각해보면 요시타카는 고분고분한 성격이라 한 번도 싫다고 말한 적이 없었던 녀석이니 그 말을 하려고 굉장한 용기를 냈을 거야. 게다가 요시타카가 강에 빠지자 아저씨가 바로 뛰어들었고 다케유키는 도움을 청하러 갔어. 또 선생님이 강에 뛰어들었고 리에도 뒤따라 뛰어들었지. 나는 그제야 뛰어들었어. 요시타카가 강에 빠졌을 때 바로 뛰어들었어야 했는데."

"그건 안 될 일이야. 너까지 빠지면 더 끔찍한 일이 벌어졌을지도 몰라."

"헤엄 못 치는 아저씨가 뛰어드는 것보다야 낫지."

"알고 있었구나."

"보면 모르겠냐. '이 사람 수영 못하는구나' 하면서 강에 뛰어든 아저씨를 보고 있었어. 어때, 내 잘못이지? 선생님께도 그렇게 말씀드려. 리에는 아무 잘못 없어. 그런데 그 녀석, 아무리 말을 해도 자기 탓이라며 듣지를 않아."

"저, 혹시, 리에 씨를 좋아해? ……사귀는 사이?"

"아니야. 죄책감을 품은 사람들끼리 그냥 붙어있는 거지. 그후로 다시는 울리고 싶지 않았고, 꼴사나운 모습을 보이기도 싫어서 몸도 단련했지만 얼마 전, 세월이 이십 년 가까이 흐른 다음에야 그런 문제가 아니라는 걸 겨우 깨달았어. 그 녀석, 직장 동료 결혼식에 다녀오더니 펑펑 울지 뭐야. 상대가 의사이긴 했지만 결혼식에 감동해서가 아니었어. 자기도 그렇게 되고 싶은데 억지로 포기한 눈치더라고."

"본인이 그렇게 말해?"

"그럴 리 있겠냐. 하지만 알 수 있잖아. 선생님은 나 때문에 남편을 잃었는데 내가 어떻게 결혼을 해, 그 녀석이라면 그렇게 생각할걸."

"그래서 네 쪽에서 청혼을……."

"맞고 싶냐? 너처럼 선생님 소리 듣는 직업을 가졌다면 나도 떳떳하게 말했겠지만 당장 내년에 어찌 될지 모를 회사에 있는데 무책임하게 어떻게 그래?"

"하지만 우메다케 조합은 늘 뭔가 큰 사업을 하잖아."

"지금까지는 규모 있는 사업을 했지만 최근 일이 년은 어려웠어. 지금 하는 하천부지 공사가 끝나면 다음 예정은 없어. 게다가 권고사직은 어찌어찌 면한다 해도…… 나하고 같이 있으면 그 녀석, 그때 기억이 언제까지고 머리에서 떠나지 않을 거야. 그래서 말했어. 너 같은 벽창호는 같이 있으면 짜증나니까 의사든 공무원이든 한 놈 잡아서 결혼하라고."

“그래서 내가 교사라니까 시비를 걸었던 거야?”

“부러워서 그랬다, 왜? 너한테 여자친구가 없으면 지금 당장 리에를 불러 소개시켜주고 싶을 정도야.”

“그럴 마음도 없으면서. 게다가 그건 리에 씨한테도 엄청 민폐 아닐까? 맞을 걸 각오하고 말하는데, 리에 씨는 아마 널 좋아할 거야.”

“그래서 맞았나?”

“뭐? 리에 씨한테?”

“손바닥으로 철썩.”

“그럼 역시 정답이네.”

“말도 안 돼. 나는 리에가 좋아할 만한 구석이 어디에도 없어. 그래도 만약에 녀석이 날 좋아한다면 그건 사랑이 아니라 동정이겠지. 엉뚱한 책임감일지도 모르고. 하지만 어느 쪽이든 사양이야. 나하고 리에 이야기는 이제 됐어.

그보다 다케자와 선생님 말인데, 인생을 좀 즐기셨으면 좋겠어. 요즘 환갑은 청춘 아니냐. 무사히 정년퇴임하셨으니 해외여행도 가고 노래교실도 다니고 말이야. 그런데 입원해서 이십 년 전 제자들 걱정까지 하시고. 선생님께 해드릴 수 있는 게 뭐 없을까?”

“그건 네가…….”

“잠깐. 넌 입 다물어. 선생님 대신 왔다고 착각하지 마. 선생님께 똑바로 물어봐. 그리고 리에를 만나면 선생님이 입원하셨다는 말은 말고 오사카에서 즐겁게 지내신다고 해.”

"그거야말로 내 멋대로 거짓말할 수는 없어. 선생님 허락을 받아야지."

"너 참 말 안 통한다. 이래서 선생들은 까다롭다니까……."

다쓰야 씨는 그대로 고주망태가 됐습니다. 가게 앞으로 택시를 불러 다쓰야 씨를 어깨로 부축해 간신히 태웠는데, 새삼스레 역시 그때 열 살밖에 안 된 다쓰야 씨가 강에 뛰어들지 않아서 다행이었다는 생각이 들더군요. 아무리 수영할 줄 안다 해도, 도울 상대가 자기하고 같은 나이의 어린아이라도, 혼자서 사람을 물가까지 옮기는 건 상상 이상으로 힘든 일입니다. 하물며 요시타카 군은 선생님 부군께 매달려 몹시 날뛰었다고 하니 자칫하면 다쓰야 씨까지 물에 빠졌을지 모르지요.

그때 이렇게 했다면.

인생은 그런 생각이 켜켜이 쌓인 자리라는 걸, 이번에 뼈저리게 느꼈습니다. 하지만 다쓰야 씨와 리에 씨는 필요 이상으로 그때 사고를 무겁게 받아들이고 있어요. 그건 두 사람 탓도 아니고, 하물며 선생님 탓은 더더욱 아닙니다.

억측으로 이런 글을 쓰면 안 되겠지만 제 짧은 교사 경험으로 미루어볼 때 한 가지 짐작가는 바가 있습니다. 두 사람 다 사고 직후에 "네 잘못이 아니야" "걱정하지 마" "잊어버려", 그런 말을 해줄 어른이 주변에 없었던 게 아닐까요?

그래서 두 사람은 지금껏 제 잘못인 줄 아는 겁니다.

다쓰야 씨에게 혼난 것처럼, 저는 어디까지나 이야기를 듣고 보고만 하지 참견할 수 있는 입장은 아닙니다. 어쩌면 선생님을 상처입히는 내용도 적었을지 모릅니다. 하지만 제 독단으로 다쓰야 씨가 한 말을 편집해서는 안 되겠지요. 이게 옳은 판단인지는 모르겠지만 저와 다쓰야 씨의 대화를 최대한 그대로 적었습니다.

다쓰야 씨가 선생님께 묻고 싶다는 질문 말입니다만, 만일 저를 통하지 않고 다쓰야 씨에게 직접 답을 전하고 싶으시다면 다쓰야 씨 연락처를 드릴게요. 아니면 봉투를 붙여 편지를 보내주시면 절대 뜯어보지 않고 전하겠습니다.

부디 그 사고에 얽매여 있는 그들을 도와주세요.

그럼 이만 줄입니다.

오바 아쓰시 올림

추신

선생님께서 맡기신 편지를 깜빡 잊었네요. 이 편지를 보낼 때 다쓰야 씨 앞으로 함께 보내겠습니다.

죄송합니다!

오바 군에게

　편지 고맙다. 그 여섯 명을 만나달라는 부탁에 오바 군 마음을 아프게 한 것 같아 정말 미안하구나.

　다쓰야 군은 활달한 개구쟁이였는데, 가정환경 때문에 상심하고 친구들과 다투는 일도 있었지만 사람을 차별하지 않는 상냥한 마음씨를 가진 아이였지. 내 눈에는 소꿉친구인 리에 양하고는 서로 잘 챙기는 것처럼 보였는데, 열 살이라는 어린 나이 탓인지 상대를 위할 줄만 알았지 자기를 향한 배려에는 쑥스러워 그런지 종종 티격태격할 때도 있었지.

　나는 교사로서 두 아이의 오해를 풀어주고 화해를 도우려 했지만, 이제는 두 사람이 어른이 된 이상, 그 사이에 끼어드는 건 조금 지나친 참견이라는 생각도 드는구나. 다만 다쓰야 군의 마음을 막아서는 게 직업에 대한 열등감이라면, 내가 부탁한 편지를 다쓰야가 뜯어보게 되면 괜찮아질 게야.

　그래, 글짓기 숙제 때문에 싸웠던 거로구나.

　화해시키려고 교무실로 불렀을 때 글짓기에 대해서는 둘 다 아무 말도 하지 않았어. 다쓰야 군은 리에 양이 제 어머니를 놀렸다고 했고, 리에 양은 다쓰야 군이 제 아버지를 놀렸다고 하더구나. 그래서 나는 그저 또 그런다 싶어 안타까웠는데, 그전에 내 생각이 짧았구나.

　그 아이들에게 가족에 대한 글짓기 숙제를 낸 건 잔인한 짓이었어. 하지만 나는 일부 아이들을 감싸려는 목적으로 가족 이야기는 일체 하지 않고 공부만 하는 것도 옳다고 생각하지 않는다. 대체 뭐가 옳은 길일까? 다만 이것만은 말할 수 있구나. 가족의 다양화를 부정하는 건 아니지만 역시 가족은 둘도 없는 존재라는 것, 나는 결혼하길 잘했다는 것.

서로 헤아려줄 수 있는 사람을 만난다는 건 인생의 무한한 재산이 된단다. 그게 비록 겨우 몇 년 만에 끝나버린다 해도 마음속에는 영원히 남아. 이제 와서 이런 사정을 털어놓는 건 비겁한 일인지 모르겠지만 남편은 그날 강에 뛰어들지 않았어도 이듬해 단풍을 함께 보러 갈 수 있을지 장담할 수 없는 상태였어.

회사원이던 그이를 맞선으로 만나 내가 서른셋에 결혼을 했어. 결혼생활 이 년만에 그 사람은 병에 걸렸고 곧 회사를 그만뒀지. 둘이서 의논해 남은 나날을 소중히 보내기로 했어. 흘러가는 사계절을 즐기고, 철마다 추억을 남기자고 약속했지.

또 그이는 아이를 좋아했어.

알겠니? 낙엽 채집은 남편이 아이들과 함께 놀 수 있도록 마련한 자리였어. 공작 수업 때문에, 다쓰야 군과 리에 양을 화해시키려고, 넉넉지 않은 아이가 휴일을 즐겁게 보낼 수 있도록, 그런 목적도 분명 있었지만 가장 큰 이유는 남편을 위한 선물이었단다.

낙엽 채집을 도와달라고 했더니 그이는 아이처럼 신이 나서 모처럼 가는 거니 소풍이 어떻겠냐며 그날만 손꼽아 기다렸어. 맛있는 도시락을 만들겠다고 책까지 사서 며칠 전부터 도시락 메뉴를 고민했을 정도였지. 우리 집 식탁이 항상 그렇게 화려한 건 아니었단다.

요시타카가 강에 빠졌을 때, 그이가 수영도 못하면서 강에 뛰어든 건 미래가 창창한 아이를 구하는 데 하등 망설일 이유가 없었기 때문일 게야.

우리 부부의 결혼생활은 칠 년으로 끝났지만, 그 칠 년 덕분에 지금의 내가 있다고 믿는단다. 자기 때문에 행복하지 못한 아이들이 있다는 걸 알면 분명 남편이 나보다 더 슬퍼할 거야.

남편에게 그 여섯 명이 모두 행복하게 살고 있다고 말할 수 있도록 나머지 둘도 꼭 만나줬으면 한다만, 한편으로는 이걸로 족하다는 생각도 드는구나.

이제 그만해도 되겠어.

절대 무리하지는 말거라.

다케자와 마치코

다케자와 마치코 선생님께

선생님, 안녕하십니까? 브군에 대한 말씀을 듣고 나머지 두 사람 소식도 꼭 알려드리자고 다짐했는데 연락이 좀 늦었습니다. 죄송해요.

다음으로 리에 씨를 만나려고 다쓰야 씨에게 메일로 연락처를 물었는데, 저한테는 역시 알려주지 않겠다는 답변 이후, 제 연락은 수신거부 상태입니다.

그래서 이쿠타 요시타카 씨에게 먼저 연락했는데 이번에도 전화가 되지 않아, 마호 씨에게 물었더니 중 2 때 이사를 갔다더군요. 연락처를 알아내는 데 조금 고생했습니다. 지금까지 만난 네 명이 너무 쉽게 풀렸던 건지도 모르겠네요.

요시타카 씨 주소는 먼저 요시타카 씨가 다닌 이쪽 중학교에 전화해 전학간 학교를 알아낸 다음 그쪽에 연락해 남아 있는 주소를 받았습니다. 다쓰야 씨 때 일도 있어 말하지 않으려 했지만 이번 만큼은 교사라는 직업이 도움이 되더군요. 학교에서 알려준 주소로 편지를 썼더니 할머님 댁이었습니다. 할머님께서 요시타카 씨에게 편지를 전해주셨습니다.

요시타카 씨에게 답장을 메일로 받았습니다. 만나고 싶지 않다는 내용이었습니다. 다케자와 선생님께서 맡긴 물건이 있다고 재차 메일을 보냈더니 받고 싶지 않다는 답장이 왔습니다. 이제 그 사고는 떠올리고 싶지 않다고요.

그래서 저는 메일로도 괜찮으니 요시타카 씨가 지금 어떻게 지내는지 알려줄 수 없겠냐고 부탁했습니다. 몇 줄이라도 괜찮으니 선생님께 전할 소식이 있었으면 했는데……

메일에는 이제 더 연락하지 말아달라, 첨부파일의 내용을 다케자와 선생님께 알릴지 말지는 당신에게 맡긴다고 적혀 있었습니다. 파일을 열어보니 요시타카 씨가 직접 손으로 쓴 것이었습니다. 조금 망설였지만 그대로 출력해 동봉합니다.

이쿠타 요시타카 씨에게 만나달라는 부탁은 이제 그만하려 합니다.

그래도 되겠지요?

선생님께서 맡기신 편지는 우편으로 부칠 생각입니다.

선생님 마음은 감사하지만 드디어 마지막 한 사람이네요.

다쓰야 씨를 설득해 어떻게든 애써보겠습니다.

오바 아쓰시 올림

나는 아버지 일 때문에 초등학교 4학년 봄에 다른 도시에서 N시의 S시립 초등학교로 전학왔다. 입학하고 두번째 전학이었다.

몸집도 작고 운동도 못했던 나는 쉬는 시간이면 늘 교실 구석에서 책을 읽었다. 조금도 괴롭지 않았다. 하지만 담임선생님 눈에는 친구 없는 불쌍한 아이로 보였던 모양이다.

쉬는 시간에 친구들과 피구를 하면 건전한 아이, 교실에 혼자 남으면 문제아. 정말 쓸데없는 참견이다.

먼저 담임은 늘 혼자 있는 내게 친구를 붙여주려 했다. 그럴 거면 책을 좋아하는 우등생이나 붙여주지, 어떻게든 피구 무리에 내보내고 싶었는지, 건방지고 싸움 좋아하는, 당시의 표현을 빌리자면 골목대장에게 '친구'라는 역할을 맡겼다.

수업 종료를 알리는 벨이 울리기가 무섭게 밖으로 뛰쳐나가려는 다쓰야라는 아이를 불러세운 담임은 "요시타카도 데려가렴"이라고 했다. 이 표현 자체가 잘못됐다. 친구들 사이에 끼고 싶지만 용기내지 못하는 아이의 부탁을 대신하는 것 같지 않은가. 내가 언제 그런 부탁을 했지? 선생님의 부탁을 받은 다쓰야는 잘났다고 내게 "그럼 따라와"라고 하더니 그 길로 쏜살같이 달려갔다. 나는 하는 수 없이 다쓰야 뒤를 따라갔는데, 그후로 이 관계가 고정돼버렸다.

나는 다쓰야와 나란히 걸어본 적이 없다. 늘 다쓰야나 그 친구들 뒤를 따랐다. 그걸 만족스러운 듯 바라보는 담임의 얼굴을 보면 어린 마음에도 구역질이 났다.

한번 따라가버리면 떨어지기란 쉽지 않다. 오늘은 책을 읽고 싶다고 밖에서 놀자는 말을 거절했더니 다쓰야가 혀를 차며 "시시한 녀석"이라고 중얼거렸다. 옆에 있던 친구들도 흥이 깨진 표정이었다. 지금 혼자 남으면 내일부터는 불러주지 않겠지. 그렇게 생각하자 따라갈 수밖에 없었다. 처음에 혼자 있었던 건 미움받아서가 아니었다. 하지만 이제 혼자 있으면 미움받는다는 뜻이 된다. 저번 학교에서는 사소한 오해로 반에서 리더 역할을 하던 아이에게 찍혀 반년 넘게 왕따를 당했다. 밖에서 놀고 싶지 않았지만 왕따보다는 나았다.

그리고 그날이 찾아왔다.

공작 시간에 쓸 낙엽을 주우러 가자고 한 것은 담임이 아니라 다쓰야였다. 본인 생각이었는지, 선생님의 부탁이었는지는 지금도 모르겠다. 쉬는 날까지 밖에서 놀아야 한다니 우울했지만 거절할 수 없었다.

하지만 실제로 함께해보니 무척 즐거웠다. 담임의 남편은 말수가 적은 사람이었는데 우리에게 나무와 곤충 이름을 가르쳐줬다. 모처럼 좋은 시간이었는데 다쓰야와 다케유키는 도토리를 던지며 노닥거렸고, 계집애들은 어젯밤에 본 텔레비전 이야기를 하느라 정신이 없었다. 정말 무례한 녀석들이라고 생각하며 열심히 설명을 듣고 있자니 아저씨가 내게 새소리에 대해 이야기해줬다.

"새소리에 사람 말을 빗대는 놀이가 있단다. 꾀꼬리는 호호 법화경, 동박새는 치르치르 미치르, 멧새는 삼가 아뢰옵니다, 참새는 지구지구 지구본 하고 말이야.'

오후에는 댐 공원에서 놀았다. 배드민턴과 물놀이, 둘 다 별로였지만 아저씨도 물놀이에 따라간다고 해서 또 재미있는 이야기를 들을 수 있을까 싶어 기대를 품고 강으로 향했다. 하지만 아저씨는 조금 피곤했는지 여기 어디 좀 앉아 있을 테니 우리끼리 놀다 오라며 강가 바위에 기대어 앉았다.

일급수로 지정된 아카마쓰 강은 등하교 때 항상 지나는 곳이고, 방과 후에 다쓰야 무리와 몇 번 놀러간 적도 있었지만 그곳은 같은 강 같지 않을 정도로 깊었다. 물은 몹시 맑아서 강바닥에 깔린 모래와 자갈, 물고기도 보였다. 동시에 거기에 들어가면 발이 닿지 않는다는 것도 뻔히 보였다. 빠지면 끝장이다. 헤엄은 칠 줄 알지만 흐르는 강물은 학교 수영장과는 차원이 다르다는 것을 우렁찬 물소리가 내게 말하고 있었다.

다쓰야가 그런 강 맞은편으로 건너가고 싶다는 말을 꺼냈다. 강폭은 약 5미터였다. 편평한 돌이 50센티미터 간격으로 놓인 곳이 있어 그걸 딛고 건너가자는 말에 따라가기는 했지만 강가에 서 있기만 해도 다리가 후들거렸다.

"난 안 갈래."

용기를 내 뱉은 그 한마디를 혀 차는 소리가 지워버렸다. 괜찮아. 천천히 찬찬히 가면 돼. 그렇게 스스로를 달래며 한 발짝씩 걸음을 옮기고 있을 때 어디선가 새소리가 들렸다. 뭐라고 운 거지? 그런 생각에 하늘을 올려다본 순간, 오른발로 딛고 있던 돌이 기울면서 나는 균형을 잃고 강물에 빠졌다.

눈을 뜨니 병원 침대 위였다. 다행이야, 다행이야. 펑펑 우는 어머니와 아버지 얼굴이 보였다. 떠내려가는 나를 붙잡아준 사람은 아저씨였다. 담임의 얼굴도 눈앞에 있었던 것 같다. 두 사람이 나를 구해줬구나. 아아, 다행이다. 나는 다시 눈을 감았다. 같은 병원에서 아저씨가 돌아가신 줄은 꿈에도 모르고 새소리를 떠올리고 있었다.

'삼가 아뢰옵니다.'

내게 아저씨가 돌아가셨다는 소식을 전해준 건 아버지였다. 어머니는 내 잘못이 아니라고 몇 번이나 말씀해주셨지만 그때마다 내 잘못이라는 소리로 들렸다. 사실이다. 내 잘못으로 아저씨가 돌아가셨다.

　하지만 나를 탓하는 사람은 한 명도 없었다. 어머니와 함께 학교에 갔을 때도 큰일을 당하지 않아 다행이라는 말은 들었지만 아무도 아저씨에 대해서는 언급하지 않았다. 반 친구들도, 담임도. 아저씨가 죽었다니 부모님이 잘못 안 게 아닐까 싶을 정도로 다들 아무 말이 없었다.

　담임은 부모님의 사과를 관대한 태도로 받아들인 모양이었다. "그분 몫까지 열심히 살아야지." 그것이 어머니의 말버릇이 됐다. 담임이 그런 식으로 말했는지도 모르겠다. 하지만 제 인생 하나도 버거운 사람더러 어떻게 남의 몫까지 열심히 살란 말인가? 의사나 구급대원처럼 사람을 구하는 직업을 가지면 되는 걸까? 하지만 나는 특별히 뛰어난 재주도 없었다.

　공부는 중간, 운동은 하위, 취미는 독서. 나 혼자만의 인생이라면 그걸로 충분히 만족할 수 있다. 하지만 누가 목숨까지 희생해 살려 놨는데 그 결과가 겨우 이런 인간이라면 구해준 사람의 인생까지 부정당할지 모른다. 구할 가치가 있는 사람, 나는 그런 사람이어야 했다. 차라리 그때 내가 죽었더라면.

　겨우겨우 들어간 삼류 대학에도 거의 가지 않고 자해를 반복했고, 실패로 끝날 때마다 죽는 것도 마음대로 안 되는 팔자를 원망했다.

　어느 날, 멍하니 거리를 걷는데 사 소리가 들렸다. 그 소리에 이끌려 하늘을 올려다보니 아파트 옥상에서 난간을 넘고 있는 여자가 보였다. 나는 뭔가에 떠밀리듯이 근처 파출소로 달려갔고, 일이 조금 커지기는 했지만 여자는 무사히 내려왔다. 여자의 남편이 내게 몇 번이나 고맙다는 인사를 전했다. 여자가 어째서 그런 짓을 했는지는 모르겠지만 나는 한 사람의 목숨을 구한 셈이다.

이것으로 아저씨에 대한 속죄는 끝난 셈 쳐도 될까?

누구에게 묻는 게 아니라, 스스로 암시를 걸듯 나는 이제 끝났다고 되뇌었다. 아저씨가 이끌어주신 거다. 그래, 그때 새소리가 들렸잖아.

그뒤로 나는 나만의 인생을 걸고 있다. 사무용품을 다루는 작은 회사에 취직했고 휴일에는 책도 읽고 산책도 한다. 지금 생활에 무척 만족한다.

그러니 이제 그 사고는 이쯤에서 끝내고 싶다.

오바 군에게

편지 고맙구나. 요시타카의 글도 그대로 보내줘서 고맙다.

수기 내용처럼 나는 요시타카네 부모님께 "요시타카가 남편 몫까지 열심히 산다면 남편도 저도 족합니다"라고 했어. 정말 그러길 바라며 했던 말인데, 절대 해서는 안 될 말이었구나.

요시타카를 몰아세운 건 내 책임이야. 하지만 그애가 제 힘으로 극복하고 견실한 인생을 산다는 걸 알고 안심했다. 삼가 아뢰옵니

다, 지구지구 지구본. 그 사람은 자연의 소리에 귀 기울이길 좋아
했어. 그날도 그런 이야기를 했었구나. 그날 소풍이 무척 즐거웠
던 모양이네.

이제 미련이 없구나.

리에 말인데, 조만간 리에가 네게 연락할 것 같구나. 이 편지를
받을 즈음이면 그 사고를 겪은 여섯번째 사람으로, 리에를 벌써
만났을지도 모르지.

애야, 네게는 정말 폐만 끼치는구나. 이런 부탁을 해서 정말 미
안하다.

아무래도 나는 마지막까지 어수룩한 열혈 교사였던 모양이야.
용서해주렴.

네 앞날에 좋은 일만 가득하기를 진심으로 기도하마.

다케자와 마치코

다케자와 마치코 선생님께

선생님, 건강은 좀 어떠신지요? 이번이 마지막 보고입니다.

눈치채셨는지 모르지만 처음에 마호 씨를 만났을 때부터 저는

쪽 대화를 녹음하고 있었습니다. 방송부에서 취재하던 버릇이지요. 양해를 구할까 했지만 그러면 속내를 감출 것 같아 미안하게 생각하면서도 무단으로 녹음했습니다.

그런데 이번에는 녹음하지 않았습니다. 하지만 한 글자, 한 글자, 틀리지 않고 옮겨 쓸 자신이 있습니다. 제 머릿속에는 저희가 나눈 대화가 아직 생생하니까요.

선생님은 지난번 편지로 충분히 만족하신 듯하지만 이건 선생님께 꼭 알려드려야 할 소식이고, 선생님도 아실 의무가 있다고 생각합니다.

선생님 편지를 받은 뒤에 저는 완전히 일상으로 돌아가 리에 씨의 연락을 기다렸습니다. 방학 동안 학교에 출근해 느긋하게 동아리 활동을 봐주고 교재를 연구하다 정시에 퇴근했지요. 학교에서 5시에 나갈 수 있는 건 방학 한 달뿐입니다. 그런데 그 사람, 제 여자친구에게 만나고 싶다는 메일을 받았습니다. 저는 여름방학에 들어갔지만, 전에도 말씀드렸다시피 현립 병원 간호사인 그 사람은 동료들이 교대로 여름휴가를 가는 바람에 바빠서 한 번도 못 만났던 터라 기쁜 마음으로 답장했습니다. 저희는 대개 주말에 만나다 보니 남들 눈도 피할 겸 다쓰야 씨하고 얼마 전에 갔던 외진 가게를 찾곤 하는데, 오랜만에 평일에 만나는 거라 세련된 이탈리안 레스토랑에서 저녁을 먹기로 했습니다.

사실은 저번에 결혼도 한번 생각해달라고 프러포즈 같은 소리를 장난스레 했는데, 농담처럼 말한 게 실수였는지 취한 것 같다며 슬쩍 흘려버리더군요.

하지만 지난 이 주 동안, 이십 년 전에 사고를 겪은 동갑내기들의 이야기를 들으며 조금씩 제 인생을 되돌아보게 됐습니다. 과거에 얽매이지 않고 지금 현재를 살아간다는 의미는 무엇일까? 과거와 현재를 어떻게 미래로 이어나가야 할까? 그 문제를 진지하게 고민하다보니 새삼스레 차분히 그 사람과의 미래를 그려보게 됐습니다.

그리고 선생님께서 부군을 어떻게 생각하시는지를 듣고, 미래로 이어지는 결단을 내리는 소중한 순간에, 농담으로라도 거절당했을 때의 달아날 구멍을 만든 게 잘못이었다는 것을 깨닫고 반성했습니다.

고향 친구 소개로 만난 여자친구와는 어영부영 시작했습니다. 누가 먼저 사귀자고 한 게 아니라 그냥저냥 다음 약속을 하고, 만나면 또 다음 약속을 했습니다. 당연히 한 번도 다투지 않았습니다. 한 번 더, 처음부터 새로 시작하자고 다짐했습니다. 새삼스럽지만 결혼을 전제로 만나달라고 해야겠다, 그렇게 결심하고 약속 장소로 갔습니다. 미리 그곳에서 가장 비싼 코스로 예약도 해뒀습니다.

그 사람은 평소보다 예쁘게 차려입고 약속 시간에 맞춰 나타났고, 저는 마치 그녀를 처음 만나는 것처럼 설렜습니다.

요리와 와인이 나와 건배를 하고, 한 삼 주 만에 만난 저희는 그동안 어떻게 지냈는지 이야기했습니다. 산부인과에서 일하는 그 사람은 이번주에 출산이 많았다느니, 두 명이나 쌍둥이를 낳았다느니, 그런 이야기를 들려줬습니다. 재미있는 일화나 불만도 있을 법한데 그 사람은 환자를 두고 농담하거나 험담한 적이 한 번도 없습니다. 환자의 사생활을 보호해주는 거겠지요.

그래서 저도 학교에서 있었던 무난한 일들을 들려주려 했지만 특별한 이야깃거리가 없어서 지나가는 말로 사실은 옛 은사의 부탁으로 선생님이 이십 년 전에 가르쳤던 제자들을 만나러 다니고 있다고 했습니다.

학교 일이나, 특히 사건 사고에 얽힌 일은 꼬치꼬치 캐묻는 사람들이 많은데, 그 사람은 한 번도 그런 적이 없었습니다. 그런데 이번에는 제 이야기에 큰 관심을 보이더군요.

"왜 이십 년이나 지난 이제야 옛날 제자들을?"

"선생님께서 올해 정년퇴임하셨는데, 이십 년 전에 여섯 아이들과 어떤 사고를 당하셨어. 그 아이들이 잘 지내는지 확인해달라고 하시더라고."

"왜 당신한테?"

"난 선생님하고 쭉 연하장도 주고받았고, 퇴임 선물도 보냈거든. 그리고 N 시에 사는 것도 이유겠지. 무엇보다 여름방학 때는 시간적으로 여유 있다는 걸 아시니 그런 게 아닐까?"

"그렇구나. 그래서 무슨 사고였는데?"

말을 해도 되나 망설였지만 이 사람이라면 다른 데 가서 말하지 않을 테고, 또 잠시 후 결혼 이야기를 꺼낼 때 이 일을 통해 느낀 바를 전하고 싶어 털어놓기로 했습니다.

"이십 년 전에 선생님은 반 아이들 여섯 명을 데리고 부군과 함께 아카마쓰 산에 가셨어. 공작 시간에 쓸 낙엽을 주우러. 그리고 댐 공원에서 도시락을 먹고 두 그룹으로 나뉘어 놀았대. 선생님하고 여학생 셋은 공원에서 배드민턴, 선생님 부군하고 남학생 셋은 강에서 물놀이. 그때 사고가 터진 거야. 아이 하나가 강에 빠졌고 그애를 구하려던 부군이 그만 돌아가셨어."

"선생님께서는 구체적으로 무슨 부탁을 하셨어?"

"여섯 명을 만나 지금 어떻게 사는지 알려달라고 하셨어. 선생님은 사고에 대한 게 아니라 여섯 명이 그때 사고에 얽매이지 않고 행복하게 살고 있는지 궁금해하셔. 그리고 그 사람들한테 전해달라고 편지를 맡기셨어."

"모두 어땠어?"

"사고 현장까지 가지 않고 신고만 했던 사람을 제일 처음 만났는데, 요리 잘하는 남편하고 행복하게 살고 있더라. 선생님 부군께서 만든 머위 된장 소스로 간한 구운 주먹밥 맛을 잊을 수가 없대.

두번째로 선생님께 친구가 강에 빠졌다는 걸 알리러 갔던 사람을 만났는데, 도쿄에 있는 큰 증권회사에서 일하고 있어. 자기가 만든 달걀말이를 칭찬해준 여자분하고 결혼할 거래. 그날 이후로 남이 베푸는 호의를 감사히 받아들일 수 있게 됐다더라고.

세번째 만난 사람은 결혼해서 아이가 둘 있는데, 셋째를 임신했더라고. 사고 현장까지 갔는데 아무것도 못 한 걸 후회하고 있었

고, 그때는 남편을 먼저 구한 선생님을 믿을 수가 없었지만 지금
은 이해할 수 있다고 했어. 가족을 사랑하는 든든한 어머니였어.

　네번째로 만난 사람은 지금도 죄책감에 휩싸여 있었어. 자기 때
문에 사고가 났다고 믿더라. 좋아하는 사람이 있는데, 직업도 생
활도 남들보다 부족해 일부러 차갑게 내쳤대. 둔감한 나도 알 수
있을 정도로 사실은 상대를 무척 소중히 여기면서.

　다섯번째 사람은…… 미안, 이런 이야기 듣기 싫지?”

　지난 이 주를 떠올리며 정신없이 풀어놓던 저는 그 사람이 고개
를 숙이고 있는 줄도 몰랐습니다. 잔에 담긴 화이트와인의 표면을
가만히 지켜보는 그 사람을 보며, 얼굴이 보기 싫을 정도로 나를
경멸하는 건가 싶어 허둥지둥 덧붙였습니다.

　“재미로 하는 이야기가 아니야. 그 사람들을 만나서 교사로서
많은 생각을 하게 됐고, 진지하게 장래도 고민했어. 내게 소중한
사람은 누굴까 하고.”

　“잠깐, 나야말로 미안해. 진지하게 이야기하는데 멍하니 정신
을 놔서. 싫은 게 아니야, 오히려 반대야. 그 사람들의 지금 모습
을 나름대로 상상해봤어. 다섯번째 사람도 이야기해줘.”

　“다섯번째는 그때 강에 빠졌던 사람인데, 직접 만나지는 못했
어. 하지만 그동안의 마음을 담은 메일을 받았어. 그 사람은 세상
을 떠난 남편 몫까지 열심히 살아달라는 선생님 말씀에 매여 있었
어. 하루하루가 힘겹던 어느 날 우연히 자살하려는 사람을 구해냈
고, 그걸로 모든 게 끝났다고 했어. 일하고 취미도 즐기는 지금 인

생에 만족하고.

여섯 명 중에서 가장 괴로웠을 사람에게 그런 메시지를 받아서 무척 기뻤어. 선생님 걱정도 씻어드릴 수 있을 것 같았지. 부군께서 남긴 추억이 그 사람을 구한 셈이라, 결과적으로 선생님을 구해준 건 부군이시라는 생각도 들었어. 선생님도 편지에 그렇게 쓰셨더라고. 남편과 함께한 결혼생활은 겨우 칠 년이었지만 그 칠 년 덕분에 지금의 자기가 있다고. 부군은 사고로 돌아가셨지만 사실은 병환 때문에 그리 오래 사실 수 없었대. 그래서 하루하루를 소중하게 보내고 계셨다더군.

그래서 나도 인생이란 나만의 것이 아니라 누군가와 함께 쌓아가는 거라고 생각했어."

마무리는 이거다 하고 그전에 분위기를 띄우려 와인을 마셨는데 결국 저 말은 하지 못했습니다.

그 사람이 울고 있었기 때문입니다. 그 사람의 마음씨에 저는 감동했습니다. 하지만…….

"그 사고로 스스로를 가장 많이 원망하는 사람은 선생님이 아닐까?"

그 사람이 불쑥 그런 말을 했습니다. 역시 저는 선생님을 교사로만 봤던 것 같습니다. 그 말을 듣기 전까지 선생님 개인이 그 사고를 어떻게 받아들였을지는 생각도 못 했습니다.

"선생님은 그때…… 임신하고 계셨대. 그런데 강에 뛰어드는 바람에 유산하셨어."

“뭐?”

제삼자가 어째서 내가 모르는 사실까지 아는 걸까? 멍하니 쳐다보는 제게 그 사람이 말했습니다.

“후지이 리에.”

“무슨 말인지, 잘…….”

“첫번째가 가와이 마호, 두번째가 쓰다 다케유키, 세번째가 네모토 사오리, 네번째가 후루오카 다쓰야, 다섯번째가 이쿠타 요시타카지? 여섯번째 사람으로 날 여기에 부른 게 아니었어?”

여섯번째 사람으로 여기에 불렀다고? 천만에. 너무 놀란 나머지 말이 나오지 않아 저는 고개만 휘휘 내저었습니다.

“그럼 왜 나한테는 연락 안 했어?”

“선생님께 받은 연락처로 전화했지만 연결이 되지 않아서, 혹시나 싶어 주소지 아파트로 찾아갔더니 건물이 통째 사라지고 없었어. 게다가 아니, 응, 그뿐이야.”

선생님께 명단을 받았을 때, 후지이 리에라는 이름에 눈은 갔지만 그게 제 여자친구 야마노 리에일 줄은 상상도 못 했습니다. 성도 이름의 한자도 달랐으니까요. 처음에는 ‘도시에’라고 읽는 줄 알았다가 다른 다섯 명과 이야기하던 중에 ‘리에’라는 이름이 나와서 아, 얘도 리에구나 하고 친근감을 느낀 게 다였습니다.

리에는 초등학교 6학년 때 부모님께서 이혼해 성이 후지이에서 야마노로 바뀌었다고 합니다. 이름에 쓰는 한자는 원래 아버지 이름에서 따온 거라 성이 바뀌는 김에 어머니의 뜻을 따라 한자도 바꾸었다고 하더군요. 평소에는 바꾼 한자를 쓰지만 그 자리에서 보여준 면허증은 옛날 이름 그대로였습니다.

후지이 리에의 연락처를 알아내지 못했던 또 하나의 이유, 다쓰야 씨가 제게 알려주지 않았던 이유는 어쩌면 이미 진상을 파악했기 때문인지도 모릅니다. 다쓰야 씨와 이야기할 때 상대가 '리에, 리에' 하고 막 부르는 게 귀에 거슬렸는데 그 사람이 설마 제 여자친구였다니. 다쓰야 씨와 나누었던 대화가 드문드문 머릿속에 떠올랐습니다.

'의사든 공무원이든 한 놈 잡아서 결혼해.'

……그러고 보니 제게 리에를 소개해준 친구도, 다쓰야 씨 연락처를 알려준 친구도 다 같은 고등학교 출신이었습니다.

'리에 씨는 아마 널 좋아할 거야.'

…… 저는 그런 말도 했습니다.

다쓰야 씨가 차갑게 밀어낸 후지이 리에 씨, 아니, 야마노 리에는 친구가 소개해준 공무원과 사귀기로 했고, 그게 바로 저였습니다. 선생님께서 지난번 편지에 제게 미안하다고 하셨던 이유를 그제야 알았습니다. 그보다 저는 제 행동이 후회스러웠습니다.

내가 쓸데없는 소리를 한 게 아닐까? 다쓰야 씨가 좋아하면서도 일부러 친구를 밀어냈다고 했는데, 그 친구가 자기라는 걸 리에는 분명 알 겁니다. 그래서 생각에 잠겼던 거지요. 리에의 마음은 저와 다쓰야 씨, 누구에게 있을까? 다쓰야 씨는 둘이 자주 다툰다고 했는데. 그 정도로 다쓰야 씨한테는 벽이 없었던 걸까? 하지만 함께 지낸 세월이 다르니까. 저와 곧잘 가는 그 가게를 다쓰야 씨에게 가르쳐준 것도 리에였을까?

생각하면 할수록 나쁜 방향으로 흘러가자 저는 머리를 세차게 흔들고 다른 질문으로 넘어갔습니다.

"다케자와 선생님께서 그때 임신 중이셨다는 게 진짜야? 아무도 그런 말은 안 했는데."

"진짜야. 우리 어머니도 현립 병원 간호사였거든. 요시타카하고 선생님 부군께서 실려왔을 때 선생님도 구급차에서 내렸는데 그때 이미 출혈이 너무 심해서 손쓸 도리가 없었대."

"한날에 아이까지 잃다니……."

"선생님 부군께서 병환을 앓고 계셨다니, 난 그런 줄 몰랐어. 그 말을 들으니 선생님께서 강에 뛰어든 걸 후회하고 계시지 않을까 하는 생각이 든 거야. 선생님도 남편의 피를 이은 아이를 원하셨을 테고, 남편을 위해서라도 낳고 싶으셨을 텐데."

선생님 편지에서 스스로를 책망하는 표현이 몇 번이나 있었는데, 그 말뜻을 그제야 겨우 알았습니다. 사고를 떠올리면 가장 괴로운 건 선생님이셨겠지요.

그런데 선생님은 어째서 제게 여섯 아이들을 만나달라고 부탁하셨습니까?

"리에에 대해서는 뭐라고 말씀드리지?"

"나?"

"여섯 명 전부 만나서 소식을 알려드리겠다고 선생님께 약속했거든. 사고 이야기는 안 해도 돼. 지금 리에가 행복한지, 그것만 알면 돼."

다쓰야 씨는 리에도 죄책감을 가지고 있다고 했지만 저는 그 사람의 잣대로 리에의 지금을 판단하고 싶지 않았습니다. 마음속에 품은 생각이 있다면 제게 쏟아내주길 바랐어요. 저는 사고에 대해서도 잘 알고 있고, 그때의 아이들이 지금 어떻게 지내는지도 알고 있으니, 무슨 말을 해도 전부 받아들일 자신이 있었습니다. 그런데…….

"간호사로 열심히 일하고 있다고 전해줘."

"그게 다야? 나하고 사귀고 있다는 건? 사실은 여섯번째 사람이 제 애인이었습니다 하고 선생님께 말씀드려도 돼?"

"그건…… 모르겠어."

"나는 오늘, 새삼스럽지단 당신한테 결혼을 전제로 만나달라고 부탁할 결심으로 이 자리에 왔어. 후지이 리에가 아니라 야마노 리에를 만나러. 사고를 겪은 사람들을 만나면서 나도 내 인생과 내 소중한 사람에 대해 생각해봤어. 리에하고 함께 행복해지고 싶어."

"미안, 사고 이야기를 듣기 전에 야마노 리에로서 그 말을 들었다면 정말 기뻤을 거야. 하지만……."

"다쓰야 씨 때문에?"

리에는 미안한 표정으로 살짝 고개를 끄덕였습니다.

"그 사람하고 같이 있어도 행복해질 순 없어. 객관적으로 리에

와 다쓰야 씨의 죄책감에는 자신을 그렇게 몰아세울 근거가 없어. 마호 씨나 다케유키 씨, 사오리 씨가 느끼는 감정과 비슷한 정도야. 세 사람은 저마다 극복했는데, 리에하고 다쓰야 씨는 어째서 아직도 못 벗어났는지 정말 모르겠어? 두 사람이 함께 있었기 때문이야. 그것도 서로 자기가 나쁘다, 아니, 내가 더 나쁘다, 그러기만 하니까 벗어나기는커녕 작았던 죄책감이 점점 풍선처럼 부푼 거야. 앞으로도 계속 그러고 싶어? 그게 다쓰야 씨를 위하는 일이라고 생각해?

불행을 즐기든 말든 두 사람 마음이지만, 그건 선생님께 크나큰 실례야!"

그때는 그 말이 옳다고 생각하며 모든 감정을 리에에게 쏟아냈습니다. 하지만 이렇게 글로 옮기고 보니 그냥 협박일 뿐이었습니다. 그래서 리에도 겁먹은 눈으로 저를 바라보다가 말없이 가게를 나갔을 테지요. 그냥 다쓰야 씨 마음을 확인하라고 보내줬다면 같은 실연이라도 "난 참 사람이 너무 좋아" 하고 투덜거리면서도 개운했을지 모릅니다.

선생님은 여섯번째 아이, 후지이 리에가 제 여자친구 야마노 리에라는 사실을 알고 계셨지요? 그래서 편지에 리에 씨가 먼저 연락할 거라고 쓰셨던 거지요? 언제부터 아셨습니까? 처음부터 알고 계셨다면 어째서 제게 이런 부탁을 하신 건가요? 이게 선생님께서 원하신 결과인가요?

……엉뚱한 데다 화풀이를 했네요.

선생님을 탓할 생각은 전혀 없습니다. 저와 리에는 이번 일이 아니었어도 언젠가 헤어졌을지 모르니까요.

선생님은 같은 직업을 가진 제게 교사로서, 인생 선배로서, 소중한 가르침을 주셨습니다. 저는 선생님 부탁을 완수했고, 선생님은 안심하고 교사생활에 마침표를 찍을 수 있었다고 생각하렵니다.

선생님께서 하루빨리 쾌차하시길 진심으로 기원합니다.

오바 아쓰시 올림

추신

선생님께서 제게 맡기신 후지이 리에에게 보내는 편지는 결국 전하지 못했습니다. 리에는 옛날부터 어머니와 같은 간호사가 되고 싶었다더군요. 꿈을 이룬 셈이니 전해주지 않아도 되겠지요?

오바 군에게

편지 읽었단다. 리에를 만났구나.

내 부탁이 네게 상처가 되는 결과를 빚어 정말 미안하구나.

다만 편지만으로는 잘 모르겠어서 그러니 한 가지만 알려다오. 리에가 네게 헤어지자고 했니? 만일 리에가 그 자리에서 말없이 떠난 것 때문에 이제 끝났다고 판단했다면 내가 리에에게 보내는 편지를 오바 네가 뜯어보렴.

네게 이번 일을 부탁하기 열흘 전에 내 앞으로 온 편지란다.

오바 군이 그 여섯 사람 중 한 명으로 리에를 만난 뒤에 둘이서 함께 읽길 바랐단다.

마호나 다케유키가 네게 보여준 것처럼, 다른 사람들에게 보낸 편지에는 장래희망을 쓴 글과 그림을 넣었다. 학년 말에 깜빡 잊고 돌려주지 않았는데 처분할 수도 없어서 이십 년이나 가지고 있었구나. 사오리와 요시타카가 뭘 썼는지는 그애들의 비밀이라고 생각하자꾸나.

다쓰야 군은 친구들이 학교에 빨리 올 수 있도록 아카마쓰 강에 다리를 잔뜩 놓고 싶다고 썼단다.

내가 글짓기 숙제는 내줄 수 있지만 꿈을 이루어줄 수는 없으니 소중한 제자들이 다들 행복해지길 멀리서 그저 기도드릴 뿐이야.

그 여섯뿐만 아니라 네 행복도 빈단다.

내가 가르친 아이들 모두가 내 자식이다. 남은 인생을 그렇게 생각하며 보내는 걸 허락해주려무나.

그럼 잘 있거라.

다케자와 마치코

다케자와 마치코 선생님께

퇴임 축하드립니다.

오늘은 선생님께 의논드릴 일이 있어 편지를 씁니다. 연하장만 달랑 보내더니 이제 와서 무슨 용건인가 하고 귀찮아하실지도 모르겠습니다. 하지만 꼭 선생님께 말씀드리고 허락받고 싶은 일이 있습니다.

선생님, 제가 결혼할 자격이 있을까요?

저는 어릴 때부터 평생 결혼하지 않겠다고 마음속으로 다짐했습니다. 부모님 사이가 원만하지 않아서였는데 당시 저희 집 분위기를 아시니 선생님은 이해하시겠지요?

조금 다친 핑계로 일을 그만둔 아버지는 술독에 빠져 자신의 불운을 저주하면서 하루도 거르지 않고 어머니에게 손찌검을 했습니다. 그런 아버지에게 당하기만 할 뿐 저항하지 않는 어머니가 저는 견딜 수 없이 답답했습니다.

아버지가 저를 때린 적은 없었지만, 만약 그런 일이 벌어진다면 구해줄 사람이 없으니 내가 강해져야 한다고 다짐했습니다. 남자라는 이유만으로 거들먹거리는 존재를 용서할 수 없었고, 학교에서도 늘 남학생에게 맞섰죠.

그게 원인이 돼 다쓰야하고 싸웠고…… 이 점에 대해서는 할 말이 없습니다.

언제까지고 선생님께 사과드리고 속죄하는 게 제가 할 일이라 생각했고, 해마다 연하장에 반성하는 마음을 담았습니다. 하지만 어른이 되고 나서야 그게 오히려 선생님의 마음을 아프게 했다는 걸 깨달았습니다. 그 일로 사과하면 선생님이 더 마음쓰실 것 같아 아무 일도 없었던 것처럼 매해 유쾌한 내용으로만 채웠습니다.

어느 해부터 갑자기 연하장 분위기가 바뀐 건 그런 이유였습니다. 제가 몰랐던 건 그것 말고도 더 있었습니다.

제 어머니는 현립 병원 간호사였습니다. 같은 일을 해보고 알게 됐지만 현립 병원 정규직 간호사에게는 반드시 일주일에 두세 번 야간근무가 돌아옵니다. 하지만 제 기억 속에는 어머니가 밤에 집에 안 계셨던 날이 별로 없습니다. 어쩌면 아버지로부터 저를 지키려고 되도록 야근을 피했던 건지도 모릅니다. 어머니께 물어 확인하면 될 일이지만 그걸 깨달았을 때는 어머니가 이미 세상을 떠나고 안 계셨습니다.

세상에는 늦기 전에 깨달아야 할 일이 많습니다. 그런 생각이 들자 다쓰야가 가장 마음에 걸렸습니다.

저희는 외동아들, 외동딸로 소꿉친구였고, 가정환경도 비슷해 남매나 다름없었지만 남자애들보다 우위에 서려 했던 저는 동갑내기 다쓰야에게 누나처럼 굴었습니다.

숙제는 했어? 그게 입버릇이었어요. 그게 다쓰야에게 상처였다는 걸 깨달았을 때는 남자니 여자니 따지면서 남보다 우위에 서려는 제가 결국 아버지와 다를 바 없다는 생각에 너무 서글퍼 그저 울기만 했습니다.

그 사고는 내 허영심 때문이다, 저는 그런 죄책감을 계속 안고 있었습니다. 동시에 다쓰야 역시 자기 탓에 사고가 났다고 생각하고 있습니다.

내가 강 맞은편으로 건너가자고 요시타카를 꾀어냈으니까, 내가 싸웠으니까. 다쓰야가 그런 말을 하면, 이번에는 제가 애초에 잘난 척 글짓기 숙제는 다했냐고 물은 내 잘못이 크다고 반박하고, 서로 제 탓이라고 답 없는 논쟁을 합니다.

저도 다쓰야도 진심으로 그렇게 생각했습니다. 하지만 무의식 중에 그런 자기 폄하에 안주하기도 했습니다. 노력이 부족해 안 되는 일을 행복해질 자격이 없다는 죄책감이 부른 결과라고 면죄부처럼 핑계를 댄 적이 한 번도 없었다면 거짓말입니다.

저희는 이 면죄부를 틀어쥐고 적당한 거리를 유지하며 오랫동안 함께 지내왔습니다. 그걸 사랑이라고 믿었던 때도 있지만, 결혼을 바랐던 적은 없습니다.

면죄부를 버려야 한다고 생각하견서도 말을 꺼내지 못하고 있는데 어느 날 갑자기 다쓰야가 먼저 저를 내쳤습니다. 죄책감에 젖어 있던 건 저 하나뿐이고, 다쓰야는 제 기분에 맞춰 죄책감에 시달리는 시늉을 했던 게 아닐까요? 하지만 이제 지긋지긋해서 저를 버리려는 거겠지요.

저는 제가 버리려고 했던 사람에게 버림받았다는 사실에 충격을 받았습니다. 자존심을 얼마나 더 세워야 속이 풀릴까, 선생님이 기막혀하실지도 모르겠습니다.

다쓰야가 내뱉듯 던진 말에 보란 듯, 친구에게 아무나 좋으니 공무원 한 명만 소개해달라고 부탁했습니다. 직장에서 탐탁지 않은 모습을 자주 봐서 그런지 의사는 사적으로 만나기 싫었습니다. 그랬더니 배려심 깊은 친구가 정말 건너건너 공무원을 소개해줬습니다.

오바 아쓰시라고, 저와 같은 나이고 N시 시내에 위치한 고등학교에서 사회 과목을 맡고 있어요.

그 사람을 처음 만났을 때, 저는…… 선생님 부군이 생각났습니다. 사고 이야기를 피하려다보니 그날의 즐거웠던 기억까지 여태 선생님께 전하지 못했는데, 낙엽을 주우러 갔던 그 소풍이 저는 정말 즐거웠습니다.

굉장히 자상했던 그 분은 밝고 활달한 선생님과 정말 잘 어울렸어요. 도시락도 부군께서 만드셨다는 말에 깜짝 놀랐어요. 세상에는 이런 남자도 있구나, 어린 마음에도 감동했습니다. 그리고 이렇게 자상한 사람이라면 결혼해보고 싶다는 조숙한 생각도 했죠.

그런 생각은 머릿속에 꼭꼭 봉인해뒀는데, 그 사람과 함께 있으면 그날의 즐거웠던 기억이 조금씩 되살아납니다. 얼굴도 닮지 않았고 제게 요리를 해준 적도 없는데, 참 이상하지요.

그 사람은 제가 무슨 말을 해도, 어떻게 굴어도 용서해줄 것 같습니다. 제 지난 인생을 전부 털어놓고 싶은 충동에 휩싸이지만, 그건 면죄부를 들이미는 거나 다름없는 짓이겠지요.

제발 들어줘 하고 내가 자란 가정환경, 그 사고 일을 털어놓으면 그 사람은 나를 그리 좋아하지 않아도 그냥 받아들여주지 않을까, 그건 너무 비겁한 짓 아닐까? 하나를 털어놓기 시작하면 봇물처럼 터질 것 같아 항상 무난한 이야기만 합니다.

그런데 며칠 전, 그 사람 입에서 '결혼'이라는 말이 나왔어요. 말끝을 애매하게 흐린 걸 핑계 삼아 저도 얼버무렸지만, 사실은 너무나 기뻤어요.

하지만 결혼하려면 저는 그 사람에게 모든 걸 고백해야 합니다. 결혼한 다음에 털어놓는 건 더 비겁한 짓이니까요.

그 사람에게 동정을 사지 않고 그 사고를 고백할 방법이 없을까요?

그보다 이런 제가 결혼해도 되는 걸까요?

선생님, 저는 어쩌면 좋죠?

선생님께 이런 응석을 부려도 될지 모르겠지만 제발 한 번만, 이렇게 의논드리는 어리석은 제자를 용서해주세요.

전부 쓰고 나니 선생님께서 읽어주실 거라는 믿음만으로도 한 편으로는 어떻게든 헤쳐나갈 수 있을 것 같아요.

야마노 리에 올림

다케자와 마치코 선생님께

선생님, 건강은 좀 어떠신지요? 오봉 휴가 때 여자친구와 함께 선생님 문병 차 오사카에 가려 합니다.

그럼 또 연락드리겠습니다.

십오 년
뒤의
보충수업

이렇게 쓰면 될까? 배계나 전략 같은 표현은 너무 딱딱하고, 그렇다고 친애하는 준이치 님이라고 쓰려니 마음이야 그렇지만 글자로 보면 괜스레 쑥스러워서 이렇게 써봤어. 고작 첫머리 가지고 이렇게 갈피를 못 잡으니 큰일이네. 편지 쓰자고 억지부린 건 나인데.

당신한테는 형태로 남는 둘만의 추억을 원한다고 했지만 실은 이모가 결혼 전에 받은 이모부의 편지를 보고 그런 생각을 하게 됐어.

사랑한다는 말은 물론이고 정열적인 글귀가 아낌없이 적혀 있었어.

'당신 있는 겨울은 당신 없는 봄보다 따스하여 나의 세상을 꽃으로 가득 채워준다오.'

읽는 내가 다 부끄러웠지만 "멋지지?" 하고 당당하게 자랑하는 이모가 정말 부러웠어.

딱 한 통이지만 이모가 쓴 편지도 읽어봤어. 자기 편지는 보여주기 민망했나봐. 그것도 멋졌어.

존댓말로 어딘지 모르게 거리를 두면서도 이모부를 '당신'이라고 부르는데, 존경과 애정이 소복이 담겨 있는 것 같아 나도 그런 편지를 당신한테 써보고 싶었어.

노력은 하고 있지만 '당신'이라는 호칭도 편지글도 익숙지 않아 고전하는 중이야.

예전 사람들이 더 낭만적이었나봐.

처음부터 완벽하기는 어렵겠지만 편지지 세트와 펜을 준비하고 주위 소음을 다 차단하고 책상에 앉으니 메일과는 또 다른 기분으로 마음을 표현할 수 있을 것 같아. 게다가 편지를 쓰는 행위는 새삼 당신과 나 사이의 올바른 시간과 거리를 깨닫게 해주는 것 같아.

가령 지금 당신한테 "지금 뭐 해?" 하고 메일을 보내면 오 분도 채 지나지 않아 "누워 있었어" "책 읽고 있어" 하는 답장이 올지 모르지. 그러면 나는 당신 목소리가 그리워서 전화를 걸 거야. 오늘 있었던 사소한 일을 당신한테 늘어놓을 테고, 당신은 그걸 듣고 내가 가장 듣고 싶은 말을 해주겠지. 그러면 이번에는 당신 얼굴이 그리울 거야.

지금까지는 당장 만나고 싶으면 전철을 타고 당신 집에 가면 됐어. 대개는 위험하다며 당신이 우리 집으로 와줬지. 만날 수 없을 땐 그럼 내일 만나, 주말에 만나, 그런 약속을 하고 잘 자라는 인사를 나누며 하루를 마무리했어.

하지만 지금은 똑같은 대화를 나눠도 당신을 만날 수 없어. 아무리 약속을 해도 며칠 내에 만날 수는 없어. 확실히 만날 수 있는 건 이 년 뒤. 나는 슬퍼서 전화기를 붙잡고 울어버릴지도 몰라. 전화를 끊고는 쓸쓸한 마음을 메일에다 그대로 쏟아낼지도 몰라. 그건 당신을 곤란하게 만들 뿐인데.

휴대전화가 서로를 이어준다는 건 만나고 싶을 때 만날 수 있는 거리나 상황에 있는 사람들한테만 통하는 이야기야. 지금, 미간을 찌푸리면서 괴로운 표정을 짓는 당신이 머릿속에 떠올라. 미안.

공항에서 웃는 얼굴로 당신을 떠나보내고, 돌아오는 버스 안에서 울어버린 거 지금 여기서 고백할게. 하지만 그뒤로는 한 번도 안 울었으니 걱정 마.

이야기가 다른 길로 빠졌는데, 편지는 지금 당장 뭘 기대하고 쓰는 게 아니니까…….

게다가 항공우편. 처음이라 설레.

문구점 직원이 가르쳐준 건데, 외국에 보낸다고 꼭 테두리에 빨간색, 파란색 선이 들어간 항공우편용 봉투를 쓸 필요는 없대. 봉투에 붉은 펜으로 'Air Mail'이라고만 쓰면 된다는 거 알고 있었어? 알았겠지. 쓴웃음 짓는 얼굴이 상상돼. 그래도 벚꽃 무늬 편지지, 참 예쁘지?

이 편지가 도착하는 데 얼마나 걸릴까? 일주일? 아니 열흘? 그보다 더 걸릴까? 당신 답장이 도착할 때까지 걸릴 시간도 계산해야겠지.

이게 지금 우리 사이의 시간과 거리야.

이러면 오늘 있었던 사소한 일들이나 일시적인 감정을 쓸 수는 없겠어. 과장님이 외도했다가 사모님께 들켰다는 이야기 같은, 아무래도 상관없는 남 이야기 할 때가 아니니까.

곁에 있을 땐 뭐라고 문자를 보낼까, 만나면 무슨 이야기를 할까 고민한 적이 없었어. 그때그때 생각나는 말을 하면 그만이었으니까.

어른이 돼서 만났다면 이번 기회에 서로를 더 잘 알아보자면서 어렸을 때나 학창시절의 추억을 쓰겠지만 우린 중학생 때부터 사귀었잖아. 이제 와서 더 알아야 할 일이 있기나 할까?

아무래도 편지니까 특별한 내용을 쓰려는 생각은 접고 지금 마음을 솔직하게 써볼게.

제일 궁금한 건 이거야. 건강해? 새로운 생활은 어때?

당신이 국제 자원봉사대로 이 년 동안 P국에 가게 됐다고 했을 때, 얼마나 놀랐는지 지금도 잊을 수 없어. 그렇잖아, 설명회에 참석하고, 1차, 2차 시험을 치르고, 합격통지를 받기까지 반년에 걸친 절차를 밟으면서 나한테는 일체 비밀로 했으니까. 눈치 못 챈 내가 둔감하다기보다는 당신이 교묘하게 숨긴 거지.

중요한 이야기가 있다며 생일에도 데려가준 적 없는 멋진 가게로 안내했을 땐 반지라도 주려나 했어. 설마 국제 자원봉사대로 뽑혔다고 고백할 줄이야.

그게 당신 꿈이었다는 걸 미리 알았다면 축하한다고 말했겠지만, 그때 나는 당신 말을 이해하는 데 꽤나 시간이 필요했어.

당신이 국제협력이나 자원봉사 같은 말을 입에 담은 적이 한 번도 없었으니까 그런 데 관심 있는 줄 몰랐어. 그보다 해외여행에도 흥미가 없어 여권도 없던 당신 입에서 낯선 나라 이름이 나오고, 거기에서 이 년이나 일하겠다는 말을 들으니 좀체 현실감이 없었어.

그래서 뭐? 이게 그때 심경에 가까울 거야. 나한테 하고 싶은 말이 뭘까, 하고 말이야.

"그 말은 우리가 오늘로 끝이라는 거야?"

나는 냉정하게 생각해서 한 말인데 당신은 어째서 그렇게 해석하느냐고 난처하고 어이없고 조금 화난 표정을 짓더니 지금까지 함께 쌓아온 세월과 앞으로 보낼 긴 인생을 생각하면 이 년은 눈 깜짝할 새라고 나를 타일렀어.

그래도 불안하면 떠나기 전에 혼인신고를 하자고.

결혼이 아니라 혼인신고. 빗나가긴 했어도 처음 예감이 영 틀린 건 아니었어. 그런데 그때 화제가 그쪽으로 흘러가는 바람에 묻지 못한 게 몇 가지 있어.

당신이 왜 국제 자원봉사대에 참가할 생각을 했는지. 어째서 내게 숨겼는지. 그리고…….

당신 결단에 '그 사고'가 영향을 줬는지.

편지를 쓰다보니 참 많은 생각이 들어. 그뒤로 십오 년이나 지났다니. 이젠 옛날 일이네.

당신이 국제 자원봉사대로 갈 결심을 한 건 서른을 앞두고 앞으로의 인생을 곰곰이 생각해봤기 때문인지도 몰라.

당신이 떠나고 구멍이 뻥 뚫린 것처럼 빈 시간이 생겨버렸어. 일할 때는 느긋하게 쉴 시간도 갖고 싶고, 책도 읽고 싶고, 피부관

리실에도 가고 싶고, 하고 싶은 일이 잔뜩 떠오르는데 집에 돌아와 방 안에서 동그마니 혼자 있으면 '낮에 뭔가 하고 싶다고 생각했는데' 하고 멍하니 천장을 바라보다가 시간이 다 가버려.

뭔가에 쫓길 일 없는 생활은 무척 행복하지만, 평균수명까지 산다고 치면 아직 반도 넘지 않았는데 수동적으로 보내기는 왠지 인생이 아까워. 당신도 그런 마음이었을까?

요리 학원이나 영어회화 학원에 다녀도 좋을 것 같아.

아, 말하지 말고 몰래 배울걸. 그리고 예고 없이 당신을 찾아가서 현지 사람들하고도 유창하게 의사소통하고, 당신이 귀국하면 "우리나라 음식이 그리웠지?" 하고 프로 뺨치는 코스 요리를 손수 만들어 깜짝 놀래주기도 하는 건데.

당신도 그래서 몰래 시험친 거지? 날 깜짝 놀래주려고.

정답?

하지만 당신도 잘 알다시피 유감스럽게도 나는 비밀을 잘 못 숨겨. 그러고 보니 내가 당신을 놀래준 적이 한 번도 없네.

당신은 날 전부 아는데, 나는 당신을 전부 아는 걸까? 이제 와서 갑자기 자신이 없어졌어.

이 시간과 거리는 지금 당신을 다시 알기 위해 존재하는 건지도 모르겠어.

어쨌든 건강이 최고야.

몸조심하고, 일 열심히 해.

우표는 90엔. 당신 집에 가는 전철비보다 싸다니!

4월 5일
마리코

친애하는 마리코에게

당신이 쓸까 말까 망설였던 글귀로 시작해봤어.

확실히 일본이었으면 거북했을 것 같아. 하물며 메일 첫머리에다 쓰라고 하면 받는 당신도 무슨 벌칙 게임인가 싶을 거야. 하지만 촛불 아래서 쓰는 편지에는 '친애하는'은 물론이고 더 쑥스러운 표현도 쓸 수 있을 것 같아.

내가 있는 바닷가 마을은 전기가 없을 정도로 문명에서 떨어진 곳은 아닌데, 지난주 태풍이 마을을 직격한 뒤로 계속 정전 상태야. 덕분에 처음으로 배운 현지 말이 '정전'이라니까. 그리 큰 피해는 아니었으니 일본이었다면 이튿날 당장 복구했겠지만 여기는 언제가 될지 몰라.

작년까지 이 마을에 있던 전자제품 담당 대원이 요 앞마을까지 들어온 전선을 끌어왔다나봐. 그래서 그런지 이 마을 사람들은 일본인은 전부 그런 작업을 할 수 있는 줄 알아. 나한테도 달려와 빨리 고쳐달라, 언제 쓸 수 있냐, 그러는 사람들이 많아. 망가진 라디오를 맡기러 온 사람도 있어.

나는 전자제품을 고치는 재주는 없어요. 그렇게 말하면 때때로 실망은 하지만 화내는 사람은 없어. "그럼 당신도 온 지 얼마 안 됐는데 고생이겠네" 하고 씩 웃고 돌아가. 개중에는 음식을 가져다주는 사람도 있어. 애초에 마을 사람들은 전기를 쓸 수 없어도 별로 개의치 않는 것 같아.

이렇게 관대하고 느긋한 사람들한테 야간 외출 금지령이 떨어지다니 이해하기 어렵지만 지금은 그럭저럭 즐겁게 지내고 있어.

내가 당신한테 국제 자원봉사대 시험 보는 걸 의논하지 않은 이유는 숨기려던 게 아니라 내 마음이 어중간했기 때문이야. 국제 자원봉사대에 붙은 사람들은 대부분 굳은 의지로 시험을 치렀다고들 하는데, 나는 죽어도 꼭 참가하겠다는 각오는 아니었어.

어쩌면 당신이 계기를 만들어준 건지도 몰라.

둘이서 영화 보러 가기로 약속했다가 당신이 갑자기 못 온 날 기억해? 회사 친구가 남편에게 맞아서 법률사무소에 데려가야 한다는 이유였어.

그날, 나는 집을 일찍 나섰어. 전철 안에서 당신 전화를 받았는데 이제 와서 약속을 깨나 싶어 조금 화가 나기도 했어. 인기 영화를 상영 첫날에 보고 싶다고 한 건 당신이었고, 나는 영화 약속 때문에 전날 철야로 일을 마무리지었으니까.

게다가 당신한테 무슨 일이 생긴 것도 아니었잖아.

당신하고 보려던 달디 풀풀 나는 러브스토리를 혼자 볼 용기도 없었고, 그렇다고 달리 보고 싶은 작품도 없어 어쩔까 하면서 역에 내렸는데 게시판에 붙은 포스터 한 장이 눈에 들어왔어. 메마른 대지에 뿌리내린 커다란 나무 아래서 일본인 남자가 작은 칠판을 한 손에 들고 흑인 아이들에게 공부를 가르치는 풍경. 국제 자원봉사대를 모집하는 포스터였어.

국제 자원봉사대라는 게 있다는 건 광고를 통해 알고 있었지만 구체적으로 무슨 일을 하는지는 몰랐어. 막연히 우물을 파거나 나무를 심는다는 이미지만 갖고 있었기 때문에 그 야외수업 풍경에 마음을 빼앗겼어. 게다가 칠판에 적힌 건 곱셈이었어. 나는 그때 개발도상국 아이들도 이런 공부를 하는구나 싶어 깜짝 놀랐어. 당신은 편견도 그런 편견이 어디 있느냐고 황당해할지도 몰라. 당신 직업이 선생님 아니냐고 따져물을지도 모르지.

어디에 살아도 숫자는 필요하고, 수도 셀 테지. 덧셈이나 뺄셈뿐만 아니라 곱셈이 필요할 때도 있을 거야. 아이들 다섯 명에게 사과를 두 개씩 나눠주려면 사과가 전부 몇 개 필요한지 알아야 할 테니까.

하지만 거기에 적힌 건 '5×0＝0'이라는 수식이었어. 어떤 숫자든 0을 곱하면 답은 0이 된다는 걸 우리는 당연한 사실처럼 배우지. 하지만 그게 정말 한정된 환경에서 공부하는 아이들에게도 꼭 가르쳐야 할 내용일까? 실생활에 어떤 도움이 될까?

그런 생각을 하며 포스터를 보는데 아래쪽에 설명회 정보가 있었어. 장소는 우리가 가려던 극장 맞은편 빌딩이었고 날짜도 그날, 바로 그 시간이었어. 나는 별 생각 없이 설명회에 가보기로 했지. 그게 지금에 이른 첫걸음이야.

그렇다고 이 시간과 거리가 쓸쓸하다며 그날 약속을 어긴 걸 후회하지는 말았으면 해. 우리는 어디선가 서로의 마음을 확인할 시간과 거리가 필요했으니까.

그게 우연히 그 사건이 있고 십오 년째 되는 해에 찾아왔을 뿐이야.

설명회가 시작될 때까지 나는 근처 카페에 들어가 시간을 때우면서 당신을 생각했어.

당신을 보며 친구들은 나를 부러워했어. 내 뒤에 숨듯 반걸음 늦게 따라오는 당신은 작고 귀엽고, 항상 생글생글 웃는 데다가 모든 일을 내게 의논하고, 나를 고분고분 따랐어. 그게 굉장히 매력적이래.

나도 당신이 진심으로 날 의지한다고 믿었어.

만일 다른 이유로 그 약속을 취소했다면 나는 심심풀이로 설명회에 가기는 했어도 시험에 응시하지는 않았을 거야. 당신을 이 년이나 혼자 두다니 걱정돼서 잠도 못 잘 거야. 당신은 내가 없으면 아무것도 못 해. 그런 걸 자신 있게 할 수 있을 정도로 나는 여태 당신을 지켜왔다고 생각했어.

그런 당신이 남편에게 맞은 친구를 법률사무소에 데려간다는 거야. 쓸데없는 참견이라며 그쪽 남편한테 원성을 사면 어쩌려고 그러지? 그 친구는 의논할 가족도 없나? 나는 가장 먼저 당신을 걱정했어.

그런 친구가 있었으면서 왜 나한테는 한 마디도 의논하지 않았지? 점점 불만이 커졌고 십오 년 전 일을 떠올렸어.

지금부터는 당신하고 한 약속을 조금 깰지도 몰라.

중학교 2학년 2학기, 학교 자전거 보관소에서 있었던 일이야. 가즈키가 야스타카를 때리고 있었어. 주위에서 애들 몇 명이 보고만 있었지. 나도 그중 하나였어.

"준이치, 왜 말리지 않는 거야?"

뒤에서 내 교복 소매를 조심스레 잡아당기며 다 기어들어가는 목소리로 그렇게 묻는 아이가 있었어. 바로 당신이었지.

"네가 무슨 상관이야."

나는 차갑게 대꾸했어. 그랬더니 당신은 가운데로 뛰어들어가 큰소리를 쳤어.

"이런 짓 그만해! 때리는 사람도, 그저 보고만 있는 사람도, 다들 형편없어! 이러고도 부끄럽지 않아?"

당신은 가즈키를 보고, 야스타카를 보고, 두 사람을 둘러싼 아이들을 보고, 그리고 마지막으로 나를 봤어. 그때 나는 당신이 가장 경멸하는 사람이 나라고 확신했어.

당신은 그때 일을 기억 못 하겠지만, 머릿속 어딘가에 방관자였던 경멸스러운 내 모습이 남아 있는 게 아닐까? 그래서 남편에게 맞은 친구 일을 내게 의논하지 않았던 거야.

당신은 약하지도 않고 남의 도움이 필요하지도 않아. 누구보다 정의롭고 용감하다는 걸 어째서 잊고 있었을까? 단 한 번, 당신을 구했다는 이유만으로.

당신은 그게 고마워서 날 치켜세워준 것뿐이지 사실 내 도움이 필요한 게 아니었어.

그런 마음으로 설명회 회장에 갔는데 백 명도 넘는 사람들이 모여 있었어. 국제 자원봉사대에 관심 있는 사람이 이렇게나 많다니 깜짝 놀랐어. 먼저 봉사대에 대한 개략적인 설명이 있었고, 그뒤 귀국한 대원들이 체험담 몇 가지를 들려줬어. 재미도 있고 감동도 있는 일화를 섞어가며 현지 활동을 설명하는 대원들은 다들 정의롭고 용감해 보였어. 영웅 드라마의 주인공인 양 열렬히 호소만 하는 건 아니었어. 좌절한 이야기도 곁들였어.

그런데 그들 모두가, 그때 싸움에 뛰어든 당신과 똑같은 눈을 갖고 있었어.

내 눈은 어떨까? 이 사람들과 같은 경험을 하면, 나도 같은 눈을 가질 수 있을까?

실은 그날, 반지를 사려고 일찌감치 집을 나섰던 거야. 만난 지 일 년도 되지 않아 결혼하는 친구의 결혼식에서 너는 애인도 있으면서 왜 결혼을 안 하냐는 질문을 받았어. 그리고 이유가 뭘까 생각해봤지. 너무 오래 함께 있다보니 결혼에 대해 생각할 타이밍을 놓쳐버린 게 아닐까? 아무리 생각해도 그거였어. 서른을 넘기기 전에 해야겠다는 핑계로 당신에게 청혼하려 했어.

하지만 설명회에 다녀온 뒤로 나는, 당신 눈을 떠올린 나는, 똑같은 눈을 갖지 못한 나는, 당신에게 그런 말할 자격이 없는 것 같았어.

똑같은 눈을 갖고 싶다. 그 마음 하나로 지원서를 내고 1차 필기시험을 치르고 2차 면접을 보고 합격 통지를 받고서야 약간이나마 자신감이 생겨 당신에게 알렸어.

설마 당신이 헤어지자는 소리로 받아들일 줄은 몰랐어. 깜짝 놀라서 제대로 설명도 못하고 그 자리에서 다급하게 혼인신고 이야기를 꺼냈어. 하지만 기다리겠다고 말해준 당신을 품에 안으며, 새삼 조금 더 굳센 사람이 돼서 평생 당신을 지키고 싶다고 다짐한 걸 알아줬으면 해.

합격을 고사하고 지금까지처럼 당신 곁에 있을까 싶기도 했어. 또 냉정하게 생각해보면 국제 자원봉사대에 붙었다고 해서 내 내면이 뭔가 변하는 것도 아니고.

이 년 동안 내 한계에 도전한다면 평생토록 당신을 지킬 수 있을 거야.

그런 결심을 하고 P국에 왔는데, 이곳에서 내가 하는 일은 마을 학교에서 아이들에게 수학과 과학을 가르치는 거야. 도전해야 할 한계가 대체 뭔지, 아직은 최종 목표를 찾는 중이야.

놀러 오라고 가볍게 말할 수 있는 곳은 아니지만 언젠가 창밖 가득 펼쳐진 별을 당신과 함께 보고 싶어.

그날까지, 잘 있어.

아침에 다시 읽어보면 보낼 수 없을 것 같아 이대로 부칠게. 보다시피 항공우편용 편지봉투야. 당신하고 편지를 주고받기로 하고 나서 출국 전에 잔뜩 샀거든.

편지받는 데 이십 일이었으니 이 편지가 당신한테 가는 것도 이십 일 뒤겠지? 긴 여행이네.

4월 25일
당신의 준이치가

(이런 말도 쓸 수 있어!)

친애하는 당신에게

(이름보다 이게 더 멋지지?)

잘 지냈어?

정전이라니 힘들겠다. 처음부터 전기가 없는 곳이었다면 그에 맞는 생활 방식이 있었겠지만, 있던 걸 못 쓰다니 굉장히 불편할 것 같아. 그래도 이제는 다 고쳤겠지?

그나저나 전자제품이 있기는 해? 전기밥솥이 없을 거라며 같이 냄비로 밥 짓는 연습을 했잖아. 거기도 쌀은 있어? 혹시 물물교환? 화폐가 조개껍데기라던가……. 편견이 너무 심하지? 미안.

하지만 정말 상상이 안 돼서.

당신을 조금이라도 이해하려고 국제 자원봉사대 사무국이 발행하는 월간 〈블루 스카이〉의 정기구독을 신청했어. 그리고 지난주에 첫번째로 6월호를 받았어. 그걸 보고 얼마나 충격받았는지 몰라.

출발 전에 혼인신고를 하자던 당신한테 나는 "이 년 동안 기다릴 테니 안심해"라고 허세를 부리며 혼인신고를 미뤘지. 그런데 〈블루 스카이〉를 보니 대원 가족에겐 이것저것 특전이 있지 뭐야.

먼저 〈블루 스카이〉를 신청하지 않아도 부임 기간 중에는 가족에게 매달 무료로 잡지를 보내준대. 이건 약과야.

글쎄, '가족 방문 투어'라는 게 있대! P국에 파견된 대원 가족들과 함께 P국에 가서 대원들의 활동을 견학하는 투어가 일 년에 한 번씩 있다는 거야. 교통비하고 숙박비의 80퍼센트를 지원해준다니 비용도 굉장히 저렴해. 하지만 문제는 돈이 아니야.

물론 싸게 갈 수 있다면 좋지만 그보다 교통편이 문제더라고.

당신 주소로 가는 방법을 알아봤더니 100킬로미터 떨어진 마을까지는 쉽게 갈 수 있지만 거기서부터는 배나 소형비행기를 빌려서 가야 한대. 가족 방문 투어 후기에는 사무국에서 소형비행기를 빌려줬다고 적혀 있더라.

이쯤 되니 마을에 전기가 들어온다는 게 거짓말 같아. 옷은 입고 다니는 거지?

내가 조사한 바로 비행기 말고 다른 방법은 딱 하나뿐이야. 마을 어부와 직접 흥정. 가능하기는 한 걸까? 가족 방문 투어에 친구나 애인도 많이들 문의한다는데 부모, 자식, 부부, 형제까지만 가능하다고, 보통 여행 전단지에서는 볼 수 없는 참가 조건이 있더라.

이럴 줄 알았으면 혼인신고를 할 걸 그랬다고 후회하고 있는데 때마침 당신 편지를 받았어. 내가 쓴 편지가 당신 손에 들어갔고, 당신이 보낸 편지도 내 손 안에 들어왔어. 그런 벽지니 편지가 가는 데 이십 일은 걸리겠지. 마을에서 어떻게 집하한 걸까?

두근거리는 마음을 안고 뜯어봤어.

딱딱한 글씨, 당신 글씨였어. 당신 글씨를 보는 게 몇 년 만이지? 기억을 더듬는 사이에 고등학교 때 수학 숙제 베끼던 것까지 떠오르지 뭐야.

당신이 국제 자원봉사대에 응모한 이유, 내게 비밀로 했던 이유를 들으니 무엇보다 먼저 당신에게 사과해야겠어. 그날 영화 약속을 취소한 일, 그 친구의 문제를 당신에게 한 번도 의논하지 않은 것도.

그 친구는 유미야. 내가 회사 동기 대표로 피로연 축사를 맡아서 당신 앞에서 몇 번이나 연습했던, 그 유미 말이야. 학창 시절 동아리 선배랑 결혼한 유미는 점심시간이면 늘 내게 남편 이야기를 늘어놓았어.

처음에는 행복한 이야기였는데 반년도 지나지 않아 듣기도 힘든 괴로운 이야기로 바뀌었어. 남편이 도박과 자동차 개조를 좋아해서 거기에 돈을 쏟아붓느라 생활비와 유미 통장에 손을 댔고, 잔소리를 좀 했더니 화를 내고 폭력을 휘두른다는 거야. 유미는 팔이나 옆구리에 생긴 멍을 보여주면서 내 앞에서 엉엉 울었어.

그때마다 나는 부모님께 의논해보자, 미더운 회사 선배에게 상의해보자, 이런저런 해결책을 내봤지만 유미는 됐다며 고개를 저을 뿐이었어.

당신과 약속이 있던 하루 전, 밤에 유미가 갑자기 우리 집으로 달려왔어. 남편에게서 도망쳤다는 거야. 유미의 왼쪽 눈이 보랏빛으로 부어 있었어. 그걸 본 순간, 나는 그 남자가 유미를 죽일지도 모른다고 생각했어. 하룻밤만 재워달라는 유미를 설득해 한밤중에 가정폭력상담소에 전화를 했고 법률사무소를 소개받아 이튿날 아침 일찍 그날 오후로 예약을 잡았어.

유미하고 함께 집을 나서는데 그제야 당신하고 한 데이트 약속이 생각났어. 발걸음이 무거운 유미의 팔을 잡아끌면서, 어째서 이렇게 구두가 불편할까 하고 발치를 내려다봤다가 당신하고 데이트할 때 신으려고 현관에 내놨던 새 구두라는 걸 깨달은 거지. 그러고는 허둥지둥 전화를 건 거야.

미안. 난 어딘가에 몰입하면 그것밖에 안 보여서. 당신도 잘 알잖아, 내 결점.

편지에는 이렇게 아무 거리낌 없이 쓸 수 있으면서, 어째서 당신에게 의논하지 않았을까? 유미가 안쓰럽다고 생각은 했지만 우리 집에 오기 전까지는 그리 심각하게 받아들이지 않았기 때문인지도 몰라. 그리고 아무리 당신이라도 동성친구의 고민을 내 남자친구에게 옮겨서는 안 될 것 같았어.

의논했더라면 좋았을 걸 그랬어.

유미는 상담소에 간 이튿날부터 나하고 말도 하지 않았고, 그다음 달에는 회사를 그만뒀어. 나는 그게 유미의 남편 탓이라고 생각했어. 그런데 이 주 전에 길에서 유미를 우연히 만난 참에 근황을 물었더니 이혼했다는 거야. "너 때문이야." 유미는 원망스러운 눈빛으로 나를 노려보며 그렇게 말하고는 뛰어가버렸어.

당신에게 의논했다면 어떤 조언을 해줬을까? 결과를 뻔히 아는 일을 이제 와서 물어 뭐 하나 싶을지도 몰라. 하지만 당신에게 의논하지 않은 건 절대 그때 일 때문이 아니라는 점만은 알아줘.

십오 년 전에 그 사고 이야기는 다시는 하지 말자고 둘이서 약속한 뒤로 지금까지 잘 지켜왔으니 오해가 생겼다는 것조차 몰랐어. 내가 기억 못 하는 건 그 사고의 앞뒤 상황이지, 그전의 왕따 문제는 똑똑히 기억해.

글로 쓰기도 꺼려지지만 오해는 확실히 풀고 싶어. 그러니까 나도 약속을 깰지도 모르지만 이렇게 쓸게.

9월 10일쯤이었을 거야. 방과 후 자전거 보관소에서 야스타카가 가즈키에게 맞고 있었고, 그걸 스무 명쯤 되는 아이들, 유난히 남학생들이 둘러싸 말없이 지켜보고 있었지. 유도 지역대표로 뽑힐 정도로 힘센 가즈키가 여리고 책만 읽는 야스타카를 쓰러뜨리고는 옆구리를 마구 걷어차고 있었어. 차마 눈 뜨고 볼 수 없는 광경이었어.

당신을 불렀던 건 일단 당신이 내 자전거 앞에 서 있었기 때문이었어. 그리고 당신이라면 어떻게 해줄 것 같았거든. 야스타카랑 가즈키하고 같은 동네에 살고, 양쪽하고 다 사이가 좋으니 말려주지 않을까 했어. 게다가 당신은 옳다고 믿는 일을 행동으로 옮길 수 있는 사람이라고 생각했어. 그리고 그런 내 마음을 알아주길 바랐어.

하지만 당신은 말리지 않았지.

그때 당신 눈은 네가 착각하는 거라고 말하고 있었어. 슬펐어. 눈에 보이는 게 다는 아니지만, 그래도 나는 역시 눈앞의 광경을 용서할 수 없어서 직접 뛰어들어 말렸어.

지금 생각하면 그때 당신이 옳았는지 몰라.

마을 학교 수업은 벌써 시작한 거야?

5×0＝0. 환경도 문화도 다른 아이들에게 당신은 이걸 어떤 식으로 가르칠까? 어떤 숫자든 0을 곱하면 답은 0. 답이 원래 그렇다는 건 알고 있지만, 0을 곱한다는 게 무슨 뜻인지 솔직히 잘 모르겠어. 전부 없애버린다는 뜻일까?

내 안에는 덧셈과 뺄셈밖에 없는 것 같아. 옳은 일과 그른 일. 그릇된 일은 바로잡아야만 해. 당신은 내가 정의롭다고 했지만 그릇된 일을 바로잡으려 제삼자가 나서는 건 정의가 아니라는 걸 십오 년 전에 깨달았어.

그런데 유미 때 또 실수를 했어.

내가 당신에게 의존하는 건 당신이 불 속에서 날 구해줬기 때문만은 아니야. 당신에게 판단을 맡기면 그릇되지 않기 때문이야. 그때도 내 단순한 덧셈뺄셈만으르 아이들 속에 뛰어들지 않았더라면, 두 달 뒤 그 두 사람이 죽는 일은 없었을 거야.

혼인신고는 내가 당신에게 걸림돌이 될까봐 망설인 거야. 이 년 동안 당신에게 의지하지 않고 꿋꿋하게 지낸다면 당신하고 영원히 행복하게 살 수 있을 거라고 믿어.

이래놓고 도중에 만나러 가면 안 되겠지?

한 가지 더, 〈블루 스카이〉를 보고 안 것 중에 이게 제일 충격적인 정보였어.

당신이 간 P국이 대원을 파견한 전세계 약 칠십 개국 중에서도 손에 꼽을 정도로 치안이 나쁜 나라라는 사실. 밤에 외출하면 안 된다니 그게 무슨 소리야? 당신은 대수롭지 않은 일처럼 썼지만, 강도를 만날지도 모르니 밤에는 나돌아다니면 안 된다는 거잖아.

귀국 대원들의 체험담에는 면접 때 밝힌 파견 희망국이 우선적으로 고려된다고 적혀 있던데. 그렇다면 치안이 나쁜 거기에 당신이 자발적으로 가겠다고 한 거야?

십오 년 전 일이 생각나 시험을 치르기로 했다는 글을 읽으니, 쓸데없는 짓은 하지 말 걸 그랬다는 후회가 밀려와. 그리고 지금 당신이 너무너무 걱정돼. 무슨 일이 생길지도 모르는, 치안이 불안정한 곳으로 갔다니.

혹시 당신은 스스로를 몰아세우고 있는 게 아닐까?

두 사람을 구하지 못한 일을 후회하는 게 아닐까?

그 화재에서 나는 피해자였기 때문에, 항상 앞뒤 기억이 없어서 다행이다, 기억해낼 필요도 없다, 라고 생각했어. 당신이 그때 일을 전부 알고 있다는 건 생각도 안 해봤어.

십오 년 동안 기억하지 못해서 말하지 않았던 나보다 기억하는데도 말하지 않았던 당신이 더 괴로웠을 텐데.

결론은 나도 알고 있어. 하지만 당신이 십오 년 전에 어떤 식으로 연관됐고, 십오 년 동안 어떤 비밀을 간직하고 살아왔는지는 몰라.

내가 그렇게 약하지만은 않다는 걸 알았다면 당신도 내게 기대. 조금이라면 도움이 될지도 몰라. 꼭 한자 공부하는 것 같다. 사람 인ㅅ이라는 글자는 두 사람이 기대고 있는 모습입니다, 하고 말이야. 하지만 당신에게 힘이 되고 싶은 마음은 진짜야.

꼭 정신적인 면만 그런 게 아니라, 예를 들어…….

일본에 있는 가족이나 친구에게 소포로 일본 음식을 받는 대원도 많대. 대원들은 그걸 '사랑의 보물상자'라고 부른다던데. 우체국에 보물상자가 도착했대 하고 서로 알려준다면서? 집까지 배달은 안 해주나봐. 그러고 보니 당신 주소도 우체국 사서함이었구나.

그런 일도 가능하구나! 보물상자, 나도 꼭 보낼 거야. 정기구독 신청하길 잘했어. 일본 음식 하면 역시 매실 장아찌, 전병, 가락국수나 메밀국수겠지? 어차피 보내는 거, 당신이 좋아하는 걸로 가득 채우게 뭐든 부탁해줘.

건강이 최고야, 그리고 안전도.

별이 가득한 하늘, 함께 보고 싶어.

다음 편지를 받을 때까지 별자리를 공부할 거야. 오리온자리랑 북두칠성밖에 모르거든. 그런 건 당신 있는 곳에서 안 보이지? 그러니까 북반구, 남반구에서 다 보이는 별자리를 찾을 거야. 함께 보긴 힘들어도 둘이서 같은 별을 바라보면 정말 행복할 거야.

추신

요전에 혼자 영화를 보러 갔다가 소문이라면 죽고 못 사는 회사 선배하고 딱 마주쳤어. 그뒤로 회사에서 버림받은 여자로 소문이 났지 뭐야. 정말 실례도 유분수지.

그날 우리가 보려던 영화의 속편이었는데, 영화가 시작한 다음에야 아는 바람에 결국 안 보고 나왔어. 별 문제 없을 줄 알았는데 이렇게 큰 문제가 될 줄이야!

5월 15일
마리코가 사랑을 담아

(간지럽지?)

잘 지냈어?

나는 잘 지내. 위험한 일 없었으니 걱정 마.

그리고 전기는 아직 안 돼.

내가 나가는 학교 교장선생님께 전기가 언제쯤 돌아오는지 물었더니 일본에서 언제 고치러 오느냐고 되묻더라. 아무래도 어떻게 알아서 할 생각은 없나봐. 전기만 그런 게 아니라, 보니까 이곳 사람들은 해외 자원봉사자가 그런 걸 해주는 사람인 줄 알더라.

이 마을에 올 때 참고삼아 전자제품 담당 대원의 활동일지를 사무국에서 복사해 가져왔어. 거기에 전기 복구에 대한 단서가 없을까 싶어 읽어봤더니 관청 전기과 남자 직원 두 명에게 수리하는 법을 가르쳤다고 적혀 있었어.

이튿날 일찍 관청에 찾아가 그 두 사람에게 왜 안 고치고 있느냐고 물었더니 둘 다 입을 모아 까먹었다고 하지 뭐야. 그럼 자원봉사자가 온 의미가 없지 않느냐고 타박하니까 두 사람 다 무슨 말인지 전혀 모르겠다는 표정으로 고개를 갸웃거리더라고. 내 말이 안 통한 게 아니야(혹시 오해할까봐). 우리가 기억 못 해도 일본인이 또 오면 되잖아? 그게 그들의 논리야. 비굴한 것도, 나태한 것도 아니야. 그게 가장 효율적이라고 생각하는 거지. 틀린 말도 아니지만.

이과 선생도 마찬가지야. 나는 아이들에게 수학과 과학만 가르치는 게 아니라 마을 선생님에게 교육 방법과 수업 지도안을 전수하기도 하고, 함께 교과서를 만들기도 해. 마을 선생님이 제대로 가르칠 수 있게 되면 내 활동은 성공이요, 새로운 대원을 요청할 필요도 없겠지. 하지만 듣는 당시는 열심히 고개를 끄덕이며 외웠어, 완벽해, 하고 호언장담하지만 내가 귀국한 뒤에는 어찌 될지 아무도 몰라. 원점으로 돌아갈 가능성도 크지.

당신이라면 이 상황을 어떻게 타파할까? 인생에 필요한 계산은, 수학 교사인 나한테도 어려워.

유미는 그저 이야기를 들어줄 사람, 아니, 이야기를 털어놓을 사람이 필요했을 거야. 몹쓸 남편에게 학대받으면서도, 그런 남편을 보듬어줄 수 있는 건 자기뿐이라는 걸 제삼자에게 알리고 싶었는지도 몰라. 자아도취인지, 무너져가는 정신을 추스를 자연스러운 방책인지는 모르겠어. 하지만 당신을 탓하는 건 잘못이야.

그냥 이야기를 하고픈 거였다면 좀더 무심한 상대를 골랐어야지. 당신이 진지한 걸 유미도 뻔히 알잖아. 그러니까 당신이 실수했다고 생각할 필요는 조금도 없어.

당신의 덧셈은 절대 틀리지 않았어. 당신이 등을 밀어줬을 때 내가 그 싸움에 뛰어들었다면 그렇게 최악의 결말이지는 않았을 거야. 다만 이제 와서 무슨 변명도 소용없겠지만, 그때 내가 왜 그 둘을 말리지 않았는지 들어줘.

매를 맞는 야스타카와 때리는 가즈키. 2학년 때 같은 반이 된 네 눈에는 당연히 야스타카가 왕따당하는 것처럼 보였겠지. 그때

두 사람을 둘러쌌던 아이들도 대부분 마찬가지였을 거야. 다들 제 각기 다른 이유로 가즈키를 말리지 않았겠지. 그 상황이 재미있어서 혹은 말렸다가 혹시 자기가 표적이 되지 않을까 두려워서.

내 경우는 가즈키가 야스타카를 때리는 이유를 알았기 때문이었어.

당신도 알다시피 우리 셋은 한동네에 살았어. 서로의 집이 100미터도 떨어지지 않은 곳에 있었지. 철들 무렵부터 집을 오가며 함께 놀았으니 서로 집안 사정에도 훤했어.

하지만 중학생이 되니 취향이 뚜렷해지면서 더 이상 그저 집이 가깝다는 이유만으로 어울리지는 않게 됐어. 특히 야스타카는 집안에 있는 걸 좋아했고, 가즈키는 밖에서 놀기를 좋아해서 성격도 정반대였지 양쪽 다 적당히 즐겼던 나는 야스타카에게 추리소설을 빌리기도 하고 공터에 나가 가즈키랑 배구나 축구를 하기도 했어.

동아리에서도 활약하고 개그를 좋아해 늘 웃기는 이야기를 쏟아냈던 가즈키는 1학년 때부터 반 분위기를 이끌더니, 2학년이 되어서는 존재감을 점점 더해갔어. 그게 야스타카는 눈꼴시었던 거야.

여름방학이 끝나고 개학했을 때, 야스타카가 내게 이런 말을 했어.

"가즈키는 힘으로 남을 짓뭉갤 수 있다고 믿어. 바보지? 너한테만 알려주는 건데, 나는 특별한 능력이 있어. 뭉개버리고 싶은 놈을 조금만 관찰하면 그 녀석이 어떤 말에 가장 상처받는지 알 수 있어. 소꿉친구라 그동안 봐 줬는데 슬슬 혼쭐을 내줘야겠어."

어디까지 진심인지 알 수 없었어. 특별한 능력이 있다는 건 믿을 수 없었지만, 폭넓은 장르의 책을 두루 섭렵한 야스타카라면 소설 속 등장인물의 심정을 읽어내듯 현실에서도 사람의 마음을 읽어낼 수 있을지도 모른다고 생각했어. 이 녀석은 나한테 무슨 말을 하는 걸까? 괜히 으스스해져선 모르는 척하려고 그 자리를 떠났어. 가즈키는 그런 녀석이 아니라는 해명도 하지 못했어.

가즈키가 야스타카를 때린 건 그로부터 일주일 뒤였어.

평소 동아리 끝나는 시간이 서로 달라서 하교 때 마주치는 일이 없었는데, 그날은 2학기 공통시험 전날이라 동아리 활동이 없는 바람에 자전거 보관소에서 셋이 마주친 거야.

그때 야스타카가 가즈키에게 해서는 안 될 한마디를 했어. 여기에 쓰기도 민망한 저속한 말이었어. 가즈키에 대한 욕이 아니야. 물장사를 하면서 여자 혼자 가즈키를 길러낸 어머니를 우롱하는 말이었어. 아무 상관 없는 나까지 구역질이 났어.

뭐가 특별한 능력이야? 가즈키네 집안 사정은 이웃이라면 누구나 알아. 그런 말을 하면 가즈키가 상처받으리라는 건 어렵지 않게 상상할 수 있어. 하지만 동시에 그게 저열하다는 것도 잘 알아. 그래서 가즈키하고 싸워도, 가즈키네 집이 탐탁지 않아도, 모두 다른 이유로 불평하지 그 말만은 피했는데.

가즈키가 야스타카를 때렸어. 얻어맞은 야스타카는 실실 웃으며 이렇게 말했어.

"봐, 내가 정곡을 찔렀지?"

가즈키는 재차 야스타카를 팼고, 쓰러진 야스타카의 옆구리를 마구 걷어찼어. 폭력을 긍정할 생각은 없어. 하지만 만일 내가 같은 입장이었더라도 똑같이 행동했을 거야. 눈 깜짝할 사이에 구경꾼들이 에워쌌고, 당신도 달려왔지. 나머지는 당신이 아는 바와 같아.

후회는 되지만 내가 P국에 온 건 그거랑 아무 상관도 없어.

내가 고집을 부려서 P국에 온 게 아니야. 국제 자원봉사대 파견국은 현재 약 칠십 개국이나 되는데 그중에서 가고 싶은 나라를 고를 수 있는 건 아니었어.

설명회로 다시 돌아가볼까? 먼저 직업별로 나눈 요청국 일람 책자를 나눠줘. 그걸 보면서 어떤 직종에 응모할 수 있는지 찾아봐야 해. 의료, 농업, 토목·건축, 교육, 이렇게 분류된 항목 중에서 나는 교육 분야 페이지를 펼쳤어. 고등학교 수학 교사인 내가 응모할 수 있는 건 '이과 교사'라는 직종이었어. 십여 개국에 자리가 있었지.

선택지는 십여 개국, 그중 하나가 P국이었어.

응모할 때 직종은 골라야 하지만 파견지망국을 고를 필요는 없었어.

1차 시험은 영어와 직종별 필기시험. 이과 교사의 경우 수학과 이과 전반에 걸친 기초문제 외에 자신 있는 주제를 정해 한 시간짜리 학습지도안을 만들라는 문제가 있었어. 거기에 합격하면 2차

시험을 봐. 이 시점에서 합격 정원의 팔 배수가 남아.

2차 시험은 두 종류의 면접이야. 국제 자원봉사대에 응모한 동기 같은 종합적인 질문과 직종별 전문지식을 물어. 둘 다 개별 면접이야. 직종별 면접 때 파견지망국을 묻는데, 나는 그때 어느 나라든 상관없다고 했어. 사전에 나라를 정해 조사하는 편이 열의를 더 인정해줄 것 같았지만 정말 어디든 상관없었어. 이 시점에서 이 배수로 줄어.

"농업 분야라면 제가 가진 기술을 최대한 발휘할 수 있는 기후나 토양이 있겠지만 이과 교사는 어느 나라에서나 조건이 같습니다. 파견국이 정해지면 그 나라의 교육 현황이나 문화, 종교를 공부해 최대한 봉사활동에 대비하고자 합니다."

그렇게 대답했어. 그리고 합격 통지서가 왔고, 파견국은 P국이라고 적혀 있었어.

당신에게 그 소식을 알렸을 때, 나는 아직 P국을 제대로 조사하지 않은 상태여서 그 정도로 치안이 나쁜 나라인 줄도 몰랐어.

당신도 그때 느긋하게 말했잖아. "태평양 적도 근처, 정글에 극락조가 있는 나라 맞지?" 하고.

난 극락조라는 새가 있다는 것도 그날 처음 알았을 정도야.

치안이 나쁜 나라라는 건 석 달에 걸친 국내 훈련이 시작된 뒤에야 알았어.

국내에 훈련소가 두 군데 있는데, 한 곳에 약 삼십오 개국에 파견될 대원들이 모였어. 보니까 남녀 비율은 반반인데 파견국별로 자리에 앉아보니 내 주변에는 다 남자뿐인 거야. "역시 여자가 같이 가는 나라는 좋구나. 면접 때 어디든 좋다고 하긴 했지만 설마 파견국 중에서 유일하게 여자 대원이 없는 나라에 걸리다니 운이 없어" 하고 옆자리에 앉은 남자가 투덜거리는 소리를 듣고 그러냐고 물었더니 "몰랐어? P국은 치안이 엄청 나빠서 여자는 파견하지 않아" 하고 기막히다는 표정으로 대꾸하더라고. 책자 뒤쪽에 적혀 있대.

이렇게 쓰면 당신은 왜 출발 전에 알려주지 않았느냐고 생각하겠지? 당신한테 걱정 끼치고 싶지 않았다는 게 첫번째 이유지만, 반대로 깜빡 잊고 말할 뻔한 적도 있어.

출발 일주일 전, 당신하고 여행을 갔을 때야.

"같은 마을에 여자 대원은 없어?"

당신이 그런 식으로 말한 건 십오 년 가까이 사귀는 동안 그때가 처음이었을 거야. 밸런타인데이에 다른 여자한테 받은 초콜릿을 일부러 당신 눈에 띄는 자리에 놔도, 당신은 아무 말도 없었고 마음에 두는 기색조차 보이지 않았는데. 나 사실 해마다 꽤 상처받았다는 거 알아? 예의상 주는 초콜릿인 줄 알았더라도 조금은 질투해줘도 되잖아?

그래서 역시 긴 시간 떨어져 있는 건 당신도 조금은 불안한가 싶어 내심 기뻤어. 하지만 당신을 애태울 정도로 여유는 없었지.

'같은 마을은커녕 P국에는 남자들만 가.'

목구멍까지 튀어나온 말을 허둥지둥 집어삼켰어.

"내가 가는 마을은 대원이 나 하나뿐이래. 현지 여자는 있지만 일본 남자보다 덩치도 크고 수염 난 사람도 많다더라고. 이제 마음놓여?"

그렇게 말했더니 당신은 "이렇게?" 하고 긴 머리카락을 가녀린 턱에 갖다댔지만 현실은 그렇게 귀여운 수염이 아니야. 이웃에 사는 주인집 아주머니는 귀국한 전자제품 담당 대원에게 전기면도기를 받았다는데, 건전지가 떨어졌다고 내가 라디오에 쓰려고 가져온 AA건전지 열 개들이 상자를 통째로 가져가 매일 아침 쓱쓱 깎아대.

참고로 이곳 가옥은 콘크리트 벽이야. 태풍에 대비한 거라 구조가 튼튼해. 가전제품은 냉장고 한 대. 목욕은 찬물 샤워, 세탁은 양동이에다 손빨래. 가스풍로가 있으니 식사 준비는 걱정 없어. 주식은 감자. 쌀은 큰 마을에 가야 구할 수 있지만, 해변이라 어패류는 풍부해. 시장에 가면 각종 신선한 재료를 구할 수 있어. 그리고 화폐가 있기는 한데, 조개껍데기도 쓸 수 있어! 옛날에 화폐로 썼던 조개껍데기가 이 마을에서 많이 나서 그렇대. 다음에 그 조개껍데기를 찾으러 가볼까 해.

당신 편지를 읽고서야 가족 방문 투어가 있는 줄 알았어. 나도 여기에 올 때 사무국에서 소형비행기를 빌렸는데, 마을에서 개인적으로 나갈 때는 다들 어부하고 흥정하라더라. 전용 보트가 부정기적으로 우편물을 실어주니까 그걸 얻어타는 수도 있을 거야.

그래, 보물상자를 보내줄 거면 건전지 좀 보내줘. 일본 음식은 먹고 싶은 걸 들면 끝이 없고, 여기에 있는 동안은 가급적 이곳에서 구할 수 있는 재료로 어떻게 해볼 생각이지만…… 카레를 넣어주면 고맙겠어.

며칠 전 마을 사람들이 환영 파티를 열어줬거든. 그 보답으로 일본 음식을 만들어서 대접하고 싶어. 일본 카레는 일본의 대표 음식이지!

촛불이 꺼져가니 이번 편지는 이쯤에서 줄일까 하는데, 중요한 이야기를 안 쓴 걸 당신한테 어떻게 변명하지?

당신이 기억 못 하는 게 그 사건의 앞뒤 상황뿐이라는 걸 알고 깜짝 놀랐어. 하지만 당연한지 몰라. 그날 말고 당신이 피해자였던 적은 없으니까. 오히려 그 녀석의 유일한 아군이기도 했지. 당신은 설마, 그런 일을 당할 줄은 꿈에도 몰랐을 거야.

당신이 말하는 덧셈, 정의가 흔들린 것도 당연한 일이야.

나는 그날 일을 당신이 몰랐으면 좋겠어.

파견국 문제는 설명한 대로 굳이 위험한 데를 고른 게 아니야. 그날 일에 내가 죄책감을 가지고 있다면 그건 그날이 오도록 아무 행동도 하지 않았던 스스로에 대한 죄책감이야. 내가 방관자 입장을 고수하지 않았더라면 당신이 그렇게 끔찍한 꼴을 당하는 일도 없었으니까.

내 소원은 당신이 그때의 공포를 두 번 다시 떠올리지 않는 거야. 그건 지난 십오 년 동안 항상 바라온 일이기도 해. 내가 곁에 없어야 당신이 모든 것을, 불이 났었다는 것조차 잊어버리지 않을까 고민한 적도 있어. 하지만 그럴 수는 없었어. 그날이 없었다면 당신과 내가 마음을 주고받을 일도 없을지도 모르니까. 그게 전부가 아니라고 나를 타이르면서도 당신에게 물어볼 용기는 없어.

앞으로 이 년 동안 우리를 묶어주는 게 그 화재가 아니라 더 강한 인연이라는 걸 깨닫길 바랐는데……. 우리 사이의 시간과 거리가 멀어지면서 반대로 당신이 사건을 깊이 의식하고 그날의 기억을 되찾을 것 같다면 나는 지금 당장이라도 귀국할 작정이야.

인터넷이나 전화가 안 되는 건 역시 불편하네. 함께 있었을 때 내가 먼저 약속을 깨고 그 사건에 대해 말했더라면 좋았을 테지?

귀국하면 둘이서 이야기하자. 이 년은 눈 깜짝할 새야.

그럼 잘 있어.

추신

오리온자리는 여기에서도 보여.

6월 5일

준이치가, 별을 바라보며

(어때, 시적이지?)

잘 있었어? 나는 건강해.

오늘 얼른 건전지하고 카레를 사러 갔어. 보내달라는 음식이 적어서 대신 당신이 좋아하는 작가의 신간이나 그쪽에서도 구할 수 있는 재료로 만들 수 있는 음식이 실린 요리책을 보물상자에 넣었어. 이 상자를 열 당신 모습을 상상하니 가슴이 두근거려.

라디오에서는 어떤 음악이 나와? 지금까지는 팝송에 별 관심이 없었던 터라 제목을 말해줘도 잘 모르겠지만, 청취공부 겸 들어볼까 해.

실은 이번 달부터 회사 영어회화 동아리에 들었어. 올봄에 본사에서 부임한 아베 씨가 해보자고 했는데 살짝 고민했지만 영어회화가 늘면 가족 방문 투어가 아니더라도 혼자 당신을 만나러 갈 수 있을 것 같아서 참가하기로 했어.

학교 수업 같은 걸 상상했는데 자막 없이 서양 영화 DVD를 보거나 팝송을 계속 반복해 들으면서 구멍이 송송 뚫려 있는 가사 카드를 채워나가는, 비교적 쉽고 즐거운 수업이라 지금은 일주일에 두 번 하는 공부가 즐거워. 미국 유학파인 아베 씨가 초급 청취 교재로 카펜터스의 CD를 빌려줬는데 이제는 가사를 보지 않고 후렴을 흥얼거릴 수 있어.

매일 영어로 생활하는 당신 앞에서 나도 참. 출발 전에 벽촌이라 일상회화는 현지어로 해야 할지도 모른다고 했는데 어때? 당신은 외국에는 관심이 없어도 영어는 잘했잖아. 퍼즐 같다고 했지. 현지어도 벌써 익힌 거 아니야?

내가 상상하는 당신 모습은 실제의 당신과 전혀 다를지 몰라. 더운 나라니까 햇볕에 그을기도 했을 테지. 머리 모양은 또 어떨까? 전기가 들지 않으면 어려울지 모르지만, 괜찮으면 사진 좀 보내줘.

처음부터 무거운 내용의 편지를 보냈지만 당신은 내 질문에 똑바로 대답해줬어. 쓰길 잘한 것 같아.

당신이 국제 자원봉사대에 응모한 이유, 내게 그걸 숨겼던 이유, 국제 자원봉사대 선발 과정, 파견국에 대한 이야기. 당신을 보낼 때도 그 문제들은 내 안에서 안개처럼 자욱하게 깔려 있었어. 그러다가 혼자 있을 때는 서서히 돌덩어리처럼 굳어 묵직하게 가슴을 눌렀어. 하지만 지금은 완전히 사라지고 개운해졌어.

당신이 건강하게 현지 아이들과 즐겁게 지내는 모습도 상상할 수 있을 것 같아. 가능하다면 진심으로 해방된 미소를 보고 싶어.

밸런타인데이 초콜릿 말이야, 내가 태연한 표정을 그렇게 잘 지었어? 좀 놀랐어. 예의상 준 선물이라고 하기에는 너무 비싼 유명 상표의 초콜릿이 섞여 있었는데, 그런 거에 당신이 무심한 걸 핑계로 모른 척했던 내가 심술궂은 걸까? 고등학생 때도, 인기가 많은 건 아니었지만(미안!) 당신을 괜찮게 보는 애들이 꽤 있었던 거 알아?

말수 적고 무뚝뚝한 당신이 차가우면서도 멋지대.

친구들은 종종 내게 둘이서 무슨 이야기를 하느냐고 물었어. 흔한 이야기. 텔레비전, 영화, 책, 음악, 동아리. 재미있는 일이 곳곳에 있었어. 하지만 우리, 소리내 웃은 적은 한 번도 없지? 당신도 나도. 하지만 나는 당신이 입을 크게 벌리고 정말 즐겁게 웃는 모습을 본 적이 있어.

중학교 2학년 1학기 구기대회. 배구부였던 당신이 크게 활약한 덕에 우리 반이 우승했잖아. 결승점을 얻었을 때 당신은 굉장히 기쁜 표정으로 웃었어.

고등학교에 들어가 내가 배구부 매니저를 맡은 이유는 당신이 곁에 없으면 불안해서 그런 것도 있었지만 그보다 당신 웃는 얼굴이 보고 싶었기 때문이야. 하지만 그렇게 웃는 당신을 보지는 못했어.

아이들이 야스타카를 왕따로 몰기 시작했을 때, 당신도 웃음을 잃은 게 아닐까?

싸움 원인은 그래, 그런 일이 있었구나.

내가 같은 입장이었더라도 역시 말리지 않았을지 몰라. 하지만 이유를 몰랐던 나는 그 안으로 들어가 말렸어. 폭력을 용서할 수 없었으니까. 우리 부모님은 당신도 몇 번 만나 알겠지만 손찌검을 하거나 큰 소리로 고함을 지르는 분들이 아니야. 물론 야단친 적은 있지만 결코 폭력을 수반하는 건 아니었어. 폭력이 낯설어서 그런다고 해도 할 말은 없어.

텔레비전이나 영화에서 그런 장면을 보기는 했지만 그건 나하고는 인연이 없는 세상이라고 믿었어. 그랬는데 초등학교 6학년 때 사정이 달라졌어. 고모 딸인 사촌 언니가 한동안 우리 집에 살게 됐어. 언니는 예쁘고 상냥하고 어렸을 때부터 날 귀여워해줘서 나는 언니가 오는 게 너무 좋았어. 갓 결혼한 언니가 왜 우리 집에 사는지 이유는 생각해보지 않았지.

언니가 우리 집에 온 날, 나는 내 눈을 의심했어. 언니는 꼬챙이처럼 말랐고 눈에는 생기가 없었어. 제 발로 서 있지도 못하는 상태였어. 언니에게 무슨 일이 있었던 거지? 언니를 데리고 온 고모는 어린 나한테는 사정을 설명해주지 않았지만, 어른들끼리 하는 이야기를 들으니 언니가 남편을 피해 우리 집에 왔다고 했어.

그 사람이 설마, 사람은 겉보기로는 알 수 없다, 언니 남편을 두고 그런 말들이 오갔어. 결혼 전에 둘이서 우리 집에 인사하러 왔을 때 나도 형부하고 직접 이야기한 적이 있었어.

하얀 피부, 온화한 생김새, 싱글싱글 부드러운 미소로 초등학생인 내게도 공손한 말씨를 썼어.

클래식 음악을 좋아했던 두 사람은 각자 혼자 간 콘서트장에서 옆자리에 앉은 게 계기가 돼 친해졌고, 겨우 반년을 사귀고 결혼했어. 우리 부모님은 운명의 만남이라고 요란을 떨었지. 대기업에 다니던 언니가 일을 그만두는 건 아까웠지만 행복해 보이는 언니를 진심으로 축복했어.

그랬는데 반년도 못 되는 사이에 대체 어떻게 된 걸까?

싸우기라도 했나? 그렇게 가볍게 여겼지만……. 언니가 우리 집에 온 사흘 뒤, 그 사람이 찾아왔어. 형부 말이야. 결혼 인사를 하러 왔을 때처럼 부드러운 미소를 띠고 현관에 서 있었어.

"사소한 부부싸움 때문에 폐를 끼쳐 죄송합니다."

싸웠다는 것조차 믿을 수 없을 정도로 부드럽게 웃고 있었지만 우리 부모님은 네놈 본성은 다 안다는 듯 완고한 태도로 형부를 돌려보내려 했어.

"저를 믿어주십시오. 저 사람은 일을 그만두고 바쁜 일상에서 해방된 순간 그때까지 쌓였던 피로가 단숨에 몰려와 정신적으로 불안정한 겁니다. 지금까지 짓눌려 있던 마음이 저 사람 안에서 제가 폭력을 휘둘렀다는 망상으로 넘쳐흐른 거지요. 멍은 저 사람이 제 손으로 낸 겁니다. 저 사람에게 휴식이 필요한 건 사실입니다. 하지만 제가 지금의 고비를 저 사람하고 함께 극복해야겠죠. 저 사람이나 장인장모님께서 저에 대해 뭐라 하셨는지는 모르겠습니다. 그렇기 때문에 이렇게 부탁드립니다. 두 분께서 저 사람더러 저하고 함께 돌아가라고 설득 좀 해주세요."

형부는 굉장히 성실한 말투로 그렇게 말하더니 현관 바닥에 무릎을 꿇었어. 그 모습을 본 부모님은 형부를 집에 들였지. 거실로 안내해 차를 내주고 형부 이야기를 들으려 했어.

"함께 극복하겠다니, 구체적으로 어떻게 하겠다는 건가?"

아버지가 그렇게 물으시니 형부는 들고 있던 가방에서 봉투를 꺼냈어. 음악치료를 받을 수 있는 정신과 안내서였어.

좋아하는 음악을 듣고, 직접 노래하고 연주도 하면서 마음을 가라앉히는 프로그램에 둘이 함께 참가할 생각이라더라.

갈 수 있을지는 모르지만 언니가 좋아하는 피아니스트의 콘서트 티켓도 예매했고, 그게 모레라 데리러 왔노라고 티켓과 전단지도 보여줬어. 연주곡목에 언니가 좋아해서 결혼식 때 친구가 연주해준 곡이 있어서 나도, 부모님도, 이 사람은 정말 언니를 걱정하는구나 하고 믿었어.

어머니가 부르러 갔더니 언니는 힘없이 싫다고 하면서도 형부 앞에 나왔어. 분명 아버지도 있고 나도 있으니까 괜찮을 거라 생각했던 거겠지. 형부는 언니를 끌어안고 지켜주지 못해서 미안하다고 눈물을 흘리면서 사과했어. 그리고 발치에 무릎을 꿇고는 부탁이니까 자길 믿고 돌아오라고 애원했어.

언니는 겁을 먹고 어쩔 줄 몰라 하며 난처한 표정을 지었지만 콘서트에 가보면 어떻겠느냐는 어머니 말씀에 잠자코 고개를 끄덕였어. 형부는 눈물을 흘리면서 우리 부모님께 고맙다고 했어.

"둘이서 처음 만났던 날부터 다시 시작하자."

형부는 언니에게 그렇게 말하며 돌아갔어. 언니는 불안해했지만 형부가 놓고 간 콘서트 전단지를 보면서 표정이 조금씩 누그러졌고, 좋아하는 곡 제목을 손가락으로 어루만지면서 가만히 웃기도 했어.

아버지가 고모에게 전화로 알렸더니 고모는 난색을 표했던 모양이야. 콘서트에 가는 것뿐이고, 그 사람이 집에 데리러 올 거고 끝나면 다시 집에 데려다 줄 테니 괜찮다고 설득하자 고모도 이해하는 눈치였어.

그날, 나는 언니 부탁으로 언니네 집에 콘서트에 입고 갈 옷을 가지러 갔어. 결혼 인사 때 입고 왔던 하얀 원피스였어. 형부가 회사에 간 사이에 가져오려고 수업이 끝나자마자 달려가 마주치지 않도록 서둘러 원피스와 구두를 들고 집으로 돌아왔어. 언니가 보석함 제일 위에 있는 장미꽃 브로치도 가져오라고 했는데.

심플한 원피스는 청순한 언니에게 무척 잘 어울렸지만 콘서트에 입고 가기에는 조금 쓸쓸해 보였어. 언니 말을 듣고서야 브로치를 안 가져왔다는 걸 알았지만 다시 가지러 가면 형부를 만날 것 같았어. 언니는 대신 어머니 브로치를 달기로 했어. 나는 조금 아줌마 같은 디자인이라고 투덜거렸지만 언니는 클래식 콘서트니 오히려 차분해서 좋다며 그걸 원피스 옷깃에 달았어.

그때 형부가 자동차로 언니를 데리러 왔고, 언니는 집을 나섰어. 식사를 하고 10시에는 데려다주겠다고 했는데 그날 언니는 돌아오지 않았어. 우리 가족은 두 사람이 화해한 줄 알았어.

글로 쓰니 역시 안일한 생각이었다는 게 보여서 내가 한 일인데도 짜증이 나네. 하지만 그때는 가볍게 연락할 수 있는 휴대전화도 없었어. 게다가 지금처럼 가정폭력이 사회문제로 대두되지도 않았고, 싸움 잘하게 생긴 사람들이나 폭력을 휘두르는 줄 알았어.

일주일 뒤, 언니를 봤어. 걱정이 된 고모가 언니네 집에 찾아갔더니 온몸에 멍이 든 언니가 나왔어. 언니는 전보다 더 생기를 잃고 형부가 회사에 가고 없는데도 도망치지도, 도움을 요청하지도 못했던 거야.

부모님과 함께 병원에 가보니 언니는 얼굴까지 맞아서 눈 주위가 시퍼렇게 부어 있었어. 우리 쪽을 보더니 순간 몸을 떨면서 눈물을 줄줄 흘리기 시작했어. 눈꺼풀이 부어 제대로 뜨지도 못하더라고. 어머니가 손수건을 내밀었더니 싫다며 어머니 가슴을 힘껏 밀어내고는 꼭 망가진 수도꼭지처럼 엉엉 울음을 터뜨렸어.

"브로치가, 브로치가……."

울면서 그 말만 되풀이하는 언니를 보면서, 고모가 진저리치듯 말했어.

"자기가 골라준 원피스어 자기가 선물한 보석이 아니라 처음 보는 브로치를 달고 왔다고 어느 놈한테 받았냐, 나 보라고 시위하는 거냐, 그러면서 애를 때렸대."

콘서트 가기 전에 생긴 일이래. 운전하다가 브로치를 본 형부가 차를 갓길에 세우고 언니한테 따지고 들었대. 아까 썼듯이 브로치는 우리 어머니 거야. 결혼 전에 직접 산 거라는데, 고리타분한 디자인에 그리 비싸지도 않은 물건이라 도저히 남자한테 받은 선물로는 보이지 않았어. 언니도 외숙모한테 빌린 거라고 했다는데 형부는 들은 체도 안 했대.

폭력은 처음부터 그 사람의 비상식적인 질투가 원인이었어. 말도 안 되는 일로 의심을 품고 언니 말은 듣지도 않고 손찌검을 했던 거야. 형부는 언니를 콘서트어 데려가지 않고 집으로 끌고 가

언니가 정신을 잃을 때까지 때렸어.

언니와 고모에게 고개를 조아리며 사과하는 부모님 옆에서, 나도 울면서 고개를 숙였어. 브로치를 챙기지 않은 내 잘못이야. 잘못했다는 말이 목구멍에 걸려 있었는데 소리를 낼 수가 없었어. 마음속으로 되풀이한 잘못했다는 말이 온몸에 쌓이는 것 같았어.

서론이 너무 길었지?

가즈키에게 맞는 야스타카의 모습이 언니로 보였던 거야. 너무 무서웠어. 당신에게 도움을 청했지만 거절당했어. 하지만 그대로 두고 볼 수도 없었어. 그러다 이혼하고서도 언니는 외출을 못 할 정도로 정신이 불안했거든. 무섭고 자시고 따질 때가 아니었어.

아이들 틈바구니에 뛰어들어, 무슨 말을 했는지 기억도 안 나지만 큰 소리로 그때 생각했던 걸 단숨에 쏟아내고(당신 편지를 보고 그런 말을 했다는 걸 알았어) 가즈키를 쏘아봤어. 가즈키에게서 형부의 모습을 봤던 거야. 나는 옳아. 그렇게 되뇌었더니 무서운 마음도 어디론가 사라졌어.

여자가 끼어들어 김이 빠졌는지 가즈키는 그날은 그냥 잠자코 돌아갔어. 하지만 이튿날부터 반 남학생들이 똘똘 뭉쳐 야스타카를 괴롭히기 시작했어. 때리는 건 가즈키뿐이었고 아이들은 그저 무시했던 거니 왕따는 아니었다고 할지도 모르지만 내 눈에는 옆에서 누가 맞아 피를 흘리는데도 모르는 척하는 사람 역시 그 일에 가담한 걸로 보였어.

일반적으로는 흔히 여자가 더 음험하다지만, 그때는 여자애들이 더 나았어. 교실 뒤나 복도에서 가즈키에게 맞는 야스타카를 차마 보지 못하겠다고 우는 아이도 있었고, 담임에게 몰래 일러바치러 간 아이도 있었어.

하지만 담임은 정말 있으나마나 한 사람이었어. 대학을 갓 졸업한 햇병아리였는데 남자라면 싸움도 할 줄 알아야지, 그렇게 친해지는 거야 하고 웃음으로 얼버무리고는 쉬는 시간이나 방과 후에 한 번도 교실에 오지 않았으니까.

그래서 다들 나한테 달려왔던 건지도 몰라. 나는 처음 한 번만 말렸을 뿐인데 점점 왕따 현장을 본 아이들이 내게 오기 시작했어. 체육관 뒤, 옥상, 강가, 그리고 동네 외곽에 있는 폐점한 목재소의 자재 보관소.

학교 안이든 밖이든, 나는 어디든 달려갔어. 가즈키는 나한테 손찌검하거나 화낸 적은 없지만 딱 한 번, 자리를 뜨면서 "한 번만 더 방해하면 따먹어버린다" 하고 위협한 적이 있었어. 주위에 다른 애들도 있어서 "바보 아냐?" 하고 맞받아쳤지만 사실 너무 무서웠어.

정말, 이제는 말리는 것도 그만해야겠다 싶었을 정도야. 하지만 더 다급했던 건 야스타카였어. 당연하지. 맞을 이유를 만든 건 야스타카인지도 몰라. 외려 가즈키가 크게 상처받았는지도 몰라. 가즈키는 야스타카를 괴롭히면서 정말 인격이 변해버린 것 같았어. 그래도 폭력을 인정할 수 없겠지. 폭력은 야스타카의 몸도 마음도 갈기갈기 찢어놨어.

그리고 11월 10일, 그 일이 터졌어.

그날 저녁, 야스타카는 목재소 자재 보관소에 있는 낡은 창고로 와 나랑 가즈키를 가두고 불을 질렀어. 나는 당신 덕에 살았지만 가즈키는 죽고 말았어. 그리고 그날 밤, 야스타카는 학교 옥상에서 뛰어내려 자살했지.

나는 병원 침대 위에서 눈을 떴어. 부모님이 무슨 일이 있었던 거냐고 물었지만 나는 내가 그 현장에 있었다는 것조차 기억해내지 못했어. 기억하는 건 자전거 보관소, 거기까지. 자전거 짐바구니에 편지가 들어 있었고…… 아마 나는 동네 외곽으로 갔겠지.

당신은 날 불 속에서 구해줬어. 하지만 가즈키는 죽고 말았어. 그건 당신이 나를 먼저 구했기 때문이지. 당신 친구는 가즈키였는데.

당신이 차갑다느니 무뚝뚝하다느니 하는 말을 들을 때마다 당신 얼굴에서 미소가 사라진 게 내 탓인 것 같았어. 그런 말을 들은 날에는 꼭 당신 옆구리를 간질였지. 당신은 눈물이 날 정도로 한바탕 웃고 난 다음 늘 "뭐 싫은 일이라도 있었어?" 하고 물었어.

그 말은 사실 내가 당신에게 했어야 했던 말이야. 그렇다고 당신까지 내가 항상 하던 말로 답하지는 말아줘.

'아니, 아무것도 아니야.'

그 많은 괴로운 일들을 그 한마디로, 없던 일로 치부하면 안 돼. 0을 곱한다는 건 그런 게 아닐까?

별을 보려고 커튼을 열었더니 벌써 동이 텄네. 지금 7시야! 한

시간 후면 출근해야 하다니!! 일본과 그곳 시차는 세 시간이라고
했던가?

이제 8시! 당신은 학교에 갈 시간일까?

오늘이 당신에게 즐거운 하루가 되기를.

그럼 몸 조심해.

추신

극락조 우표 정말 멋져. 당신하고 함께 보고 싶은 것, 하고 싶은 일이
너무 많아.

6월 25일

마리코

(항복!)

친애하는 그대에게

잘 지냈지?

나도 잘 지냈다고 쓰고 싶지만, 한 달이나 답장이 늦은 변명으
로 사실을 적어야 할 것 같아. 실은 말라리아를 앓았어. 일본에서
는 익숙지 않을 텐데, 모기를 매개로 고열이 나는 병이야. 열에 시
달려 뻗어 있는 동안 당신 생각을 많이 했어.

당신에게 그 사건을 이야기해야 할 시기가 온 것 같아.

나는 줄곧 당신이 가즈키와 야스타카 사이에 뛰어든 건 정의감 때문이고, 당신은 강한 사람인 줄 알았어. 사건은 나약한 두 사람이 서로 상처입힌 결과로 벌어진 비극이니 당신이 신경쓸 일이 아니라고 생각했어.

단지 불꽃에 휩싸였던 공포를 잊었으면 좋겠다, 그뿐이었어.

하지만 당신이 사촌언니에 대한 죄책감 때문에 그 둘 사이에 뛰어들었다는 걸 알고, 매번 당신이 어떤 마음으로 가즈키를 말렸을지 상상하니 철저히 방관자였던 내가 전보다 더 부끄러워. 야스타카는 가즈키에게 맞아도 싸다고 생각했던 건 가즈키를 말릴 용기가 없었기 때문이라는 걸 이제야 깨달았어.

나는 당신을 구했다는 단 한 가지 사실만으로 그때의 죄책감을 모조리 지워버리려 했는지 몰라. 큰 수에 0을 곱하듯 말이야. 당신이 내 죄를 받아들여준다면 이 자리에 그날 일을 써볼까 해.

야스타카는 가즈키의 어머니를 모욕했어.

"네 엄마한테는 남자가 그렇게 많다며? 그 사람들한테 받은 돈으로 널 키우는 거야. 네가 가진 물건들은 죄다 네 엄마가 몸으로 번 돈으로 산 거야, 그 자전거도."

가즈키는 자전거 보관소에서 야스타카를 때렸어. 당신이 싸움을 말리고 가즈키가 돌아간 뒤에, 나는 야스타카더러 가즈키에게 사과하라고 했어. 친구를 때린 가즈키도 물론 잘못했지만 원인은 네가 만들었다고. 하지만 야스타카는 실실 웃으며 이렇게 말했어.

"맞으니 더 잘 알겠던데? 저 녀석은 역시 경멸당해 마땅한 인간이야."

그뒤로도 가즈키는 야스타카를 때렸어. 겉보기에는 야스타카가 일방적으로 맞는 것처럼 보였을지 몰라. 야스타카는 전혀 저항하지 않았고, 코피를 닦을 생각도 안 했으니까. 하지만 늘 먼저 싸움을 거는 건 야스타카였어. 스쳐지나갈 때 작은 목소리로 가즈키의 신경을 긁는 한마디를 하는 거야. 가즈키에게 야스타카가 하는 말은 귀담아듣지 말라고도 해봤어. 하지만 중학생이 그런 말을 그냥 넘길 수 있을 리 없지.

가즈키의 어머니에 대한 소문이 다른 곳에서 들려오기도 했어. 우리 어머니를 포함해 동네 아주머니들 입방아 말이야. 어느 날 뜻밖의 소문을 들었어. 가즈키 어머니에게 재산을 쏟아붓고 있는 사람이 야스타카네 아버지고, 야스타카네 부모님은 이혼 직전이라는 거야.

그 녀석들은 부모님 때문에 서로를 상처입혔던 거야. 내가 뭘 할 수 있을까? 아무것도 떠오르지 않았어. 그렇게 시간만 흘렀고, 가즈키는 한계에 부딪혔을 거야. 귀찮다는 눈빛으로 당신을 쳐다보면서도 늘 잠자코 물러나던 그 녀석이 다른 아이들 앞에서 당신에게 폭언을 내뱉었어. 내가 가즈키를 다독여줬어야 했는데, 그 녀석을 붙잡고 당신한테 손대면 용서하지 않겠다는 소리만 했어.

그 무렵 야스타카도 한계였어.

당신 자전거 짐바구니에 들어 있었던 건 야스타카가 보낸 편지야. 당신 교복치마 주머니에 들어 있었다며 당신 어머니께서 보여 주셔서 나도 읽었어.

"가즈키하고 화해하기로 했어. 불안하니까 네가 지켜봐줬으면 해. 저녁 6시에 자재 보관소 창고로 와줘."

그렇게 적혀 있었어. 당신은 집에 들어가지 않고 교복 차림 그 대로 자재 보관소로 갔지. 자재 보관소는 우리가 사는 동네에 있 었어. 당신 집과는 정반대 방향이지. 나는 집 앞에서 자전거를 타 고 가는 당신을 봤어. 자재 보관소 쪽이었지. 그 녀석들 또 싸우나 했지만 내가 가봤자 무력함만 느낄 것 같아 당신을 뒤따라갈 생각 은 안 했어.

그래도 당신이 돌아오는 모습은 봐야겠다 싶어 집 앞에서 기다 렸어. 그런데 한 시간이 지나도록 당신 모습이 보이지 않는 거야. 집으로 돌아가려면 반드시 이쪽을 지나야 할 텐데. 게다가 중요한 사실을 깨달았어. 평소에는 늘 다른 아이들과 함께 싸움 현장에 가는데, 그날은 혼자였어.

나는 자재 보관소로 달려갔어. 당신을, 가즈키를, 야스타카를 찾았어. 그랬는데 뭔가 타는 냄새가 코를 찔렀어. 창고 쪽이었어. 서둘러 달려가보니 창고 창문에서 연기가 치솟고 있었어. 창고 앞 에는 당신 자전거가 세워져 있었고. 문 쪽으로 돌아가니 문에 빗 장이 걸려 있었어.

설마!

빗장을 풀고 문을 연 순간, 불꽃이 나를 덮쳤어. 연기와 열기로 기침이 났지. 눈앞에 쓰러져 있는 당신이 보였어. 정신없이 창고 안으로 달려가 당신을 들쳐안고 끌어내자 안에서 불타오르던 목재가 쓰러져 단숨에 입구를 막았어. 나는 당신을 품에 안은 채 제일 가까운 집으로 달려가 자재 보관소에 불이 났다고 알리고 구급차를 불러달라고 했어.

창고에서 치솟은 불은 밖에 쌓여 있던 목재에 옮겨붙어 당시 보기 드문 대규모 화재로 번졌어. 이웃 주민들이 창고를 빙 둘러싸고 소방대원의 활동을 지켜봤어. 자정이 지나서야 불길이 사그라졌고, 화재 근원지인 창고에서 가즈키의 시신이 발견됐어. 그냥 봤을 때는 누군지 알 수 없었지만, 인파 속에서 야스타카를 보고는 그게 가즈키라는 걸 알았지.

야스타카는 나하고 눈이 마주친 순간 달아났어. 그게 내가 본 그 녀석의 마지막 모습이야.

이튿날 아침, 아침 일찍 등교한 교감 선생님이 중학교 건물에서 뛰어내린 야스타카의 시신을 발견했어. 유서는 발견되지 않았지만 네 주머니에 있었던 편지로 미루어보아 당신과 가즈키를 창고로 불러낸 사람이 야스타카였다는 걸 알았어. 글씨체도 야스타카 거였어. 나는 치솟는 연기를 발견했을 때의 상황이나 문밖에 빗장이 걸려 있었다는 점, 당신을 끌어냈을 때의 상황을 경찰에 알렸어.

야스타카는 아마 당신과 가즈키를 조금 놀래주려고 창고에 가두고 불을 질렀는지도 몰라. 가즈키만이 아니라 당신도 함께 불러

낸 건, 아이들 앞에서 여자에게 보호받는 게 부끄러워서였는지도
몰라. 절대 살의는 없었을 거야. 잘못했다고 하면 꺼내줄까, 그런
가벼운 마음이었을 거라고 믿어. 하지만 오래된 목재는 생각보다
빨리 타올랐고, 야스타카는 무서워서 도망쳤을 거야. 그리고 자기
때문에 가즈키가 죽었다는 걸 알고 자살한 거지.

전부 추측일 뿐이야. 하지만 사실을 알 길은 없어. 당신이 기억
을 되찾는다 해도, 사건을 저지른 장본인인 야스타카가 무슨 짓을
했는지 확실하게 알기란 어려울 거야.

나는 화재 현장에서 양자택일을 했던 게 아니야. 문 가까이에
있던 당신을 구하는 것만으로도 벅찼어. 안쪽에 가즈키가 있는 줄
도 몰랐고, 가령 가즈키가 문 가까이에 있었다고 해도 불길 속에
서 과연 그 덩치 큰 녀석을 끌어낼 수 있었을지 자신이 없어.

이걸로 이해해줄까? 당신이 그 사건에 죄책감을 느낄 이유는
없다는 것을.

나도 후회가 없는 건 아니야. 하지만 아무리 후회해도 그 녀석
들은 돌아오지 않아. 굳이 잘잘못을 따지자면 어른들 잘못이겠지.
가즈키네 어머니와 야스타카네 아버지에 대한 소문이 어디까지
진실인지는 모르겠어. 하지만 어른들 세상의 문제가 아이들에게
비극을 가져온 건 사실이야.

어른의 희생양이 된 아이들을 조금이라도 구하고 싶다. 그런 마
음이 어딘가에 있어 교사가 됐는데, 칠 년이라는 세월 동안 일상
생활에 쫓겨 완전히 잊고 있었어. 일본에 있었을 때의 나는 그때

의 담임과 별 차이 없는 교사가 아니었을까?

내가 표정이 없어 보이는 건 단순히 웃을 줄 몰라서 그런 거야. 구기대회 때 웃은 게 기적 아니었을까? 옛날부터 무뚝뚝한 아이라는 말을 자주 들었으니 분명 그럴 거야. 부모님께 부탁해 내 옛날 앨범을 당신한테 보내면 증명할 수 있겠지.

난 당신이 갑자기 간질이는 게 싫지 않았어. 손을 잡아끌며 "뭐 싫은 일이라도 있었어?" 하고 물으면 "아니, 아무것도 아니야" 하고 대답하는 당신이 그저 귀여웠어.

0이란 건 대체 뭘까?

나는 이곳 학교를 우습게 봤던 것 같아. 내가 가르치는 아이들은 일본의 중학생에 해당하는데, 그애들 교과서가 우리가 쓰는 교과서와 별 차이가 없어. 어떤 수에 0을 곱해도 0이 된다는 걸 다들 알고 있었어.

그래도 만약 가르친다면 나는 어떤 예제를 들까? 고열에 시달리면서 생각하는데 당신이 방에 들어왔어. 그런 환각이 보일 정도로 많이 아팠던 거야.

아픈 내 눈에는 당신이 알몸으로 보였어. 내 방이면 얼싸 좋다 했겠지만 여긴 병원이야. 팬티 한 장이라도 걸쳐야지 하고 말해봤지만 당신은 생글생글 웃기만 할뿐이었지. 이를 어쩐다 고민하는데 문이 열리더니 벌거벗은 당신이 한 명 더 들어오는 거야. 그래서 팬티는 걸치라니까 하고 생각하는데 벌거벗은 당신이 줄줄이 들어왔어.

그때 번쩍 든 생각.

당신은 알몸. 팬티 수는 0. 그럼 당신이 백 명이 될 때 팬티는 몇 장일까요? 답은 0.

나도 참, 무슨 바보 같은 소리를 하고 있담. 하지만 그런 거야. 0을 곱한다는 건 원래 있었던 걸 없애는 게 아니라, 원래 없는 건 아무리 모아봐도 없다는 뜻.

그 사건에서 당신이 잘못한 건 없어. 아무리 사실을 되짚어봐도 당신은 잘못한 게 없다는 사실은 변하지 않아. 당신이 인정해준다면 내게도 잘못이 없다고 믿고 싶어. 0+0도 역시 0이니까.

이걸로 우리는 새로운 1을 향해 첫걸음을 내디딜 수 있을까? 1이 2가 되고, 3이 되고, 4가 되면 행복할 거야. 팬티를 말하는 게 아니라는 거, 알지?

그리고 보물상자 고마워.

소포가 왔다는 소식이 온 마을에 퍼졌는지 마을 진료소 병실에 누워 있는데 주인집 아주머니가 소포는 어쩔 거냐고 자꾸 묻기에 카레를 하나 줄 테니 뜯어서 들고 가라고 했어. 그랬더니 이튿날 일부러 카레를 만들어 병실까지 가져다줬어.

전자제품 담당 대원이 요리법을 알려줬다는데, 분량을 잘못 조절했는지 꽤 묽은 카레를 가져왔어. 게다가 밥이 아니라 감자에 곁들여서. 고맙지만 식욕이 없으니 가져가라고 했는데 우연히 병실 앞을 지나던 간호사가 신이 나서 들어왔어. 수염에 카레를 잔뜩 묻혀가며 맛있게 먹더라.

두 사람이 나간 뒤에 한숨 돌리고 눈을 감으니 당신 모습이 떠올랐어. 이번에는 앞치마를 두르고 있었지. 아쉽지만 옷도 다 입고 있었어.

일본인 줄 착각할 뻔했어.

휴일에 당신 방에서 한낮까지 누워 있노라면 솔솔 카레 냄새가 나고, 눈을 뜨면 앞치마를 두른 당신이 카레 냄비를 휘휘 젓고 있었지. 나는 그 모습을 바라보는 게 좋았어.

열에 들떠 마음이 약해졌을 때 맡은 카레 냄새. 그래서 그런 기억이 떠오른 거겠지. 눈물이 찔끔 나더라. 카레 향기가 부르는 향수병. 시 한 수 읊을 수 있을 것 같은데, 아쉽지만 재주가 모자라네.

다만 당분간 전기가 들어올 가망이 없으니 이대로 대자연 속에서 생활하다보면 후각은 굴론이고 오감이 다 제법 발달하지 않을까 기대돼. 일단 시력이 힘 좀 내줘야 할 텐데.

영어회화 열심히 해.

이쪽 라디오에서는 이유는 모르겠지만 아바 음악이 자주 나와. 특히 〈댄싱퀸〉. 왜 그런 옛날 노래를? 그런 생각은 들지만 듣기 쉬운 곡이니 괜찮으면 청취 공부에 활용해봐.

내일부터 다시 일을 시작해. 당신은 지금쯤 꿈나라일까? 흉한 잠버릇까지도 사랑해.

그럼 건강하기를.

조개껍데기를 동봉할게. 그게 바나나 한 송이 값이래.

8월 15일

준이치가

(나도 더 쓸 말이 없네.)

친애하는 당신에게

말라리아!

당신은 열이 조금 났다는 식으로 썼지만 그거 큰 병이잖아? 그런 위험까지 숨어 있었다니. 내가 달려가서 어쩔 수 있는 일은 아니지만 지금 당장 당신 곁에 가고 싶어. 아무것도 할 수 없다는 게 이렇게 애타는 일일 줄이야.

당신 편지가 오지 않아 짜증을 부렸던 내가 한심해.

병 하나만 봐도 내가 혜택받은 환경에서 살고 있다는 걸 느끼고 많이 반성하고 있어. 특히 영어회화 동아리 사람들에게 이런 세계도 있다는 걸 가르쳐주고 싶어.

8월 초에 영어회화 동아리 사람들 여섯이서 당일치기 바비큐 드라이브를 다녀왔어. 아베 씨가 분위기 잡는다며 바비큐 세트를 산 것까지는 좋았는데, 남자들이 하나같이 테이블 펴는 것도 어설

프고 불도 못 피우지 뭐야! 우리 집 가구나 가전제품은 전부 당신이 조립하고 설치해줬으니 남자는 다들 그런 걸 잘하는 줄 알았는데, 그렇지 않은 사람이 더 많더라.

새삼 당신이 고맙고 존경스러워.

보다 못해 짜증난 여자들이 역할을 바꾸기로 하고, 남자들한테 채소 써는 일을 맡겼는데 그것도 제대로 못해. 대체 무슨 생각으로 바비큐를 먹으러 가자고 했는지 기가 막혔어. 함께 간 여직원은 남자들 중에 점찍어둔 사람이 있어서 이날만 기다렸는데 섣부른 판단이었다고 했을 정도야.

나는야 요리의 달인……이 아니라 바비큐를 맡아 계속 고기만 구웠어. 바비큐를 먹을 때도 남자들은 모기한테 물렸다느니 덥다느니 어찌나 아우성을 치던지. 그런데 배를 채우고 나자 야외는 역시 좋다고 종알거리더라. 이해할 수가 없었어. 아베 씨는 다음에는 캠핑을 가자고 난리지만 여름 아웃도어 이벤트는 그걸로 끝이야.

모기에 물리는 게 싫으면 리조트 호텔에나 가라지.

아차, 이제 겨우 병이 나았을 텐데 불평만 해서 미안해.

그날 있었던 일을 알려줘서 고마워. 불길이 치솟는 창고 안에서 당신이 나를 구해줬다는 말은 들었지만 날 걱정해서 찾았다는 건 몰랐어. 당신이 없었다면 내 인생은 그날 끝났을 거야.

보물상자도 무사히 가서 다행이야. 전에는 당신이 좋아하니까 카레를 자주 만들었지만, 당신이 P 국에 간 뒤로는 한 번도 안 만들었어. 오랜만에 만들어볼까 했지만 뒤를 돌아봐도 당신이 없다면 쓸쓸할 뿐이겠지.

냄새를 기억할 때가 있지?

참 이상하지. 바비큐 때 난 별 생각 없이 아무렇지도 않게 불을 지폈어. 그 사건 이듬해에 한신 아와지 대지진이 나서 '트라우마'라는 단어를 자주 들었지. 하지만 나는 붉은 불꽃을 봐도, 바르작거리는 소리를 들어도, 연기 냄새를 맡아도, 그 사건을 떠올린 적이 한 번도 없어.

사라진 기억이 나를 구해준 걸까, 아니면 당신이 날 구하고 계속 곁에 있어준 게 공포를 지운 걸까? 어쨌든 이렇게 아무렇지도 않게 생활할 수 있는 게 새삼스레 행복해.

오늘은 새삼스럽다는 말뿐이네.

야스타카하고 가즈키더러 자업자득이라고 그늘에서 숙덕거리는 애들도 있었지만 나는 그렇게 생각하지 않았어. 죽어버린 사람들을 두고 어떻게 그런 식으로 생각할 수 있지? 최악의 결과로 끝났지만, 그 두 사람에게 다른 길이 없었다고는 생각하지 않아.

만일 내가 받은 거랑 똑같은 편지를 가즈키도 받았다면, 가즈키가 창고에 왔다는 건 야스타카하고 화해하려는 마음이 있었다는 뜻일지도 몰라. 만일 불길이 그렇게 거세지 않았더라면. 어째서 야스타카는 불을 질렀던 걸까?

그보다 어떻게 불을 질렀을까?

창고는 다다미 열 장쯤 되는 가건물이었고, 문은 하나밖에 없었어. 밖에서 빗장을 질렀다고 했지? 그리고 높은 곳에 간유리를 끼운 창문이 하나 있었을 거야. 창고 안에서 불길이 치솟았다는 건 야스타카가 불이 붙은 종이라도 창문으로 집어던졌던 걸까?

하지만 야스타카의 키로 볼 때 그 창문에는 손이 닿지 않았을 거야. 야스타카가 뭔가 발판이 될 만한 걸 준비했을까? 그렇게 계획적으로 준비했을까? 당신은 조금 놀래주려고 그랬을 거라고 추측했지만 창고 안에는 마른 목재가 널브러져 있었고, 바닥에는 톱밥도 쌓여 있었으니 작은 불씨라도 금방 훨훨 타오르리라는 건 중학생도 예상할 수 있는 일이야.

살짝 골려줄 생각이었다면 불이 번져서 도망치더라도 빗장은 풀고 갔어야지. 계획적으로 준비한 사람이 그 정도 일로 정신을 못 차릴까? 내가 기억하는 야스타카는 냉정하게 판단할 줄 아는 사람이야.

야스타카가 가즈키를, 그리고 나를, 진심으로 죽일 작정이었을까?

야스타카는 분명 친구들 앞에서 나 때문에 망신을 샀다고 생각했을지 몰라. 두 사람 사이에 끼어 들었을 때 야스타카 마음이 어땠을지는 생각도 안 했어. 나는 야스타카에 대해서는 그리 깊게 생각하지 못했어. 눈앞에 있는 폭력을 저지하고 싶다, 언니에 대한 죄책감을 씻고 싶다. 그런 마음으로 행동했지. 하지만 그게 그렇게 심한 짓이었을까? 날 죽이고 싶을 정도로? 가즈키한테 본때도 못 보여줬는데 갑자기 태워 죽이려 하다니, 다른 방법은 생각하지 못했을까?

가즈키와 나를 죽이고, 자기도 자살하는 데까지 줄거리를 짰던 걸까? 어른들의 문제를 아이들이 해결할 수는 없어. 하지만 야스타카는 모두 죽는 게 답이라고 생각했던 걸까?

불을 지른 게 정말 야스타카였을까?

나하고 가즈키를 가둔 건 야스타카인지도 몰라. 하지만 불을 지른, 아니, 화재가 난 건 가즈키의 담배 때문이라고 생각할 수도 있을 것 같아. 가즈키가 정말 담배를 피웠는지는 잘 몰라. 하지만 왠지 그러지 않았을까 하는 생각이 드는 건, 역시 냄새에 대한 기억 때문일까?

내 주변에는 당신도 그렇고 지금까지 담배를 피우는 사람이 없었지만 아베 씨가 담배를 피우거든. 눈앞에서 본 적은 없지만 빌린 자료에서 담배 냄새가 나서 물어봤더니 줄담배를 피우지만 남들 앞에서는 조심한다더라.

아베 씨에게 자료를 받았을 때 문득 가즈키가 떠올랐어.

그때는 왜 갑자기 가즈키가 떠올랐는지 몰라 이상했어. 아베 씨는 외모도 그렇고 성격도 그렇고, 가즈키하고 닮은 구석이 하나도 없어. 하지만 깊이 생각하지는 않았어.

이 편지를 쓰면서, 그때 가즈키를 떠올린 건 무의식중에 가즈키한테서 담배 냄새를 느낀 적이 있어서일지도 모른다 싶어 화재의 원인을 생각해본 거야.

당신 편지를 읽고 찝찝한 마음을 정리하려고 생각나는 대로 쓰고 있어. 횡설수설해서 미안해.

사실은 지금 쓴 이야기를 당신에게 직접 들려주고 싶어. 당신은 어떻게 생각하는지 물어보고 싶어. 당신이라면 딱 한마디로 해결해줄지도 몰라. 하지만 눈앞에서 바로 대답해주지 않아도 이 편지는 당신 손에 들어갈 테고 당신이 보내는 답장도 올 테니, 지금은 나도 생각을 조금 더 정리해볼까 해. 계속 읽어줘.

창고 안에서 가즈키가 담배를 피워 불이 났다면. 담배를 피우고 있을 때 불이 났다고 생각하기는 어려우니 꽁초가 원인인지도 몰라.

그렇다면 나하고 가즈키는 뭘 하고 있었던 걸까?

애초에 갇혔다는 걸 알고나 있었을까? 알고 있었다면 어떻게든 밖으로 나가려 했을 거야. 하지만 갇혔다는 것도 모르고 둘이서 야스타카를 기다렸을 수도 있겠지. 그때 가즈키가 담배를 피우다가 꽁초를 바닥에 버렸고 톱밥에 불이 번진 거야. 바로 알아차렸다면 불이 커지기 전에 끌 수 있었을지도 모르는데. 하지만 알아차렸을 때는 이미 불이 치솟고 있었다고 생각해볼 수도 있어.

그렇다면 도망치려고 했겠지? 하지만 문이 안 열려. 이제 밖으로 통하는 건 창문뿐. 하지만 내 키로는 도저히 창문에 손이 닿지 않고, 가즈키도 몸은 탄탄했지만 키는 나보다 조금밖에 안 컸으니 아마 닿지 않았을 거야.

그날은 어땠는지 잘 모르겠지만 창고 안은 항상 방치돼 있었으니 내가 기억하는 상태랑 똑같다고 칠게. 창고 안에 목재는 많았지만 발판으로 쓸 만한 건 없었어.

그렇다면 누구 하나가 발판이 돼 한 사람이 밖으로 나가 문을 막은 빗장을 풀면 돼.

상상으로야 뭔들 못 하겠어?

현실에서는 나도 가즈키도 훨훨 타오르는 창고 안에 있었어. 쓰러져 있었다던데, 연기를 마셨던 걸까? 그때 야스타카는 어디에 있었을까?

진상을 알 수 없다면, 나는 야스타카가 불을 질렀다고 생각하고 싶지 않아. 아니, 불을 지르지 않았기 때문에, 자기가 우리를 가두는 바람에 예상도 못 한 큰 사고가 터졌으니 소꿉친구를 죽음에 이르게 한 죄책감을 안고 자살했다고 생각하는 게 야스타카 성격에 더 맞지 않아?

야스타카가 나하고 가즈키를 함께 가둔 건 내가 가즈키를 설득할 수 있다고 생각했기 때문인지도 몰라. 가즈키는 내가 말리러 가면 언제나 도망치듯 사라졌으니까, 제대로 이야기할 때까지 도망가지 못하도록 한 거야.

그뒤에 화해하려던 건지도 몰라.

이런 식으로 해석할 수는 없을까?

그날, 야스타카에게도 가즈키에게도 악의는 없었어.

어떤 수에 0을 곱해도 답은 0. 없는 건 아무리 모아봐도 없다. 아아, 그렇구나. 뼈저리게 느꼈어.

비유는 좀 그랬지만. 성격이 변한 거 아니야? 당신이 정말 고열을 앓기는 앓았구나 싶었어.

그렇지만 내 머릿속의 당신은 옷을 제대로 입고 있을까? 당신 얼굴, 구기대회 때 웃음이 기적이라면 평소의 난처한 미소도 사랑스러워. 하지만 내가 가장 좋아하는 당신 얼굴은 문득 뒤돌아볼 때 눈이 마주친 순간의 얼굴이야. 유심히 바라보는 게 아니라 아득한 눈으로 나를 바라보는 얼굴. 당신은 항상 나를 지켜봐주는구나 하고 안심하게 만드는 얼굴.

그리고 왼쪽 손등에 남은 화상 흉터. 불 속에서 나를 구해냈을 때 생긴 상처. 나한테는 아무 흉터도 없는데, 미안해. 그런 말을 하면 당신은 이걸로 됐다며 나를 꼭 끌어안아줬지.

나는 열이 나는 것도 아닌데 이 이상은 못 쓰겠다.

말라리아에 대해 조금 조사해봤는데 한번 걸렸다고 다시 안 걸리는 건 아니라면서?

제발 몸 조심해.

조개껍데기 돈을 들고 바나나를 사러 가고 싶어.

추신

별에 대해서. 오리온자리 말고도 같은 별을 꽤 많이 볼 수 있다는 걸 알았어. 하지만 반면에 낭만적인 별자리의 상징(?)인 남십자성을 일본에서 볼 수 없는 건 아쉽네.

9월 5일
마리코

잘 지내? 말라리아는 다 나았으니 안심해.

일도 그럭저럭 궤도에 올라 여유가 생겨서 방과 후에 학생들에게 배구를 가르치기로 했어. 이 나라에서는 학교 수업에 체육이 없어. 당신이 못하는 '팔굽혀펴기'라는 단어도 없어. 당연히 동아리 활동도 없지. 학창 시절 동아리에 푹 빠져 살았던 나로서는 생각도 할 수 없는 일이야.

학생들도 처음에는 재미 삼아 참가했지만 점점 진심으로 임하게 됐어. 원래 운동신경도 뛰어나고 체력도 좋아서 단련하면 훌륭한 선수들이 될 것 같아.

자칫 수학보다 체육에 열중할 것 같아 겨우겨우 참고 있어.

당신도 이것저것 활동 영역을 넓히는 것 같아 믿음직한 반면, 조금 마음에 걸리는 일도 있어. 지난번 편지부터 쭉 마음에 걸렸는데 영어회화 동아리의 아베 씨라는 사람, 남자 아니야? 이왕 말 나온 거, 내 느낌인데 그 사람 은근히 당신을 좋아하는 것 같아. 그리고 아마 당신은 그런 줄도 모르겠지.

그렇다고 해서 내가 뭘 할 수 있을까?

멀리 떨어져 있는 이 년 동안, 당신에게 접근하는 남자가 있을지도 모른다고 상상해보지 않은 건 아니야. 하지만 당신은 그런 녀석들을 뿌리칠 거라는 믿음도 있었어. 다만 당신은 타인의 호의에 둔해서 경계하질 않을 테니 상대가 꽤 착각할지도 몰라. 그러면 당신이 고백을 거절해도 상대는 좀체 물러나지 않을 테니, 친한 척 다가오는 녀석하고는 그쪽 본심이 어떻든 확실하게 거리를 둬. 아베 씨는 이미 요주의 인물이야.

후우, 크게 한숨 한 번. 대체 뭘 쓰고 있는 걸까?

당신 계획은 서로 쓴 편지를 꼭꼭 간직하자는 거였지? 두 사람의 기념품으로. 하지만 이런 말을 쓰면 벌써부터 되읽을 날이 걱정돼. 아니면 그땐 나도 젊었지 하고 흐뭇해할까?

실은 지난번 편지를 보낸 뒤에 그날 일을 쓴 게 잘한 짓일까, 조금 후회했어. 하지만 당신 편지를 읽으니 그러길 잘했다는 생각이 들어.

나는 불을 지른 게 야스타카인 줄 알았어. 당신이 느낀 의문을 나도 느꼈지만, 그것 말고는 불이 난 이유를 찾을 수 없었어. 가즈키가 담배를 피운다는 건 알았는데.

가즈키는 초등학교 고학년 때부터 담배를 피웠어. 나한테도 권한 적이 있어서 한번 피워 봤지만 매워서 두 번 다시 피울까보냐 했지. 그때 야스타카도 있었는데 가즈키와 함께 맛있다는 듯이 피웠어.

중학생이 되고 나서 두 사람이 어째서 너만 날마다 자라는 거냐고 하기에 나는 담배를 안 피워서 그렇다고 당당하게 대답한 적도 있어. 셋이서 사이가 좋았던 시절을 떠올린 건 처음인 것 같아.

나도 가즈키의 담배가 화재의 원인이라고 생각하고 싶어. 그날, 야스타카에게도 가즈키에게도 악의가 없었다고 믿고 싶어.

당신 덕분에 내 마음도 가분해졌어.

그리고 내 바람대로(?) 마을 전기가 드디어 복구됐어! 하지만 전화는 아직 더 있어야 한대.

당신 목소리를 듣거나 메일을 보낼 수 없는 건 아쉽지만 시원한 음료를 마실 수 있다는 건 정말 고마운 일이야. 음식도 금방 상해서 매번 먹을 만큼만 만들다보니 번거로웠는데, 드디어 한꺼번에 만들 수 있어. 밤에 책도 읽을 수 있고, 전기가 얼마나 고마운 건지 뼈저리게 느꼈다니까.

당신이 보내준 책도 전부 읽었어. 일본에 있을 때는 한 번 읽으면 어지간한 경우가 아니고서는 두 번 읽는 일이 없었는데, 여기에서는 일본어가 그리워서 몇 번이고 되읽고 있어. 재미야 있지만 다시 읽어도 어차피 똑같은 내용이니 오락소설은 한 번 읽으면 끝이라고 생각했는데, 읽으면 읽을수록 새로운 걸 발견해. 등장인물의 인상도 바뀌고, 그러면 독후감도 달라져. 지금까지는 작가가 교묘하게 장난친 부분을 거의 놓쳤는지도 몰라.

때때로 책을 읽으면서 동시에 머릿속에서 문장을 영어로 바꿔보기도 하는데 그러면 일본어는 정말 표현력이 풍부하고 운치 있는 언어라는 걸 느껴.

일인칭 하나만 해도 그래. 영어는 '나'도 '저'도 전부 'I'지. 그래서 문득 이런 생각이 들었어. 평소 흔히 하는 말도 편지에서는 왜 좀더 격식을 차릴까? 평소에는 '그대'라고 부른 적도 없고 '당신'이라고 불린 적도 없어. 이모와 이모부 편지를 따라서 시작한 거지만 편지 속에서 '당신'이라고 불리는 게 이루 말할 수 없이 행복해.

솔직히 당신이 편지를 써달라고 했을 때는 메일이 어때서 싫었어. 무엇보다 나는 달필이 아니야. 직업상 남들 앞에서 글씨를 쓰기는 하지만 칭찬받은 적이 한 번도 없거든. 기본적으로 메일로 보내고 편지는 반년에 한 번만 보내야지 하는 생각도 했어. 하지만 부임하자마자 정전이야. 당신하고 연락하려면 편지를 쓰는 수밖에 없어.

그게 지금은 전화선이 복구돼도 메일은 최대한 피하고 당신하고 주고받는 편지를 즐기려 해.

메일로는 '당신'이라고 불러주지 않겠지? 편지이기 때문에 가능한 표현이 있다는 걸 비로소 깨달았어. 게다가 한자가 생각나지 않아 사전을 찾는 게 몇 년 만인지! 당신은 히라가나만 써도 된다고 말해줄 것 같지만 진지한 내용을 온통 히라가나로 쓰면 과연 내 진심이 오롯이 전해질까 걱정스러워. 아니, 그냥 솔직히 당신 눈에 바보처럼 보이고 싶지 않아. 그뿐이야.

여기에 온 뒤로 당신이 더 가깝게 느껴져. 내 눈에 비치는 건 내 안에 있는 당신의 눈을 통해 보이는 풍경인지도 몰라. 그래서 모든 게 찬란해 보여. 오늘은 촛불이 아니라 전깃불을 켜고 쓰고 있다는 걸 잊지 말아줘.

그럼 잘 있어.

남십자성은…… 당신하고 둘이서 보면 보석상자 같다며 감동하겠지?
혼자 보면 음, 그냥 그래.

9월 25일
준이치가 남쪽 섬의 보석상자를 그대에게

(너무했나?)

준이치

준이치, 도와줘.
밤마다 그날 있었던 일이 머릿속에 되살아나…….
자전거집 바구니 안에 있던 편지.
가즈키와 화해하겠다는 야스타카의 반듯한 글씨.
자전거를 타고 자재 보관소로 가는 길에 당신을 봤어.
여기가 준이치네 집이구나 하고 생각했어.
자전거를 타고 자재 보관소로 들어가 창고 앞에 세웠어.
문을 열고 안으로 들어갔더니 가즈키가 있었어.
바닥에 쓰러진 각목에 걸터앉아 담배를 피우고 있었어.

지저분한 바닥에 담배를 짓이기면서 무슨 일이냐고 물었어.

그래서 편지를 보여줬어.

가즈키는 혀를 차더니 자기가 받은 편지를 보여줬어.

너는 네 어머니랑 다르다는 걸 알겠어, 지금까지 심한 말 했던 걸 사과하고 싶어.

그렇게 적혀 있었던 것 같아.

우리는 야스타카를 기다렸어.

나는 문 근처에 굴러다니던 각목에 앉았어.

우리는 말이 없었어.

나는 여전히 가즈키가 무서웠으니까.

약속 시간이 삼십 분 지났는데도 야스타카는 오지 않았어.

날이 저물었고 창고 안도 어두워졌어.

가즈키가 멍청한 짓이라며 자리에서 일어섰어.

돌아가려는 거겠지.

가즈키가 문을 힘껏 밀었지만 문은 조금 밀리다 말았어.

힘껏 흔들어봤지만 열리지 않았어.

갇혔어.

가즈키가 그렇게 중얼거렸어.

나도 문을 밀어봤지만 역시 열리지 않았어.

장난도 작작 해, 야스타카!

가즈키는 그렇게 고함치면서 문을 힘껏 걷어찼어.

무서웠어.

가즈키는 담배를 꺼내더니 그대로 서서 피우기 시작했어.

정의의 사도께서 담배는 뭐라고 안 하시나?

가즈키가 나한테 말했어.

좋은 일은 아니지만 누굴 해치는 건 아니니까.

그렇게 말했더니 가즈키가 담배를 발치에 내던지더니 내 어깨를 와락 움켜잡았어.

무서워서 몸이 움츠러들었는데, 가즈키가 갑자기 손을 떼며 말했어.

야, 저기로 나가자.

창문을 말하는 거였어.

키가 안 되는데 어떻게 나가자는 걸까?

가즈키가 창 밑에 엎드려서 말했어.

열쇠가 아니라 아마 고작해야 빗장이나 질러놨을 테니 네가 여기서 나가서 문을 열어.

나는 그 말대로 가즈키의 등에 올라갔어. 구두는 벗었지.

손을 뻗었더니 겨우 창틀에 손이 닿았어.

창문을 열고…….

하지만 그다음에 할 수 있는 게 없었어.

난 매달리기가 젬병인걸.

창틀에 손이 닿았지만 그 위로 올라갈 수는 없었어.

차라리 내가 밑에서 받치는 게 낫겠어.

가즈키 등에서 내려가 그렇게 말했더니 그건 안 된다며 이번에는 목말을 타라고 했어.

치마를 입어서 싫다고 할 수는 없었어.

목말을 타서 창틀을 붙잡고 한쪽 다리를 올리려다가 갑자기 균형을 잃고……. 아마 바닥에 떨어져 머리를 찧고 정신을 잃었던 것 같아.

그저께 밤까지는 여기까지.

기억이 되살아나는 건 무섭지만, 내 기억과 당신이 편지에 써준 내용을 맞춰보니 아, 그랬구나 하고 이해도 가.

오늘도 준이치를 생각하면서 눈을 감았어.

눈을 떴더니 그 창고 바닥에 누워 있었어.

어둠 속, 몽롱한 의식 속에서 누군가의 뒷모습이 보였어.

가즈키인 줄 알았지만 좀더 키가 크고……, 한 손에 피가 묻은 각목을 들고 있었어.

그 사람 발밑에는 가즈키가 쓰러져 있었어.

초점이 풀린 가즈키의 눈이 나를 바라보고 있었고, 내 의식은 다시 멀어져갔어.

준이치, 도와줘, 도와줘. 도와줘!

내가 본 게 대체 뭐야?

난 어쩌면 좋아?

이건 그냥 악몽이라고 말해줘.

제발, 준이치.

마리코

마리코에게

이게 당신한테 보내는 마지막 편지야.

당신이 본 건 꿈이 아니야. 당신이 그날, 실제로 본 일이야.

언젠가 이런 날이 올 줄 알았어. 당신이 편지로 그 사건을 물을 때마다 어떻게 대답해야 할지 고민했어.

진실을 고백해야 할까? 거짓말을 해야 할까? 진실을 고백할 용기는 정말 없었어. 그렇다면 거짓말을 해야지. 하지만 100퍼센트 거짓말을 해야 할까? 아니면 50퍼센트의 진실과 50퍼센트의 거짓말? 90퍼센트의 진실과 10퍼센트의 거짓말?

기억이 없다고는 해도 당신은 고등학교를 졸업할 때까지 그 동네에 살았으니 표면적인 사실은 주위 사람들에게 어느 정도 들었을 거야. 커다란 거짓말은 바로 들키겠지. 그래서 나는 아주 작은 거짓말을 했어.

나 역시 가즈키를 증오했어. 이유는 야스타카하고 똑같아. 우리 아버지도 가즈키 어머니에게 열을 올리고 있었어. 지금은 그런 이유로 가즈키를 증오하는 게 엉뚱한 화풀이라는 걸 알고도 남지만, 그 무렵에는 가즈키를 증오하기에 충분한 이유였어. 더군다나 야스타카라는, 똑같은 마음을 공유하는 데다 더 큰 증오를 품고 있는 녀석이 곁에 있었으니 그게 잘못이라는 걸 어떻게 깨달을 수 있었겠어?

가즈키를 증오하는 마음은 그 녀석이 야스타카를 때릴수록 더해갔어. 그럼 너는 두 사람을 말리면 된다고 생각하겠지? 하지만 나는 야스타카를 감쌀 마음도 없었어. 그보다는 다른 아이들에게 서서히 경멸당하는 가즈키를 잠자코 지켜보며 통쾌해했어. 당신이 싸움을 말리러 오면 토라져서 어디론가 가버리는 가즈키의 뒷모습을 보며 언제나 꼴좋다고 중얼거렸어.

그날, 자재 보관소로 가는 당신을 본 건 사실이야. 당신의 기억은 틀리지 않아. 당신이 걱정돼 집 밖에서 기다렸다는 것도 사실이고. 내가 편지에 온통 거짓말만 덕지덕지 발랐던 건 아니야. 한 시간이 지나도록 당신이 돌아오는 게 안 보여서 나는 자재 보관소로 갔어. 창고 옆에서 당신 자전거를 발견하고 입구 쪽으로 갔더니 문에 빗장이 걸려 있었어.

야스타카하고 당신이 갇혀 있는 줄 알았어. 안에 들어가보니 당신이 문 근처에 쓰러져 있었어. 그리고 창 밑에 가즈키가 서 있었지. 무슨 일이 있었냐고 물었더니 창에서 떨어졌다고 하더라. 하지만 그 녀석은 당신을 걱정하기보다는 야스타카에게 화를 내고 있었어. 당장 녀석을 끌어내 두 번 다시 이런 짓을 할 엄두도 못 내게 패주겠다고 씩씩대면서 야스타카의 아버지를 욕해댔어. 야스타카가 가즈키의 어머니를 헐뜯을 때하고 똑같았어. 가즈키는 야스타카의 아버지를 실컷 헐뜯은 다음에 나를 돌아보더니 이렇게 말했어.

"네 아버지도 마찬가지지?"

업신여기는 투로 웃고 있었어. 실컷 지껄이고 나니 속이 풀렸는지 가즈키는 내게 등을 돌리고 밖으로 나가려 했어. 나는 반사적으로 발밑에 있던 각목을 높이 치켜들어서 그 녀석 뒤통수를 있는 힘껏 내리쳤어.

제정신으로 돌아온 건 가즈키가 쓰러져 굳어버린 뒤였어.

어쩌면 좋지? 어둠 속에서 발밑을 보니 담배꽁초가 떨어져 있었어. 가즈키 담배라는 걸 척 보고 알았어. 나는 톱밥을 모아 그 녀석 바지 주머니에서 꺼낸 라이터로 불을 질렀어. 상상 이상으로 불은 훨훨 타올랐고, 이거면 되겠구나 확신했어. 화상은 그때 입은 거야.

당신을 들쳐안고 밖으로 나왔어. 그리고 불이 창고를 통째로 집어삼키는 걸 지켜본 뒤에 자재 보관소에서 제일 가까운 집으로 달려갔어.

그다음은 지난번 편지에 쓴 대로야.

가즈키의 담배를 화재 원인으로 볼 줄 알았는데, 당신 치마에 들어 있던 편지 때문에 야스타카가 두 사람을 가뒀다는 게 밝혀지면서 걔가 불을 질렀다는 의심을 샀어. 이튿날 아침, 야스타카의 자살이 알려지면서 방화설은 더 신빙성을 얻었지만 그 이상 화재 원인을 따지는 사람은 없었어.

야스타카가 자살한 건 화재 원인과 상관없이, 자기가 창고에 가둔 탓에 가즈키가 죽었으니 제 손으로 죽인 거나 다름없다고 받아들였기 때문일 거야. 가즈키를 죽인 건 난데. 야스타카가 죽은 것도 내 탓이야.

나는 두 사람의 목숨, 사이좋았던 소꿉친구의 목숨을 빼앗은 나쁜 놈이야.

각목으로 가즈키를 내리치는 순간을 설마 당신이 보고 있었을 줄이야.

창고에 들어갔을 때 당신은 정신을 잃고 쓰러져 있었으니 진상이 탄로 날 일은 없을 줄 알았지만, 당신이 사건 앞뒤의 기억을 잃었다는 걸 알았을 때는 역시 가슴을 쓸어내렸어. 하지만 방심할 수는 없었어. 시효가 지날 때까지 당신을 지켜볼 작정이었어.

내 불안과 달리 당신은 사건을 기억해내기는커녕 약속을 지키듯 입 밖에 내는 일도 없었어. 불 속에서 내가 당신을 구출했다고 믿고 나를 100퍼센트 신뢰했지. 이제 괜찮겠다 싶은 순간, 당신을 지켜보는 일이 귀찮아졌어.

당신에게서 벗어나려고 국제 자원봉사대에 응모했어. 파견국이 치안이 나쁜 곳이라는 걸 알았을 때는 나한테 안성맞춤이다 싶어 너털웃음이 나왔을 정도야.

그런데 설마 당신이 편지에 사건 이야기를 쓸 줄이야. 게다가 여태 거짓말을 잘해왔다 싶었는데 당신은 기억을 되찾았고 예상도 못 한 목격 정보까지 나왔어.

목숨을 앗은 무거운 죄에 거짓말을 곱해도 없었던 일이 되는 건 아니라는 걸까? 0을 곱한다는 건 그런 뜻이 아니라고 당신에게 설명한 게 엊그제 같은데 정작 내가 이해를 못 하고 있었다니 참 어리석지.

이제 나는 어떤 결단을 내려야 할까?

이 마을 파출소에 가도 해결책이 없다는 것만은 확실해.

다만 이 편지가 당신 집에 도착할 무렵에는 이미 시효가 지났을 거야.

나는 자유, 당신도 자유.

부디, 행복하기를.

안녕.

11월 5일

준이치

누구보다 사랑하는 당신에게

이 편지가 당신 손에 들어가기를 바라면서.

당신에게 고백할 게 있어. 나는 모든 기억을 되찾았어. 먼저 지난번 편지를 쓰기 전으로 돌아가야 해.

영어회화 동아리의 아베 씨는 당신 말대로 남자야. 아무한테나

싱글거리는 사람이라 나를 좋아하는 줄은 생각도 못 했는데, 여름 바비큐 이벤트 이후로 둘이서 식사라도 하자며 몇 번 불러내더라. 사귀는 사람이 있다고 거절했더니 사내에서는 애인 없다고 소문이 파다하다기에 당신이 국제 자원봉사대로 P 국에서 일하고 있다고 이야기했어.

하지만 그게 실수였나봐. 아베 씨는 그럼 주말에 한가하겠다면서 영어 동아리 사람들을 다 같이 불러 식사 자리를 마련했어. 다른 사람이 있으면 괜찮겠지 싶어 참석했는데, 옆에 앉은 아베 씨가 갑자기 담배를 피우기 시작하자 속이 울렁거려서 일찌감치 나와버렸어.

그날 밤부터야. 눈을 감으면 그날 일이 드문드문 떠올라. 처음에는 꿈인 줄 알았어. 당신 편지를 읽고 그날 일을 알게 된 내가 그 이야기를 토대로 멋대로 만들어낸 영상인 줄 알았어. 자전거 짐바구니에 들어 있던 편지도, 자재 보관소로 향한 것도, 도중에 당신 모습을 본 것도.

하지만 영상은 서서히 당신에게 듣지 못한, 당신이 모르는 장면으로 바뀌었어. 가즈키가 피던 담배 냄새, 창문으로 나가려고 등을 디뎠을 때 발바닥으로 느낀 감촉이 몸속에서 꿈이라고 하기엔 너무 선명하게 되살아났고, 이건 실제로 내가 겪은 일이라는 걸 확신했어.

그리고 각목을 손에 든 당신 뒷모습이 떠오르자 어쩌면 좋을지 몰라 마구 휘갈겨 쓴 편지를 당신에게 보내고 말았어.

그리고 일주일 뒤.

기운이 없어 보이니 맛있는 거라도 먹으러 가자는 아베 씨 꼬임에 넘어가고 말았어. 술도 잘 못 마시면서 잔뜩 마시고 말았어. 될 대로 되라는 심정이었다는 건 부정할 수 없어. 아베 씨는 휘청거리는 나를 택시에 태워 자기 집으로 데려갔어. 집에 들어간 아베 씨는 담배를 한 대 피웠어. 재떨이에 눌린 꽁초를 멍하니 바라보는데 갑자기 아베 씨가 날 끌어안더니 마룻바닥에 쓰러뜨렸고 내가 발버둥치자 내 얼굴을 때렸어. 그 순간, 가장 깊은 곳에 봉인했던 기억이 되살아나고 말았어.

흘러넘치는 기억과 함께 죽어라 비명을 질렀어. 아베 씨는 나한테서 펄쩍 떨어져나가더니 이상한 사람 보듯 쳐다보면서 얼른 돌아가라고 했어.

이제는 눈을 감지 않아도 그날 일을 전부 선명하게 떠올릴 수 있어. 창고 안에서의 일도.

가즈키가 목말을 태워줘서 창틀을 붙잡고 한쪽 다리를 뻗어 몸의 중심을 옮기려는 순간, 강한 힘이 허리를 죄었어. 가즈키가 내 허리를 붙잡아 창에서 끌어내린 거야.

가즈키는 나를 와락 끌어안고 치마 속으로 손을 집어넣으며 바닥에 쓰러뜨렸어. 나는 정신없이 저항했어. 하지만 담배 냄새를 풍기는 몸은 내 힘에 꼼짝도 하지 않았고, 나는 생각나는 모든 욕으로 가즈키를 비난했어. 그랬더니 가즈키가 내 얼굴을 힘껏 때렸어. 이렇게 죽는구나 싶었어.

손에 닿은 각목을 움켜쥐고 힘껏 휘둘렀어. 가즈키가 몸을 뗀 뒤에도 일어서서 몇 번이나 휘둘러대다가 머리를 때렸어. 가즈키가 털썩 무릎을 꿇었고 그때 내가 한 번 더 내리쳤더니 그대로 쓰러져 더는 움직이지 않았어.

무서워, 무서워, 무서워. 너무나 무서워서 뇌가 없었던 일로 만들어야겠다고 판단했나봐. 의식이 뚝 끊겼어.

얼마나 지났을까. 눈을 뜨니 키가 큰 누군가의 뒷모습이 보였어. 당신이었지. 당신이 손에 들고 있던 각목은 내가 가즈키를 때렸던 흉기였을 거야.

가즈키를 죽인 건 나. 당신은 그걸 알고 나를 감싸주려고 불을 질렀던 거지?

가즈키가 자기 때문에 죽은 줄 알고 야스타카가 자살한 거라면, 야스타카의 죽음도 내 잘못이야.

같은 반 친구를 둘이나 죽음으로 내몬 건 나야. 기억을 잃을 만도 하지. 창고에 갇혀 화재를 겪은 정도로 모든 걸 잊어버릴 만큼 섬세한 사람은 아니었으니까.

누구보다도 당신에게 먼저 고백해야겠다고 생각했어. 하지만 쓸 수 없었어. 그런 편지를 보낸 걸 후회했어. 그게 없다면 우리 사이에서 사건은 이미 해결된 일이니 기억하지 못하는 척 당신하고 계속 편지를 주고받으며, 당신이 돌아오기만 기다릴 수 있었는데.

이도저도 못 하고 있는데 당신 편지가 날아왔어. 봉투를 뜯기가 무서웠어. 간접적으로 당신이 가즈키를 죽인 것 아니냐고 써서 보냈으니 당신은 화가 나서, 아니, 기가 막혀서 가즈키를 죽인 건 나라고 진상을 밝혀버렸을 거라 생각했어. 하지만 그렇다면 외려 기억이 돌아와 다행이라고 생각했어.

내 힘으로 기억해내기 전에 당신이 진상을 말해줬다면 나는 그걸 받아들이지 못했을 테니까. 용기를 내서 봉투를 뜯었어.

진상은 한 줄도 없었어.

전부 거짓말.

당신이 가즈키를 죽이고, 당신이 야스타카를 죽음으로 내몰았다. 어떻게 그런 거짓말을 할 수 있어? 어째서 그런 거짓말을 했어? 나 같은 사람을 위해서.

가즈키를 증오했다는 것도 거짓말.

어제, 당신 집에 전화해봤어. 용건은 가족 방문 투어였어. 내가 가족이 아니라서 못 간다면 신년휴가 때 다 함께 자비로 가자고 말씀해주셔서 그러자고 대답을 드렸어. 그때 당신 어머님께 당신이 중학교에 다녔던 삼 년 동안 아버님은 지방 발령이 나 따로 혼자 계셨다는 말씀을 들었어. 그러니까 이 년은 금방이란다, 어머님은 그렇게 말씀해주셨어.

가즈키를 죽였다면 동기가 필요할 테니 그런 엉터리 이야기를 지어낸 거지? 부모님이나 친구를 비하하는 건 아무리 거짓말이라도 괴로운 일이었을 텐데.

미안해. 미안해. 미안해.

거짓말하게 해서 미안해. 당신의 십오 년을 빼앗아서 미안해.

미안하다는 말은 비겁할까?

미안하다는 말을 쓰면서도 사과하는 마음보다 당신을 사랑하는 마음이 더 크지만 그건 이제 써서는 안 될 말이라는 걸 알기에 '미안해'라는 글자에 온 마음을 담을게.

이게 내가 보내는 마지막 편지야.

앞으로 어떻게 할지 아직은 잘 모르겠지만, 당신에게 걱정 끼칠 일은 절대 하지 않을 테니 그 점만은 안심해. 이 편지의 글자도, 글귀도, 지난번 편지보다 훨씬 차분하잖아.

이상하지. 당신이 살인자라는 사실보다 내가 살인자라는 사실을 더 냉정하게 받아들일 수 있다니. ……참.

고마워. 이 말은 해도 되지? 십오 년 동안 곁에 있어줘서 고마워. 지켜줘서 고마워. 거짓말해줘서 고마워.

당신은 아무 죄도 없으니까 아무리 거짓말을 해도 당신이 죄를 뒤집어쓸 일은 없어. 0을 곱한다는 건 이런 뜻이겠지, 준이치 선생님?

당신 가르침은 당신이 귀국한 뒤에도 아이들 마음속에 영원히 남을 거야. 언제까지고, 언제까지고

부디, 건강하기를.

11월 25일

마리코

마리코에게

이 편지는 당신 손에 들어갈까?

겨우 전화선이 복구됐는데 이번에는 당신이 전화를 해약한 거야? 전화도, 메일도 당신에게 연결되지 않아. 역시 극채색 날개를 가진 새가 그려진 우표에 걸 수밖에 없어.

당신이 모든 걸 기억해냈다면, 난 그걸 마지막 편지라고 해서는 안 됐어. 그 편지에는 당신이 꿰뚫어본 거짓말 말고도 거짓말이 더 있으니까. 나는 진실을 써야만 해. 이건 진실만 담은 편지야.

당신은 내게 아무런 죄가 없다고 하지만 나는 당신보다 더 큰 죄를 지었어.

그날, 자재 보관소 창고 옆에서 당신 자전거를 발견한 나는 창고 입구로 가지 않고 뒤로 돌아갔어. 남의 건물에 정면으로 당당히 들어가기가 껄끄러웠거든.

발소리를 죽이고 뒤로 돌아가니까 창이 열려 있었어. 창 밑에 서서 문득 발밑을 내려다보니 나무 상자가 있고 그 옆에 담배꽁초가 두 개 떨어져 있었어. 나 말고도 여기에 온 사람이 있었나? 그런 생각을 하면서 창문 안쪽에 귀를 기울였어. 하지만 대화라 할 만한 소리는 하나도 들리지 않았어. 가즈키가 누굴 때리는 소리도 나지 않았고. 아무도 없나? 벌써 돌아갔나? 그런 생각도 했지만 밖에는 당신 자전거가 있었어.

나는 나무 상자를 딛고 올라가서 안을 들여다봤어. 어두워서 잘 보이지 않았지만 쓰러져 있는 사람이 보였어. 가즈키였어. 눈을 뜬 채로 고개를 옆으로 돌리고 쓰러진 가즈키의 머리에서 피가 흐르고 있었어. 서둘러 입구로 돌아가니 문에 빗장이 걸려 있었어. 그걸 뽑아내고 안으로 들어가니 당신이 쓰러져 있었어.

당신은 몸을 잔뜩 웅크린 채 쓰러져 있었어. 뺨은 빨갛게 부어올랐고 블라우스 단추가 가슴 밑까지 풀려 있었어. 하지만 숨은 쉬고 있었어. 그대로 안으로 걸어들어가 가즈키를 확인했지만 가즈키는 숨이 없었어. 가즈키 옆에 각목이 있었어. 집어들어보니 피가 묻은 게 보였어.

야스타카 짓인가?

당신하고 가즈키를 창고로 불러내 습격한 뒤에 빗장을 지르고 도망가는 야스타카의 모습이 머릿속에 떠올랐어. 당신이 눈을 뜬 건 그때였을 거야. 눈을 뜨고 나를 본 것까지만 기억하는 모양이지만, 당신은 내게 이렇게 말했어.

"준이치, 도와줘."

폭행당한 걸 두고 한 말 같기도 하지만, 나는 그때 당신이 가즈키를 때렸다는 걸 확신했어. 가즈키가 당신에게 하려던 몹쓸 짓도. 야스타카가 이런 상황을 예측하고 당신하고 가즈키를 함께 가뒀다는 것도.

이 편지에는 거짓이 없다고 말하지 않았다면 창고에 들어갔을 때, 가즈키는 아직 살아 있었고 병원에 데려가면 살 수 있었을 텐데 그러지 않고 내가 숨통을 끊어버렸다고 쓸 수도 있었겠지. 하지만 그런 거짓말을 해도 당신 마음을 위로할 수는 없을 거야. 그러니 거짓말은 쓰지 않을게.

내가 뒤를 돌아봤을 때, 당신은 눈을 감고 있었어. 그래서 나는 당신이 내가 여기 있는 줄 모르고 무의식중에 내게 도움을 청한 줄 알았어. 당신은 처음부터 계속, 내게 도움을 청했던 거야. 그 정도로 나를 필요로 했던 거야. 가즈키가 야스타카를 괴롭히기 전부터 나를 바라봤을지도 몰라.

당신을 살인자로 만들지 않으려면 어떻게 해야 할까?

가즈키의 죽음을 사고로 위장하면 돼.

그다음은 전에 쓴 그대로야. 담뱃불 때문에 화재가 나서 불에 타 죽었다. 머리에 난 상처는 쓰러진 각목에 부딪혀 생긴 것처럼 보이도록 옆에 굴러다니던 각목을 벽에 세우고 그 밑에 톱밥을 모아 가즈키 주머니에 있던 라이터로 불을 붙였어. 왼손 화상은 그중 하나가 내 쪽으로 쓰러져서 생긴 상처야.

당신을 구급차에 태우고 나도 화상 치료를 받은 뒤에 경찰에다 지금까지 편지에 쓴 내용 그대로 거짓말을 했어. 당신 주머니에 편지도 있었고, 경찰에 불려온 담임이 학급 내에서 벌어진 왕따 문제를 인정해서 나는 전혀 의심을 사지 않았어. 깊은 밤, 자정이 넘어 경찰서에서 나왔어. 나는 집으로 돌아가지 않고 야스타카네

집으로 가서 그 녀석을 불러냈어

꼭 확인해야 할 일이 있었거든.

자재 보관소 불길이 겨우 수그러들었을 때라 우리 집 주변은 대낮처럼 훤했어. 차를 타고 화재 현장을 보러 온 구경꾼까지 있었어. 우리는 인파를 거슬러 중학교로 갔어. 나는 사람들 눈길이 없는 데서 이야기하게 학교 옥상으로 가자고 했어.

야스타카는 겁에 질려 벌벌 떨면서도 한껏 허세를 부렸지.

"내 잘못이 아니야."

외부 계단을 올라 옥상에 도착하자마자 그 녀석이 내뱉은 첫마디가 그거였어. 나는 당신 주머니에 있던 편지를 봤다고 말했어. 네가 불러냈다는 증거가 있다고. 나는 불을 지르기 전에 당신 블라우스 단추를 채웠어. 그때 치마 주머니 밖으로 튀어나온 종이쪽지를 본 거야.

"나는 걔네들을 가두기만 했어."

야스타카는 가즈키에게 가장 큰 굴욕을 줄 방법을 생각했어. 가즈키가 당신을 덮치게 하는 거였지. 그런 계획이 생각처럼 될 리가 있겠어? 하지만 가즈키가 당신에게 "한 번만 더 방해하면 따먹어버린다"라고 으름장 놓는 걸 여러 아이들이 들었어. 두 사람이 하룻밤 내내 갇혀 있었다는 걸 알면 실제로야 어쨌든 다들 무슨 일이 있었다고 수군거리겠지.

하지만 야스타카는 가즈키가 당신에게 손댈 거라는 걸 확신하고 있었어. 야스타카가 관찰한 바에 따르면 가즈키는 같은 반이 된 뒤로 줄곧 당신한테 눈독을 들이고 있었대. 당신이 말려주는 게 좋아서 일부러 자기 도발에 발끈하는 거라는 소리까지 했어.

"여자가 다들 제 엄마처럼 쉽게 넘어갈 거라고 생각하면 큰 오산이야."

가즈키가 죽었다는 것도 알고, 자기한테도 잘못이 있는데 야스타카는 거만하게 경멸 어린 웃음을 지으며 그렇게 말했어.

"닥쳐, 살인자! 네가 불을 질렀다는 증거가 있어!"

나는 바지 주머니에서 담배꽁초를 하나 꺼냈어. 야스타카가 피우는 상표의 담배였어. 야스타카는 백짓장처럼 질린 얼굴로 입을 다물었어. 짐작가는 게 있었겠지. 창고 뒤쪽 창 밑에 떨어져 있던 꽁초였어. 나는 창고에서 끌어낸 당신을 일단 멀찍이 내려놓고 그 꽁초를 챙겼어.

왜 그런 짓을 했느냐고? 담배꽁초는 처음 봤을 때부터 야스타카 것인 줄 알았어. 나무 상자를 준비한 것도 야스타카였겠지. 그때는 아무래도 상관없는 일이었어. 하지만 당신이 가즈키를 죽였다는 걸 알고는 그냥 둘 수 없었어.

야스타카가 언제 그 자리에서 담배를 피웠을까? 떨어져 있던 꽁초는 두 개였어. 그렇다면 얼마간은 그 자리에 있었다는 뜻이야. 만일 당신이 가즈키를 때렸다는 걸 안다면…….

그걸 확인하려고 야스타카를 불러냈던 거야.

"언제 피웠어?"

"두 사람을 기다리는 동안. 창고 뒤에 숨어서 두 사람이 안에 들어가는 걸 확인하고 빗장을 지르고 집으로 돌아왔어."

"확실하게 불을 껐다고 말할 수 있어?"

그렇게 물었더니 야스타카는 두 손으로 머리를 감쌌어. 손끝을 부들부들 떨고 있었어. 그 녀석은 담뱃불을 어떻게 했는지 기억 못 할 정도로, 자기가 친 덫에 먹잇감이 걸린 사실에 얼씨구나 기뻐하며 입구로 달려갔던 거야. 창고에서 언제 불길이 솟았는지 야스타카는 몰라. 나는 경찰에 7시쯤 창고에 가보니 불이 치솟고 있었다고 증언했으니 시간으로 볼 때 야스타카의 담뱃불이 화재의 원인이라는 가설은 충분히 성립해.

"너는 두 사람을 가두기만 한 게 아니야. 화재도 네 잘못이야."

나는 벌벌 떠는 야스타카를 내려다보며 가차없이 몰아세웠어.

"너는 방화 살인범이야. 아무리 미성년자라도 꽤 무거운 벌을 받겠지. 평생 죄를 갚아야 해."

나는 그렇게 말하고 야스타카를 남겨둔 채 옥상을 떠나 당신이 실려간 병원으로 갔어. 아무 걱정 안 해도 돼, 나는 널 지켰어, 그렇게 말해주려고 말이야.

당신 기억이 뭉텅 사라졌다는 소식, 야스타카가 옥상에서 뛰어내렸다는 소식, 어느 걸 먼저 들었을까.

야스타카를 죽인 건 나야.

언제 담배를 피웠는지만 확인하면 될 일을 고의로 그 녀석을 몰아세웠으니까.

당신 편지를 읽고 야스타카가 가즈키에게 보낸 편지 내용을 처음 알았어. 야스타카는 내게는 허세를 부리느라 그런 식으로 말했지만, 사실은 내심 시험했던 게 아닐까? 두 사람을 하룻밤 가뒀다가 아무 일 없으면 가즈키에게 사과하려고 말이야.

이런 말을 쓰면 당신을 상처입힐 것 같지만, 가능하다면 기억 속의 가즈키를 경멸하지 말아줘. 우리가 처음 잠자리를 함께했던 건 그 사건으로부터 겨우 삼 년밖에 안 지났을 때였어. 당신을 소중히 지키려 했는데…… 화상 흉터를 어루만지며 미안하다고 속삭이는 당신을 어떻게 품에 안지 않을 수 있었겠어. 품에 안는 것만으로는 끝낼 수 없었어. 그때의 내 마음과, 어깨 위에 올라탄 당선을 그만 끌어내리고 만 가즈키의 마음은 그리 다르지 않을 거야.

당신 죄도, 내 죄도, 0은 아니야.

하지만 당신은 이제 시효가 지났어. 나는 아직이야. 일본을 떠나 있는 동안은 가산하지 않거든. 나는 이 사실에 무척 만족하고 있어.

어째서일까?

아까부터 밖이 묘하게 떠들썩해.

드문 일이지만 관광객이라도 온 걸까? 평소에는 밤에 쓰지만 당신 편지를 막 받아 읽고 바로 답장을 쓰지 않을 수 없었어. 창밖에 펼쳐진 별이 가득한 하늘을 바라보며 마지막 말을 쓰고 싶었는데, 지금 보이는 건 우리 집으로 다가오는 주인집 아주머니야.

내 이름을 고래고래 부르고 있네.

누굴 데려오고 있어.

여기까지 써놓고도 그거 당신으로 보이는 나는 정말 미련이 많은 녀석이야.

당신을 사랑해.

오늘 편지에 거짓은 없어.

12월 15일

준이치

옮긴이의 말 / 김선영

2009년 《고백》이라는 놀라운 데뷔작으로 우리나라 독자들에게 충격을 안겨준 미나토 가나에는 그후로도 《소녀》《속죄》와 같이 독기 어린 작품을 선보이며 일본은 물론이고 한국에서도 입지를 단단히 굳혔습니다.

한 가지 사건을 다양한 인물의 시점을 통해 다각적으로 구성하여 퍼즐의 조각을 맞추어나가듯 사건을 둘러싼 베일을 한 겹, 두 겹 벗겨나가는 방식은 미나토 가나에가 독자들을 충격에 빠뜨리기 위해 마련한 일종의 미스리딩 장치이기도 합니다. 도입부에서는 상상도 못한 충격적인 결말이나 자극적인 소재로 인해 극명하게 호불호가 갈리기도 하지만 독자들을 사로잡는 강력한 이야기의 힘, 그것이 바로 '이야기꾼' 미나토 가나에가 가진 가장 큰 매력일 것입니다.

미나토 가나에의 초기 작품들은 '악의가 철철 넘치는 내용' '다소 정형화된 전개'라는 평가를 받기도 했습니다. 그러다《속죄》에 이르러 언뜻 '용서'를 테마로 보여주는 듯하지만 너무나 가혹한 상황들이 전개되면서 여전히 인물들의 '악의'가 부각됩니다. 하지만《야행관람차》를 경계로 미나토 가나에는 적극적으로 변화를 시도합니다. 스타일은 여전히 옴니버스를 고수하지만 짧은 에피소드들을 통해 조명하는 결과는 전작들처럼 그저 암울하지만은 않습니다. 나아가 그런 시도가 가장 두드러진 결과라고 보여지는 작품이 이번《왕복서간》입니다. 무엇보다 등장인물들에게 가장 긍정적인 미래를 제시하고 있는 작품이 아닐까 합니다.

　이메일, 휴대전화 등 다양한 통신기기의 발달로 편지는 물론이고 손으로 글을 쓸 기회조차 현저히 줄어버린 요즘, 미나토 가나에는《왕복서간》에서 직접 손으로 글을 쓴다는 행위를 통해 독특한 템포로 이야기를 풀어나갑니다. 《왕복서간》은 중편 정도 길이의 세 작품으로 이루어져 있는데, 작가 특유의 옴니버스 구성은 여기에서도 건재합니다. 다만 전작에서 챕터별로 등장인물의 시점을 바꾸었던 것에 비해 이번 작품에서는 보내는 '편지'와 그에 대한 '답장'이라는 형식을 빌려 장면전환을 더욱 세밀하게 연출하고, 등장인물들의 대화가 아니라 편지를 통한 일방적인 서술로 이야기를 풀어나갑니다. 편지에 적힌 글이 100퍼센트 진실이라고 할 수 없다는 점이 이 작품의 가장 큰 묘미가 아닐까요? 역시 미나토 가나에는 이야기 구성에서 '독백'이 갖는 장점을 십분 활용할 줄 아는 작가입니다.

〈십 년 뒤의 졸업문집〉도 흥미롭지만 개인적으로는 〈이십 년 뒤의 숙제〉와 〈십오 년 뒤의 보충수업〉 쪽을 더 추천합니다. 치밀한 구성과 가슴 벅찬 결말로 미나토 가나에가 선사하는 '이야기'가 갖는 재미에 흠뻑 취할 수 있을 것입니다.

이야기가 갖는 재미 외에도 또 한 가지, 《왕복서간》은 편지라는 매체에 대한 향수를 불러일으킵니다. 저 역시 나름대로 크리스마

스카드나 연하장 등, 간단한 안부인사는 지금도 손으로 직접 써서 보내는 편인데, 편지라고 부를 만한 건 학교 다닐 때 친구들에게나 어버이날 부모님께 쓴 것 말고는 오래도록 쓴 기억이 없네요.

화사한 봄꽃이 만개한 이 계절, 오랜만에 추억에 젖어 마음속 소중한 사람들에게 몇 자 소식을 전해보는 건 어떨까요?

2012. 5

김선영_ 한국외국어대학교 일본어과를 졸업했다. KBS를 비롯한 다양한 매체에서 전문 번역가로 활동했다. 옮긴 책으로 미나토 가나에의 《고백》《야행관람차》, 사사키 조의 《경관의 피》, 오카지마 후타리의 《클라인의 항아리》, 아리스가와 아리스의 《주홍색 연구》 등이 있다.

15
아시야 가의 전설

쓰하라 야스미 지음
권영주 옮김

16
내가 죽인 소녀

하라 료 지음
권일영 옮김

17
항설백물어

교고쿠 나쓰히코 지음
금정 옮김

18
고백

미나토 가나에 지음
김선영 옮김

19
에로망가 섬의 세 사람

나가시마 유 지음
이기웅 옮김

20
잘린 머리에게 물어봐

노리즈키 린타로 지음
최고은 옮김

21
행각승 지장 스님의 방랑

아리스가와 아리스 지음
권영주 옮김

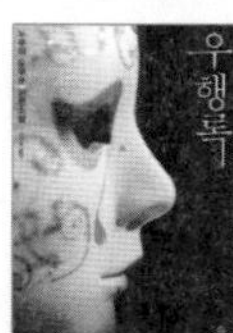

22
우행록

누쿠이 도쿠로 지음
이기웅 옮김

23
잘린 머리처럼 불길한 것

미쓰다 신조 지음
권영주 옮김

24
얼굴에 흩날리는 비

기리노 나쓰오 지음
권일영 옮김

25
백수 알바 내 집 장만기

아리카와 히로 지음
이영미 옮김

26
앨리스의 미궁호텔

야자키 아리미 지음
권영주 옮김

27
야행관람차

미나토 가나에 지음
김선영 옮김

28
헤븐

가와카미 미에코 지음
김춘미 옮김

*시리즈는 계속됩니다.